散文集

天使的歌唱

孟爱堂／著

TIAN SHI DE GE CHANG

漓江出版社
·桂林·

图书在版编目（CIP）数据

天使的歌唱 / 孟爱堂著. —— 桂林：漓江出版社，
2024.01
ISBN 978-7-5407-9512-2

Ⅰ.①天… Ⅱ.①孟… Ⅲ.①散文集—中国—当代
Ⅳ.①I267

中国国家版本馆CIP数据核字(2023)第149459号

天使的歌唱

孟爱堂　著

出 版 人　刘迪才
出版统筹　文龙玉
责任编辑　宗珊珊
助理编辑　陈思涵
内文插图　林庆新
装帧设计　牛格文化＋牛依河
责任监印　黄菲菲

出版发行　漓江出版社有限公司
社　　址　广西桂林市南环路22号
邮　　编　541002
发行电话　010-85891290　0773-2582200
邮购热线　0773-2582200
网　　址　www.lijiangbooks.com
微信公众号　lijiangpress

印　　制　天津嘉恒印务有限公司
开　　本　710 mm × 1000 mm 1/16
印　　张　17.75
字　　数　187千字
版　　次　2024年1月第1版
印　　次　2024年1月第1次印刷
书　　号　ISBN 978-7-5407-9512-2
定　　价　68.00元

目录

MULU

PART 1
QINQING MIANYAN
第一辑
亲情绵延

延续坚如磐石的爱

父亲说，我出生的那一天，就是奶奶逝去的日子。父亲说这话时，表情深沉而古怪，像荒野里一只饥饿而绝望的狼，在即将倒下时忽遇一只野兔撞倒在眼前那样悲喜若狂。这让我的每一个生日变得欣喜而沉痛，当别人在疯狂而肆无忌惮地变着花样来庆祝自己的生日时，我，和我的家人，却在我生日的欣喜中，永远沉痛怀念我的奶奶。

对于奶奶，我的记忆是空白而干净的，我甚至找不到任何东西来建立她在我脑海里的形象，哪怕是一张发黄的照片。这种空白是疼痛的，而且无能为力。因为在我出生的时候，我的奶奶，她已经沉睡在寂寞的荒野里，尽管我们千般呼唤，她依然用沉默的黑色的泥土和坚硬的石碑隔断了与我们千丝万缕的牵连。所有关于她的记忆，便只能从父亲母亲和别人的述说中编织。

父亲的述说总是很沉痛，每一次翻开记忆，就像揭开一个新的伤疤，经历着历史的阵痛。这种阵痛来自深深的自责。奶奶是在一个人去打柴火的时候突发眩晕症走了的，找到她的时候，雨下得很大，奶奶蜷缩在冷冷的冰雨里，苍白而僵硬，像一个没有完成的符号。奶奶的身边横七竖八地散乱着一些砍好或未砍好的柴火，它们张牙舞爪，坚硬而冷漠，像见证了一场无关紧要的挣扎。一把锈迹斑驳的柴刀无力地躺在奶奶的身边，它刚刚还被一只苍老的手紧紧地握着，那只手布满老茧，握着刀柄的时候都觉得生疼，现在它却紧紧地蜷缩着靠在奶奶的胸前。当人们用力把它掰开时，一颗野李子从中猛然坠落，和泥土里一些散落的果子滚在一起。人们还发现奶奶的胸襟口袋里装满了各种野果，奶奶是在捡起地上的果子时突发眩晕而轰然倒下的吗？倒下的时候是否还在想着把这些果子带给她的子孙们？她一定在地上无力地挣扎过，在大雨里无声地呼喊过，然后才慢慢地离去。没有人知道她什么时候走的，走的时候是否也有一颗晶亮的流星在陨落。但是父亲相信奶奶走的时候，一定有某种东西在偷偷生长。因为在父亲的梦里，奶奶笑容满面，慈祥地吩咐他赶紧回家，说家里将要降临一名新生女婴。那时候父亲正飞奔在回老家的山路上，奶奶的噩耗也许就在某个山谷里骤然响起，痛得他几乎跌落山谷。他衣发飘飞，泪眼蒙眬，在冰冷的山谷里狂奔，梦想着还能看奶奶最后一眼。然而，还没等父亲赶到家，我就以一种悲喜交加的方式横空出世了。

父亲一直恪守宗族里"敬老得少"的信念，所以他相信，我是用奶奶的生命换来的，奶奶只不过是用另外一种方式来延续她坚如磐石的爱，让这种爱延绵不绝。奶奶一生只生有一儿一女，这对于五十年前一家有五六个子女来说，显得卑微而单薄。奶奶甚至在别人面前抬不起头，她小心翼翼地伺候公婆，悉心照顾儿女，她那满腔的爱对于只养育父亲和姑姑来说远远用不完，她把所有的爱都倾注在他们身上之后发现她内心里的爱依然是满满的，于是她收养了大姑，在自身吃不饱穿不暖的饥荒年代毅然把身为孤儿的大姑收为养女。其实，这些都只是我的猜测，以奶奶的善良，纵然有千百儿女，她同样会收留那些可怜的孤儿，即便是有父母的穷人家孩子，她一样爱他们，接济他们，让他们感受到浓浓的爱，不是吗？若干年后，当奶奶已经化成一堆泥土，与日月星辰一同在荒野里守望着我们去扫墓的时候，她的养女，和曾受过她恩惠的人，总会在她坟前，点一炷香，倒一杯酒，插几枝新鲜的柳条，摆上热腾腾的黄花饭和鸡鸭鱼肉，跪拜在坟前，用最虔诚的仪式，倾诉着对她的思念。他们在我面前深情地怀念她，抢着诉说每一个得到奶奶关爱的故事时眼里充满热泪，声音在回忆里遥远而悲痛。他们看我的眼神就像在看奶奶，仿佛我就是奶奶穿越时空来到他们面前，与他们深情对话。如果我真是奶奶的话，那么我也会泪流满面、心潮翻涌，也会在遥远的回忆里悲泣。事实上，我早已泪流满面。

模糊中，我看见奶奶盘坐床头，在昏黄的煤油灯下，睁开沉重的眼皮，颤抖地紧捏着尖细的绣花针，一针一线地在蓝色嫁衣的领子、肩头、胸襟、袖口和衣摆上绣花边。一朵朵鲜艳欲滴的梅花，一对对温柔缠绵的鸳鸯呼之欲出。那时候50多岁的奶奶已经患上严重的眼疾，双眼皮沉重无力，每一次睁开，都像经历一场艰难的拔河比赛，这种拔河伴随的常常是浑浊的泪水和揪心的疼痛，久了奶奶要不时地闭上眼睛休息一阵，有时还要用手把眼皮拨开，这种隐忍使得针时常扎在奶奶发黄的指尖上，

滴滴鲜血像片片盛开的花瓣在奶奶的指尖上跳舞，奶奶不时地把指头放进嘴里吮吸，吸进奶奶心里的是朵朵鲜艳的花。绣完这些花边，兰朵的嫁衣就配齐了。兰朵10岁那年父母便先后去世，从此跟爷爷生活在一起，虽然她有点痴呆，但长得俊俏，奶奶把她当孙女一样疼爱，教她纺织和刺绣，在"三月三"里带她赶歌圩，听小伙子们用嘹亮的山歌呼唤爱情，听大姑娘们羞答答地回应。奶奶一字一句地翻译给兰朵，让她明白小伙子们的憨厚，姑娘们的勤劳和她们坚贞美丽的爱情。奶奶一直希望兰朵能嫁个好人家，出嫁时嫁得光光鲜鲜、漂漂亮亮，也要像人家的女儿一样穿着美丽的嫁衣。

自从兰朵的婚事好不容易定下来后，奶奶比谁都着急，迫切地把为兰朵准备嫁衣的任务全部包揽在身上，她像准备自己女儿的嫁妆一样缝绣花鞋，在夜深人静的时候热热烈烈地织布，然后仔仔细细地蜡染、挑花、织锦、刺绣，在蓝色的嫁衣上镶花边，让兰朵像所有的布依族女孩一样在出嫁当天穿黑色百褶长裙，着蓝色镶花大襟短衣，系绣花围兜，蹬鲜艳绣花鞋，头裹家织格子布包帕，还要把辫子盘压在头帕上，从旁看，发辫像一朵鲜花一样盛开。奶奶只要一想到这些，浑身便有使不完的劲，她不分白天黑夜地悄悄准备着每一样物件，还不时地一样一样拿出来，摆在床上，左看一下，右看一下，这里摸摸，那里扯扯。很多个夜晚，奶奶已经睡下了，突然想起还有个花边没有配好线，又摸摸索索地爬起来，点亮昏黄的煤油灯，翻出花花绿绿的丝线，一条一条地在梅花上、在树叶中、在鸳鸯身上比配，当那些艳丽的梅花、青绿的树叶和温柔的鸟儿跳跃在衣襟上，慢慢地呈现出它们的妖娆时，奶奶这才悄悄吹熄灯火，轻轻躺下，美美叹息一声睡去。不到一刻，奶奶也许又想起了某个地方的失误，于是又悄悄起来、点灯……有时候一个夜晚她要重复起来两三次，有兰朵跟她一起睡的时候还要叫兰朵在旁边当模特，在她身上慢慢比画、修整、配妆，像一个干练的设计师，在打造她参赛的作品。这时候的奶奶是快乐的，她毫无睡意，脚步轻盈而欢快，手指灵活，连沉重的眼皮都变得轻盈起来。我不知道她是否想起了18岁那年春天自己亲手制作的嫁衣，想起硬朗的爷爷骑着高大的骏马来接亲，想起自己坐在小小花轿里的那种娇羞，还有一路从贵州走来时爷爷欢畅的口哨和吹木叶的声音。那声音温柔而清脆，跨越了贵州与广西的山山水水，回响在她与爷爷共度的每一个晨昏。兰朵出嫁那天，当迎亲的队伍吹着"八仙"，敲锣打鼓地把兰朵接走时，从不沾酒的奶奶喝酒了，喝的是兰朵敬重而不舍的酒。当她端起酒杯，一滴泪悄然滑落酒中，幻化成一片汪洋的爱。

对于我颇具神秘色彩的出生，很多时候，我相信我就是奶奶的化身，我的血管里流的是她鲜红的血，它们在我的身上流淌、延续，无时无刻不在诉说着奶奶的真诚、善良和美丽。大多时候我们被城市里喧嚣的噪声封存了耳朵，被奇形怪状的色彩蒙蔽了眼睛，我们很少听到纯净的声音，看到真诚的微笑，甚至不愿意去发现。其实那些真诚也许就深藏在一片泛黄的树叶里，一汪清澈的潭水中，一块爬满青苔的石板下或一声清亮的蛙鸣里。我们常常沉浸于城市里斑斓的夜空，忘却了清晨一只鸟儿的歌唱，这些歌唱不需要任何伴奏，不需要任何形式的包装和表演，不需要听众，不存在任何私心和杂念，那是发自内心的欢呼，不管阳光明媚，还是狂风暴雨，那些歌唱和早上的鸡鸣一同响起，和奶奶起床的时间一样准时。每天，奶奶要伴随着这样的歌唱和鸡鸣早早起来，她要步行两公里的山路到另外一个屯里接上两兄妹，然后送他们去上学。那是一个大雨滂沱的午后，奶奶正在地里扯红薯藤，朦胧中，仿佛听到山谷里传来隐隐的哭声，哭声穿透厚重的雨雾刺痛着奶奶那颗善良的心，她忍不住循声找去。在一处岩石下，两名瑟瑟发抖的小孩相拥而泣，一问才知道是家在两公里外的兄妹俩放学回家，路上忽遇大雨、雷鸣闪电，不敢走。奶奶的心顿时隐隐作痛，她毫不犹豫地牵起两只柔嫩的小手，一路安慰着护送他们到家。当知道孩子母亲病重，父亲已经去世，没人送孩子去上学时，奶奶决定每天护送兄妹俩去上学。于是，奶奶听着每天的鸡鸣准时起床，打着手电行走在蒙蒙的山路上，整整两个月，奶奶和两个非亲非故的孩子演绎着人间的爱和上学的梦。

奶奶的这种善良时常在我内心里莫名涌动，有一种声音不停地在我耳边回响，这使我更加坚信我就是奶奶变来的。有这种信念的不仅是我一个人，我相信父亲很多时候也把我当成了奶奶的化身，以至于他把对母亲的爱和对女儿的爱都集中在我身上。他从来不舍得打我一下，哪怕是轻轻地碰触，哪怕是我因为贪玩而令妹妹从楼上跌落下来。那一刻父亲的鞭子高高扬起，以一种战栗的悲愤眼看着就要横扫过来，我惊恐地闭上眼睛哇的一声痛哭起来。父亲的鞭子虎虎生风地滑过我的肌肤重重地落在地上，落在地上的还有父亲重重的叹息。一层灰尘悄无声息地升起，尘土使父亲的眼睛也跟着湿润起来。父亲的这种偏爱使得小时候的姐妹们对我充满羡慕和嫉妒，她们在和我吵架的时候往往联盟起来冷落我，让我躲在窗后的墙角下，小小的心灵充满忧伤和无奈。那时候我还读不懂父亲眼里的爱，曾经愤愤地抱怨过他的不公平，他让我和姐妹们在内心里产生了一定的距离，在长长的一段时间里我甚至渴望得到父亲的一个巴掌。长大后我才明白，我所承受的不仅仅是爱，还肩负着比姐妹们更多的沉甸甸的责任。

奶奶拥有着世界上最伟大的悲悯情怀和一颗最真、最善、最美的心，她宁愿让自己的儿子啃野果、吃野菜，而把仅有的米汤分给养女和更瘦弱的孩子们。当您看着他们饥渴的眼神，轻抚他们的头，奶奶，您的心里一定充满柔情。也许您也曾犹豫过，也曾在心里反复挣扎，您看着自己单薄的唯一的儿子，您知道他也需要呵护，但是您却把爱给了更多更需要关爱的孩子，您只有在每一次一步一步地送儿子走在上学的路上的时候，才把爱埋藏在深深浅浅的脚印里。当您的儿子走过一个个山谷，转过一道道弯，身影消失在浓浓的迷雾中，您依然停留在村口，目光翻山越岭，跟随儿子走进校园，走进宿舍，直到路过的人告诉您，您的儿子到学校了，您才恋恋地收回目光，回家守望下次相见的时光。

奶奶一生最大的遗憾就是不懂得算数，她老是弄不懂类似"一斤两毛五，五斤半多少钱，人家给了五块钱怎么找"这样错综复杂、伤透脑筋的问题。她一有空就拿出十个手指来摸索、比画，有时候十个手指不够用，就加上脚指头，可是无论如何比画，她还是弄不懂，这时候她就猛拍自己的头，笑骂道"我真是傻"。她非常羡慕村里的那些女人们，一到赶集的日子她们就背着背篓，里面装满芭蕉、西红柿和辣椒等，然后带上一杆秤，在街头一摆，跟着吆喝起来。晚上，她们总是攒着一毛一毛的零钱回家，手里带着为儿女们买回的糖果或者红头绳。这时候，奶奶的目光是黯淡的，表情忧伤而无奈，像黑夜里一只孤独的猴，有看到水中的月亮却无法捞起时的那种无能为力。她多么希望自己也能亲自卖几支芭蕉，扯几根红绳，在姑姑们浓密的秀发上扎两个飞翔的蝴蝶结，那比她从爷爷手中接过半年不见一次的鱼肉不知要高兴多少倍。奶奶从此不再去赶集，并发誓一定要让她的儿女们上学，学会算数。于是，在那个崇尚女子无才便是德而不让姑娘们上学的年代，奶奶硬是咬紧牙关，顶着巨大的压力把姑姑送进了学校，并且一直读到姑姑自己不愿意读为止。

大多时候，我敢肯定我就是奶奶的化身，我是她在幽幽的时空里变出来的。我和她一样傻，不仅仅是在算数上，性情也和她一样真，从来不会掩饰自己的内心，和她一样对羸弱的事物充满悲怜。很多时候我已分不清我是我，还是奶奶。那个凭窗远眺，苦苦思念远嫁他乡的女儿的妇人，是奶奶，还是多年以后的我？那个早早送女儿上学，看着她走进幼儿园里便怅然若失，担心她是否吃饱睡好的女人是我，还是多年以前的奶奶？奶奶就像阳光一样，在阴天、下雨天的时候我以为她不存在了，但其实她就像空气一样无刻不在，我们就像太阳和月亮一样，互相牵连，无法割舍，没有她，我甚至都无法呼吸了。当我把仅有的玩具和零食分给所有的小孩，当我从身上掏出可怜的生活费借给生病的同学而自己整整吃了一个星期的白饭，当我用颤抖的双手扶起那些跌倒的身体……奶奶，我知道，我不是一个人在行动，是您在我的心里活着，并且时刻提醒我，要用一颗最真、最善、最美的心去对待世界。

如果有一天，我也像奶奶一样悄然离去，我要像奶奶一样，在梦里，找一个人，让他把爱延续下去。

等风来

在山之巅，青草地上，表演师穿着飞行装置，像一只大鸟，张开双臂，等风，来一场天与地的热烈拥抱。

风不来。风向标矗立在半空，像一只寂寞的手。他温柔地等，知道风终将要来。大风起兮云飞扬。等大风起，云飞，他亦飞。

风始终不来。他弓着腰，保持起飞的姿势，坚毅地等。那个装置一定很重，我看见他的肩膀抖了抖，我的肩膀也跟着抖了抖。

阳光烈烈地从表演师头顶上刺过来，我眼前一片电光石火。金光闪闪中，一个身影向我走来。他身材高大，穿蓑衣，戴斗笠，站在高高的晒谷楼上。黑黑的蓑衣像横空里冲出来的翅膀，雄赳赳气昂昂地挺立在他宽厚的肩膀上。他看见我，宽大的嘴往两边咧开，亮堂堂的声音像一口洪钟朝我敲来：等大风来，我就飞起来喽。

这个人，是我的满爷。我爷爷最小的胞弟。

我对我爷爷没有任何印象。我对我爷爷奶奶都没有任何印象。爷爷在我很小的时候就去世了。奶奶更是着急，竟然在我还没出生时就去世了。他们好像约好了赶着去一个神秘的地方，做一件神秘的事，硬是不让我知道，不让我看见，以至于爷爷奶奶对我来说，就是一个神秘的符号。他们有时在过年时烟雾缭绕的神龛上，有时在清明节杂草丛生的黄土中。他们在父母的嘴里翻滚，在大姑小姑的眼神里绵延，就是没有真真切切地出现在我面前过一次。直到满爷、满奶奶从遥远的贵州老家搬到我家旁边居住时，我才知道我爷爷长什么样。至此，满爷、满奶奶终于代替了我的爷爷奶奶。

满爷说要飞的时候，大风忽起。他迅速张开翅膀，从高高的晒谷楼上往下飞，一瞬间就"飞"到我跟前。我都还没看清他飞翔的样子，他粗糙的大手就在我蓬乱的头发上揉了揉，然后盯着我橘子皮一样黄黄的眼球说：等我们糖糖眼睛变黑了，也可以飞哩。

那个时候，我的双眼并不是黑白分明，而是所有黑色的地方黑着，所有该白的地方却没有白。像变魔术一样，在一个清晨，所有该白的地方全部变成了黄澄澄的颜色。很漂亮。我很喜欢。这是别人没有的东西。可我的父母却非常害怕，他们从来没有见过这样亮晶晶、黄灿灿的眼睛。他们看我的眼神里充满急躁和担心。他们惊慌失措，像看怪物一样看着他们十岁的三女儿，害怕她忽然变成一个神秘的小妖，风一样飞去。

是满爷的手，救了这个随时会飞走的小妖。这只手，拨开深山里尖利的荆棘，在潮湿的泥土里、清冽的寒水中、坚硬的石缝间，抓来一样样植物，或者动物。他把它们晒干，捣碎，倒入黑黑的陶罐，用大火、小火煮了半天，才滤出一碗臭烘烘、黑幽幽的水，哄我捏着鼻子喝下去。

正是这一碗碗墨汁一样的水，把我的眼睛一天一天扳回原来的样子。

也把我浑浑噩噩混迹在地狱中的脑袋一天天拉回人间。因此，当我在逐渐清醒的过程中，听到满爷说他要飞，竟深信不疑。

在十岁小女孩的眼里，满爷就是神仙。他会在急匆匆的河水里造我们从来没见过的水车，让河里的水在一个个圆滚滚的竹筒里360度飞一圈，然后倒入水渠，晕晕乎乎地奔向干枯的田地。他还会用稻草编柔软的草鞋，走起路来，脚底下散发出香喷喷的新鲜谷子的味道。会吹木叶，引来无数的鸟儿围在他身边叽叽喳喳地歌唱。会吹唢呐，方圆百里，哪里有婚丧嫁娶，哪里就有他的唢呐声，或欢乐奔放，或如诉如泣。最厉害的是，他竟然会"魔法"，可以把我的眼睛由黄变白。

满爷从晒谷楼上飞下来的那一天，他正要赶着在大雨来临之前去检修水车。见我不去上学，一个人闷闷不乐地蹲在墙角，便纵身一飞。看到我笑了，他开心地牵我的手一起去看他的水车。那天，他走路有点特别，脚一瘸一拐的。

风把水车吹得屁颠屁颠地转。风大，水车滴溜溜转得飞快。风小，水车慢悠悠地摇啊摇。

满爷围着他的水车转了一圈又一圈。忽然大声对我说了一句："你们女娃子就是风哩。"然后又说了一句："我们父母就是水车哩。"

那时候我还不懂，但我记住了女娃子是风。满爷的话，我深信不疑。

从那时起，我便以为，女人如风。

有时候，微风拂面，让人心旷神怡。有时候，狂风咆哮，令人胆战心惊。但风不论怎样吹，总有宽阔的天地将它围住，坚硬的东西挡住它，柔软的东西缠绕它。它终究不能撕开一角天地，撞将出去，自由自在，无法无天地乱吹。

后来，读了《红楼梦》，看到贾宝玉说：女儿是水做的骨肉……我见了女儿，我便清爽。才知道，女人亦如水。

这样看来，女人既如风，也似水。一个女人就是一处风水。好的女人就是好的风水。

满爷一定也把他唯一的女儿当成最好的风水吧。在那个偏僻的山沟沟，他推谢了无数上门说亲的媒婆，硬是摆脱了村里从小就定娃娃亲和不让女娃子上学的传统，把花一样的女儿，我的花姑姑送上了学堂。那时候，满爷是不是也期待他的女儿像风一样，来去自由，人生自主？

满奶奶去世了。很长一段时间，满爷一个人待在村里的老屋。傍晚，他常常独自坐在家门口，把目光从村头拉到村尾，再从村尾扯回村头，仿佛要在村里拉出一个人来。村庄这几年来，像一张撕裂的画，东掉一角，西落一块。先是表姐家搬出去了，搬到几公里外离新修的通乡水泥路很近的田边。跟着，几户人家也搬走了。我家最终也在父亲的艰难妥协下搬走，只有满爷家孤零零地留在村尾。

工作二十年来，我尽管离开了家，但从未曾离开家乡。家乡这条美丽的红水河，常常让我无端生起一种幸福感和优越感。如今的红水河，因为龙滩大坝的下闸储水，龙滩天湖的宽大包容，沉淀了红褐色的泥沙，变清变亮变绿了，人们记忆中那条红褐色的"中国龙"，那条在暴风雨里轰隆隆地冲下一根根木头、一棵棵大树，或者一头头尚未来得及逃跑的猪的河流已难以重现，红水河变成了绿水河，变成一条绿色的丝带。这条绿丝带温暖了多少颗冰冷的心啊。它抚平了这条河流曾经制造的无数个急流、险滩、漩涡，阻止了无数个悲伤故事的发生，以最柔软最温顺的姿态袒露在人们面前。

我虽然常常怀念红水河曾带来的惊喜和震撼，但更喜欢绿水河现在留给我的宁静和柔美。它翡翠般的透亮，仿佛可以让人洗尽铅华，只留一个干净的灵魂。

谁不想拥有一个干净的地方，用来安放一个纯粹的灵魂呢？所以那些可以离开家乡、远离村庄的机会，我统统没有抓住。我还是那么喜欢看红水河，看我的村庄、我的娘。

每次回娘家，我都要去看老屋，看满爷。

那天，远远看到从老屋的窗口射出灯光时，那些潜伏在心底深处的童年记忆潮水般向我扑来。哭声，笑声，叫骂声，它们清晰而热烈地穿透沉寂的黑夜，滚滚而来。是谁还在这苍凉的老屋里守着日月星辰？

进屋，入座，喝一杯暖茶。才知道原来老屋一直有人住着。尽管它已残缺不全，陈旧而狭小，但还能为人遮风挡雨，屋里的灯光还那么温暖，让我心里宽慰不少。

入住的是远房表妹，还有她的两个女儿和婆婆。大女儿两岁多，小女儿还在月子里。此刻，她们像两只温存的小猫，偎依在母亲的身边，温柔而安静。小女儿像一只刚破茧的幼虫，柔软、滑嫩，她新鲜的肌肤在白炽灯光的照映下，圣洁而光亮。

她还在月子里！那么门前的大红灯笼呢，为何没有高高挂起？

在老家，一直流传这样一个传统：哪户人家的女人要是新生了儿女，月子里，屋前都要挂几盏红灯笼。还要在大门口插上红色或黄色的小旗子。红色代表男孩，黄色代表女孩。这样路过的人看见红色小旗子就知道这家人生了男孩，看见黄色的就知道是生了女孩。红灯笼在红色或黄色的旗子上飞呀飞，像一只只燃烧的火鸟。哪家门前的灯笼越大，越多，就意味着这家人越高兴，越富有。有时候，新生的孩子特别多，整个村庄如有一片火鸟。它们从这家飞到那家，从这个屋前飞到那个屋前。寂静的夜空里，灯火通明、红红火火，整个村庄都在回荡着火鸟明亮的欢唱。

等到孩子满月那天，孩子的外婆、舅妈、姑姑等女人们就会给他送来花背带，还有甜酒、花糯饭、鸡鸭等。送背带是布依族一个重要的习俗。花背带是孩子的外婆亲手绣制的。布依族姑娘从十二三岁起，便开始跟母亲学习蜡染。她们白天上山劳动，晚上加班纺织。把蜜蜡加热熔为蜡汁，用三角形的铜制蜡刀蘸蜡汁，在自织的白布上精心描绘各种漂亮的图案，再放入蓝靛染缸中渍染成蓝色或浅蓝色，最后将布入锅煮掉蜜蜡，捞出后到河水中反复荡涤，晾干，成为独具特色的染布。染布制成后，开始裁剪背带。布依族妇女，把绣制背带看得格外重要。她们对背带的选择与构思十分慎重，非常讲求精巧、工整、对称。绣一副五彩斑斓的背带，是每一个当母亲、当外婆的布依族妇女最重要、最得意的技艺。她们要经过长时间反复策划、构思后，才一针一线绣制。她们把美好的愿望、母性的大爱，通过银针彩线，绣出各种飞禽走兽、花草鱼虫、湖光山色。然后在一个阳光明媚的早晨，和三姑六婆们浩浩荡荡地把它送到孩子家里，第一时间用新制的背带把孩子背在背上。整个村庄的女人们于是便围着背带左瞧右看，啧啧称赞。外婆成了当天最威风的女王，最尊贵的客人。

可此时，我家破败的老屋前，清静，冷寂。它在空落落的村庄里，显得那样落寞，悲凉。

后来问了母亲，才知道表妹嫁的是一户三代单传的人家。表妹连生了两个女儿，怀三胎的时候，她们不敢回家。那时候，三胎还没有全面放开，她带着两个女儿和婆婆东躲西藏，跋山涉水，从遥远的老家来到我家老屋待产。不知道表妹挺着大肚子东躲西藏的时候，步履如何艰难，心情如何沉重。她不知道肚子里的这个孩子是男孩还是女孩，她未来的生活将会是母凭子贵，还是备受冷落。她穿过苍凉的大山，蹚过清冽的河水，心惊胆战地走向她的未来。

表妹分娩的时候，正是腊月初八的夜晚。老村庄里唯一的人家，我的满爷正在煮腊八粥。腊八粥浓烈而香甜的味道绕着村庄到处跑。村子上空弥漫着浓浓的香甜。表妹闻到那个香味时，肚子一阵翻滚，搅动。一浪高过一浪的热流和疼痛向她袭来。

她知道，肚子里的小东西怕是闻到腊八粥的香味，要出来了。她仿佛看到，一只火红的飞鸟正从老屋的墙角飞升起来，它清脆的鸣叫划破了香甜而颤抖的夜空。

孩子呱呱落地的时候，婆婆愤怒而悲伤。"又是一个贱货！"她用力拍了一下床头，丢下一句话，转身走出门外。

表妹看到，那只火红的飞鸟忽然变成一只黑鸟。它伸出尖利的爪子，凶猛地扑向自己。

表妹哭喊着伸出双手颤颤地掐着黑鸟的脖子。

"你去死吧，去死吧！"她双手触摸到新生女儿的脖子。那脖子像一条棉花一样柔软和细小。仿佛她稍一用力，就会把它捏断或揉碎。这样想着的时候，她颤抖的手加了一把劲，孩子的哭声猛然提高了一下，惊得她快速撒开双手。

"要动手就快点。"婆婆的声音从门外飘进来，硬邦邦的，像一块磁铁。

表妹惨白的双手再次伸向女儿的脖子。那脖子那么精致，那么脆弱，正随着哭声微微地鼓动着。一阵暖流传到表妹冰凉的手心，她的手僵硬了，不听使唤地颤抖。

"快点！"婆婆厉声催促。

表妹闭了闭眼睛，双手在细弱的脖子上颤颤握住。由于颤抖，那力道便紧一阵松一阵，那哭声便也高一阵低一阵，像一条条鞭子抽在心上。

"用力！"婆婆的声音冷漠而凄凉。

表妹哀号一声，握住柔嫩脖子的双手筛糠似的紧紧抓着。孩子的哭声猛然提高了起来。仿佛过了几个世纪。那哭声渐渐微弱。有一下，没一下。没一下，有一下。不久便沉寂下来。

彼时，北风呼啸。

我神一样的满爷，怀抱花姑姑小时候用过的背带，不顾族规里男人不能进产房的忌讳，一脚踹开表妹的房门，用绣满花儿的背带，轻轻裹住女娃的身子，把她紧紧抱在怀里。女娃身上的背带，像一面坚韧的墙，将她紧紧围住。墙上，桃花殷红，李花白。一轮新鲜的太阳，在万花丛中冉冉升起。

满爷扯开嗓子对着表妹和她婆婆一顿臭骂。最后，满爷哽咽的声音轻轻飘荡在桃花上："女娃子是风哩。"

春风拂面，杨柳依依。今年三月，在桃花开得最艳的时候，表妹的大女儿，开着一辆宝马，带着她奶奶、妈妈和小妹从遥远的贵州，顺着红水河畔，来看满爷。

满爷老了，他现在需要戴厚厚的老花镜，才能看清是否有风从村口吹来。那天，他照例坐在家门口，刚把目光的丝线拉到村头，这根线就远远牵回了四个女人。四个女人像风一样走到满爷的面前，一字排开，深深地鞠了个躬。最老的女人哽咽着喊了声"叔"就再也说不出话，只是紧紧地握着满爷的双手。最小的女孩，把抱着的花背带轻轻放到满爷的怀里，然后跪下，磕头，用百灵鸟一样鲜亮的声音喊："太爷好！"

花背带被整整齐齐地叠好，两根长长的袖带环绕着紧紧裹住背带面，像包着一个婴儿，静静地躺在满爷怀里。满爷伸出枯瘦而颤抖的手，一遍遍来回抚摸着背带上的桃花。桃之夭夭，灼灼其华，它们依然像十年前一样鲜艳而饱满，柔软的花瓣在满爷粗硬的手指下静静开放。满爷的眼里顿时涌上一层迷雾，他苍老的声音在明媚的春天里变得生机勃勃：我说过，女娃子是风哩。

如果风知道，满爷现在像一口破旧的老钟，每天在时间的褶皱里摇摇摆摆，思女成疾，病痛交加，它会不会飞呀飞，飞到遥远的城市，在熙熙攘攘的人群里，一把揪住我的花姑姑，把她拖到我满爷的跟前，让她看一看她老父亲满头的白发，摸一摸他老牛一样粗糙的皮肤，唤一声："爹，我回来了。"

那时候，满爷浑浊的眼睛才会变得明亮起来。

可是风不知道。它只知道吹绿了柳树，吹红了桃花，吹来了燕子，吹醒了青蛙。风不知道我的花姑姑在哪里。

满爷也不知道花姑姑在哪里。她有十多年没有出现在村子里了。哪怕在她母亲，我满奶奶去世的时候，她也没有出现过。

有人曾看见她在县城的车站里，一手牵着一个孩子，登上了回村里的汽车。她在车子最后排的座位上偷偷抹眼泪。后来，她们在半路下了车，从此不再出现。

没有人知道花姑姑为什么来到半路又走了。狐死还会首丘呢，更何况是自己最亲的人离开人世。她开始在亲人们的眼里、嘴里变得不孝，绝情，冷漠。她像一只渐行渐远的白眼狼，悄无声息地离开村庄，离开亲人和生她养她的地方。有人说她做了传销正被禁锢。有人说嫁出去的女儿泼出去的水，覆水难收。还有人说她去了大城市，已看不起这个贫瘠的村庄。

满爷不信他的花姑娘是一个冷漠的人。她一定是遇到生命中逃脱不了的劫难，在渡着，不让家人跟着受牵连哩。满爷坚信，万物皆有因缘，何况女儿和他流着相同的血。只要他每天坚持做一件善事，他花姑娘的劫难就会减少一点。当劫难过去，她一定会回来。

满爷说女娃子是风哩。风儿轻轻吹，水车慢慢摇。满爷这辆老车，会摇到花姑姑回来的那天吗？

十多年过去了。满爷越发苍老，他仍然像一个信徒，每天做一件善事。若是哪天实在没有善事可做，他便拿起祖传的经书，念一段佛经。满爷悲怆的声音随风飞荡在幽暗的老屋，让我沉迷。他还是常常一个人坐在家门口，把目光拉成一条丝线，像一个等风的表演师。

寻找梦的衣裳

一

说好无论远嫁何方，我们四姐妹每年的清明节都要回家扫墓。五年了，每次清明节，无论是风和日丽，还是阴雨连绵，我们四姐妹都会像四条河流一样，从不同的地方向同一个家奔涌。"清明时节雨纷纷，路上行人欲断魂。"诗里行人魂欲断，可我们的心却是温暖而充满渴望和期盼的。因为，我们赶赴的，是一个誓言，是一场亲情的约会，更是一种坚守。

记得小时候，每当清明节到来的前两天，家家的姑娘们都要提着篮子上山采摘棉耳菜，摘黄花、紫叶和嫩枫木叶，为做"清明粑"和"五色糯米饭"准备材料。棉耳菜，是做清明粑的最好原料。棉耳菜采摘回来后，经过清洗、揉搓，放入木制的蒸桶，再将提前浸泡好的糯米覆盖在棉耳菜上蒸煮。一小时后，热气腾腾的棉耳糯米出炉了，接下来就是将糯米倒在石槽里舂打。清香的棉耳菜和柔软的糯米在坚硬的石槽里翻滚、糅合，凝集出一股股温润而香醇的味道。舂打完后，在手上抹好菜油，将舂打好的糯米揉搓、分团、压扁，带着野菜清香和糯米香味的清明粑就做好了。据父亲说，我们布依族祖先早年从江西迁往贵州的途中，由于缺少粮食，便用野菜和食物混合在一起加工成糍粑充饥，发现这种糍粑十分美味可口，而制作这种糍粑的时候又恰逢清明祭祖，后来就逐渐形成了清明节制作清明粑的习俗。而黄花、紫叶和嫩枫木叶则是五色糯米饭的最好原料。查阅布依族民俗风情可知：

制作五色糯米饭比较讲究方法。黑色糯米饭，用枫叶及其嫩茎之皮，放在臼中捣烂，稍为风干后浸入一定量的水中，浸泡一天一夜后，把叶渣捞出滤净，即取得黑染料液。黑染料液要放入锅中用温火煮至五六十度，再把糯米浸入其中。黄染料，可用黄花或黄栀子、黄姜等植物的果实、块茎提取。将黄花煮沸，或将黄栀子捣碎放入水中浸泡，即得到黄橙色的染料液。紫染料、红染料是用同一品种而叶状不同的红蓝草经水煮而成。叶片稍长的，颜色稍深，煮出来的颜色较浓，泡出来的米即成紫色；叶片较圆的，颜色较浅，煮出来的颜色较淡，泡出来的米即成鲜红色。提取四种液汁出来后，分别把不等量的米放入其中浸泡一夜，等其上色后与白色的糯米一同放入蒸笼中蒸约一个小时，便可蒸出黑、红、黄、紫、白（糯米本色）五种颜色的糯米饭。此时的糯米饭色泽鲜艳、五彩斑斓、晶莹透亮，加上它的滋润柔软、醇正平和，味道富有植物清香，每当想起，便令人垂涎欲滴、回味无穷。

按照布依族的习惯，清明节扫墓，是家族里男子的义务，嫁出去的女儿是没有义务回来扫墓的，即便回来扫墓，祭祀用的纸幡也不一样。男子一辈用的纸幡中间须用红色彩纸围圈起来，而女子一辈，则要用蓝色或绿色纸围圈。然后，每家各备一只鸡或一只鸭，还有鞭炮和纸钱、香、烛，带上五色糯米饭、清明粑，一家人就浩浩荡荡地向祖先的坟茔出发了。

爷爷奶奶一生只生育一儿一女，姑姑远嫁他乡，清明时节，常常难以亲自赶来为他们扫墓，而其他叔伯亲戚没有跟着爷爷搬迁过来，仍住在贵州一个偏远的山区。很多年来，爷爷奶奶的坟前便总是只孤零零地插着仅我们一家送去的纸幡，它们在遥远的深山里清冷而孤寂地飘零着，诉说着子女稀少的苍凉。

到父亲这一代，也只生育了一个儿子，但父亲有我们四个女儿。每年的清明节，他都会带着我们跋山涉水，去深山里给爷爷奶奶扫墓。每一次，父亲都会把爷爷、奶奶的坟整理得干干净净，检查得仔仔细细，看看有没有哪里被蚂蚁蛀了，有什么地方被水浸了。他和爷爷、奶奶亲亲热热地说话，跟他们报告村里发生的事，哪家孩子娶媳妇了，哪家又盖了新房，哪个老人也归天了，像一个久别重逢的孩子那样唠唠叨叨。父亲做这些事说这些话的时候，有点悲凉，他肯定在这个时候想到了我们四姐妹和他唯一的儿子，想到他唯一儿子的两个女儿，想到她们长大后远嫁他乡。他不知道，若干年后，当他也像爷爷奶奶他们一样躺在凄冷的山上时，他的坟头是否也只是孤独地飘着一片只有哥哥送去的纸幡；再若干年后，当哥哥也像他一样躺在某个山上时，他就更加不知道，他的坟头是否还会有纸幡在飘扬。父亲这时候的心便疼痛起来，目光里有隐忍的忧伤和焦虑。父亲啊，难道您忘了还有我们四个女儿了吗，以及您的孙女，还有我们的子子女女？我们也会像您的儿子、孙子一样孝顺您，即便有一天，当您不得不离开我们，躺在某个山谷里时，我们也不会让您的家寂寞地荒芜着。

祭祀时，父亲在爷爷奶奶的坟前摆供品，点贡香，烧纸钱。然后，让我们按年龄大小依次跪拜，跪拜时，都要口中念念有词，或默默祈祷，祈求老祖宗在天之灵，保佑自己，或发家致富，或前途无量，或学业长进。拜毕，便噼里啪啦地燃放鞭炮。鞭炮响尽后，虔诚、肃穆的祭祀便算结束了。接着，便开始坟头聚餐祭奠。这种祭奠，不能随便举行，要等亲人入土三年以后才能行此祭礼。此时已没有亲人故去时浓浓的悲哀，有的是深切的怀念和渐渐的释然。将带去的鸡鸭鱼宰杀、清洗后，先端在祖先坟头祭祀，一刻钟后再切小块下锅。锅灶是由三块石头临时垒起来的，将肉煮熟后，舀到小锅里，置在炭火炉上，按年龄围坐成一圈，就在祖宗坟头吃起来，边吃边回忆祖先的功德，畅叙各自的情怀，展望美好的明天。

父亲这时候才渐渐从忧虑中舒缓过来，他的目光一一掠过我们，像一条涓涓的小溪，静静地在我们心头之间流淌着。我忽然就决定了，无论走到哪里，每年清明，我们四姐妹都要一起回家扫墓，让父亲的心，永远像阳光一样温暖和安心，让他知道，女儿，和儿子是一样的。

二

收到鲁迅文学院第一届少数民族文学创作培训班的录取通知书时，我犹如一朵洁白的棉花，柔软而轻盈，飞舞在鸟语花香的春天里。在这个春天里，我的心时刻膨胀着，这朵飘扬的棉花，似乎随时都会从自己的身体里扯出一根根柔软绵长的丝线，紧紧地缠绕住一个美丽而真实的梦。

培训班的开班仪式要求尽量着少数民族服装。于是，我便飞奔回山村，寻找童年印象里淳朴、独特的布依族服饰。

母亲陪嫁时的木柜子厚重而古朴，寂静而坚韧地守候在房间的一角。柜子呈长方形，下有四足，柜顶中部有可以开启的柜盖，柜身雕龙画凤，花团锦簇，花好月圆。经过几十年岁月的淘洗，这些曾经色彩斑斓的花鸟已经失去了它们光鲜的颜色，只是静静地守护着曾经的爱情和温暖。母亲的心也依然温暖着吧，那些失去的只是亮丽的色彩，是人生无法留守的时光，而在她内心深处永远沉淀的，是花容月貌时初嫁的娇羞，是艰难岁月中温暖的相守，是风烛残年时美好的追忆。

我打开柜子，用头顶着沉重的柜盖，弯腰在柜子里寻找母亲美丽的嫁衣。

布依族的服饰洁净淡雅、庄重大方。多喜欢穿蓝、青、黑、白等色的布衣服。青壮年男子包头巾，穿对襟短衣（或大襟长衣）和长裤。老年人穿对襟短衣或长衫。妇女大多穿右大襟上衣和长裤（或百褶长裙）。

上衣都是青布右衽大袖（7至8寸），衣服的领口、盘肩、衣袖、衣角边沿都镶有"栏杆"（花边）；下装为青布大裤脚便裤或蓝黑色百褶长裙，裤脚、裙摆绣花或镶"栏杆"；系绣花围腰，显得身腰细长苗条，体态婀娜；穿尖头绣花鞋，鞋尖、鞋面均绣花；戴银质手镯、耳环、项圈等饰物。头发梳妆，一根长辫，扎红绿线。小姑娘花辫拖背；青年妇女发辫绕头，头包折叠整齐的青帕或花格子头帕；中年妇女绾发髻于脑后，马尾编织的发网罩髻，插玉簪或竹簪，不再穿绣花鞋和系花围腰；老年妇女的服饰比较随便，包头帕不折叠，不佩戴任何首饰。

布依族的姑娘们勤劳而聪慧，服饰都是自己制作的，她们自己种植棉花、纺纱、织布、蜡染，用勤劳的双手和聪明的智慧制作出各种土布，有白土布，也有色织布。布依族民俗风情资料显示：

色织布多为格子、条纹、梅花、辣子花、花椒、鱼刺等图案，多达两百多种。服饰色彩多为青蓝色底上配以多色花纹，有红、黄、蓝、白等色，既庄重大方，又新颖别致，反映了人们纯朴善良、温和热情的性格。布依族服饰的制作集蜡染、扎染、挑花、织锦、刺绣等多种工艺技术于一身，反映了他们独有的审美特征。除了同南方诸民族一样使用蓝靛染布，布依族还采用了古老的扎染技术，把织好的白布折叠成各种图案，用麻线扎好进行浸染、漂洗，最后成为蓝底白花的各种图案。布依族姑娘从小就有蜡染的灵气，所穿的衣服大都是自己亲手缝制的，合身得体，古朴典雅。每逢节日，她们就把自己精心制作的服饰展示出来，作为美的竞赛。姑娘们自制的蜡染裙，由于冰纹和花纹排列得精美和谐、层次分明，穿上走起路来富有变化，节奏感和韵律感极强。这些工艺与图案的综合运用，再与人体线条统一起来，动静结合，给人以强烈的美的享受。

在寻找母亲的嫁衣中，我仿佛看到了18岁的母亲，按捺住一颗跃跃的心，在夜深人静的时候悄悄织布，然后仔仔细细地蜡染、挑花、织锦、刺绣，一针一线地在蓝色嫁衣的领子、肩头、胸襟、袖口和衣摆上绣花边，一朵朵鲜艳欲滴的梅花、一对对温柔缠绵的鸳鸯呼之欲出。她每天夜晚都在悄悄地准备着自己的嫁衣，兴奋得难以入睡。当母亲的嫁衣以惊人的速度和美丽完成后，她的快乐是无与伦比的。无数个夜深人静的夜晚，母亲悄悄地穿上她的嫁衣，在昏暗的镜子里娇羞地端详着自己。那镜中的人儿哟，双目含星，面颊绯红，千般柔情，万般妩媚。母亲不由得翩翩舞蹈起来，脚步轻盈而欢快，婀娜柔软的身姿像一朵清纯的莲花摇曳在冗长、寂静的黑夜。

我最终没有找到母亲的嫁衣，我没有去追问她，每个人的内心都有一个隐秘的角落，埋藏着自己隐秘的心事。这些心事，也许美好，也许辛酸，也许刻骨铭心，也许不堪回首，但都是经历过的生活，我们不要轻易地去打碎。

开班仪式上，因为时间紧，找不到"原汁原味"的布依族服饰，我没有穿少数民族服装。自从七十多年前从贵州老家搬到这个城市后，我们的服饰已经被现代的各种服饰同化得很深了，那些朴实的、纯手工绣制的土布衣服，只会像梦一样在遥远的记忆里飘摇。

但我会一直不停地寻找。我想，当我找到时，它就不仅仅是一件衣裳了。

三

一个寂静的夜，小妹打来电话，说要让我听一段从未听过的歌。那时候，我正在千里之外的青岛学习培训。小妹从小就喜欢唱歌，她那尖细的女高音常常在我毫无提防的耳畔蓦然响起，每次都会令我的耳膜嗡嗡震个半天，让我心惊胆战。我立即拒绝说："不敢洗耳恭听。"小妹笑着说，这一次，保证不会让我的耳朵受到任何伤害。

我半信半疑地将手机移近耳朵，一阵清静之后，手机里传来她的录音。一个极富磁性的男低音在寂静的夜里款款地唱着布依族山歌。那歌声，温柔而绵长，像一条条柔软的丝线，牵引出我心里无限的柔情来。

那竟是父亲的声音，是父亲的山歌！是我从未听到过的歌声！

小妹说，录音的那一夜，天气异常寒冷，父亲和母亲坐在热烘烘的火塘边，剥桐果。那年的桐果特别丰收，它们一大箩一大箩地在房间里堆积着，父亲母亲便一夜一夜地在火塘边剥桐果。黑夜，漫长而寂静，他们的手指在红通通的火光中不停地翻飞，像一条条跳跃的泥鳅。父亲的歌声便在这些泥鳅的跳跃中温柔地响起。母亲在父亲的身边静静地剥着桐果，那些坚硬的果皮有时候会深深地陷进她的指甲里，但母亲一点也不觉得疼痛，她苍老的脸庞在火光的映照下生动而红润。有时候，母亲会忘了剥手中的桐果，她抬起一双浑浊的眼睛，温柔地注视着父亲，和着父亲的调子轻轻地哼出了声，让寂寞的夜渐渐变得温暖起来。

小妹是深夜外出串门回家时听到歌声的，那时候，哥哥、嫂子、侄女们都不在家，她没有打扰这一温馨时刻，蜷缩在寒冷的门外，用手机悄悄地录下了这绵长的歌声。

小妹说，那一刻，她感动得想流泪；而我，却真的泪流满面。

寂静寒冷的夜啊，是否让父亲母亲穿越了时空的隧道，回到了四五十年前那温柔的时光，回到布依族那浪漫的跳花会上？

布依族民俗风情资料显示：

跳花会，每年农历正月初一至二十一举行。是未婚男女青年的主要社交活动。规模盛大，参加人数过千。每逢节日，年轻的姑娘们都穿着艳丽的花边衣服，锁着极好看的盘花纽扣，穿着美丽的绣花鞋，一个个羞羞答答的，像鲜花一样从五村八寨，从那看不见的半山腰，款款而来。小伙子们则穿着对襟衫，系着留须的腰带，吹着木叶，骑着高头大马，雄赳赳气昂昂地赶到跳花会地点。在跳花会上，很多的青年男女通过吹木叶、对山歌悄悄地私定了终身。那是一个平坦的大草地，一边是清澈见底的溪流，一边是含苞待放的桐花，到处是人喊马嘶，笑语喧哗。牛皮大鼓迅雷般地在山谷里响起，它们时快时慢，抑扬顿挫，加上锵锵的铙钹声，让青春萌动的青年男女们精神振奋，心潮澎湃！场上，青年男女们这里一群，那里一堆，或翩翩起舞，或唱着古老的情歌，或吹"嘞友"、弹月琴，吹木叶。歌声美妙，舞步轻盈，一双双深情明亮的眼睛，热热烈烈地向对方诉说着爱情。紧靠着桐林边，搭着一个台子。在那里表演着以生产劳动和民族习俗为题材的精彩的布依族舞蹈，如反映生产劳动的有织布舞、春碓舞、响篙舞、生产舞、丰收舞、粑棒舞、刷把舞等；反映民族习俗的有花包舞、铜鼓刷把舞、伴嫁舞、玩山舞、花棍舞、龙舞、狮子舞、板凳舞、铙钹舞、转场舞、回旋舞、红灯舞、刺锤舞、傩舞等。整个草坪一片欢腾、热烈。他们唱呀跳呀，不知不觉已是夕阳西下，当美丽的晚霞像肥皂泡一样飘满天空时，人们才依依不舍、陆陆续续地离开草坪，相约下次见面的时间。

跳花会又是年轻小伙子和姑娘们的搭桥会，他们在草坪上播种了爱情，到了节日的最后一天即正月二十一日（叫"结合"），宣布一年一度的跳花会结束了。二十二日是"牵羊"日，意思是订婚约，男青年把"羊"牵回家去（把姑娘带回家去），让姑娘看看男方的家境，以决定自己的终身大事。这一天，许多小伙子都去草坪把未来的妻子带到寨上去。可是，害羞的姑娘们哪里肯跨进对象家的门槛，只不过在寨子后面的山上，从石缝间，从大树后，偷偷地看一看对象家坐落的地方，然后再最终决定自己的终身大事。

父亲是否也是在那个浪漫的跳花会上，紧握母亲温柔的小手，把她牵回了家中，从此与她共度人生的每一个日月星辰？

多年以后，当父亲母亲逐渐苍老，当他们在一个无人的寒冷的冬夜，对着温热的火塘静静地歌唱，当他们的歌声飞越千万里，遥远而清晰地撞击着我的心灵，我就在心里暗暗发誓，我要让那些歌声永远飘荡在家里温暖的火光中。

护身符

一

福满舅说，他的脚像长了一个闹钟。

福满舅说这句话的时候，声音响亮而明快，像一支箭，嗖的一下，从电话线的那头射穿我的耳膜，砸在我的脑海里。他说他的双脚每到晚上九点，就忽然抖动起来，好像每一只脚掌忽然长出一个闹钟。闹钟一响，他的十个脚趾就像跳舞一样飞跃起来，每一根脚趾骨里仿佛有一个声音在不停呐喊：去吧，去吧。于是他的双脚不由自主地就往我家走去。

我想，他不是去看我母亲的，尽管她是他最亲爱的姐姐，他也不是去看我父亲的。我的父亲母亲在村子里的大路上一天起码碰到他两次以上。他们见面的次数比见自己的子女还要多。

是什么样的执念，让我的福满舅，每天晚上九点，像奔赴一场恋人的约会般，乐颠颠地往我家跑？

一个周末的下午，怀着无限的疑惑，我也往家赶去。

回到那个生我养我的小山村时，已是晚上七点，那天的天气很好，白天的阳光明灿灿的，像涂了一层金油。尽管已是傍晚，但满天的霞光依然金碧辉辉，汹涌澎湃，在广袤的天空里飞奔，像赶去朝拜的人，你追我赶。我心情美丽，尽管你永远不会知道，天堂里正在经历什么，但你可以感受到，这些经历都是美好的。因此，你整个人也就变得美好起来。

推开虚掩的门，一道光像一只脱兔，跃进房间。内心忽然一阵悸动，仿佛有一只神秘的手把我的心轻轻拨动一下。蓦然抬头，堂屋香案旁一双金光闪闪的东西立即吸住了我的眼球。

这是一双唢呐。"唢呐"是后来才在书上知道的名字，从小我只知道它叫"八仙"，家乡方圆百里都叫吹唢呐为吹"八仙"。为什么叫"八仙"？我爷爷不知道，我父亲不知道，我也不知道。我想应该跟"八仙过海，各显神通"的故事有关吧。那八仙，他们原是凡人，男女老少、贫富贵贱，八个不同的人。他们都有着多姿多彩的凡间故事，与一般神仙不同的是，他们并非生而为仙，而且都有缺点，但都依靠自己的特殊能力创造了奇迹，之后才得道。这八仙，有血有肉，有爱有恨，有优有劣，更像生活在身边的人，仿佛就是隔壁的邻居，所以才深受群众喜爱，更容易被人们接受，因此家乡人才把他们的名字赋予自己喜爱的东西吧。当然，这只是我的猜测。

父亲作为爷爷唯一的儿子，接了爷爷的"衣钵"，是方圆百里吹唢呐的老手，他常常用"八仙"为村里的年轻小伙迎来他们美丽的新娘，也常常为逝去的亡灵做最后的超度。唢呐在他嘴里有时欢快，有时悲伤。父亲是这场快乐或悲伤的王。你要快乐，他就把唢呐吹成一只欢快的小鸟，让你欢喜让你飞；你要悲伤，他就让唢呐变成一只温驯的绵羊，柔软地抚慰你的心灵。由此，父亲常常成为八仙桌上最尊贵的客人。

父亲说，这是从老家贵州省罗甸县一个偏远山村的农户家里淘来的。因唢呐的哨片尖而柔韧，容易被压坏变形，父亲用一块厚厚的土布把它们包扎起来，像怀抱一个襁褓中的婴儿般，抱着这双唢呐从偏远的山村骑摩托车到罗甸县城，再坐中巴车到红水河码头，然后乘船到龙滩码头，再转坐面包车到我们县城，最终坐上表哥的小轿车回到家里。

这是一双经历了陆路、水路，经历了摩托车、中巴车、面包车、小轿车，经历了木船、货船、客船，穿越了罗甸和天峨的山山水水，千里迢迢来到我家，挂上我家堂屋的唢呐。

父亲这一辈子，终于真正为自己带回了一样宝贝，他视如珍宝。

父亲其实是经常带宝贝回家的，只是那些宝贝不是他的宝贝，而是我们五个兄弟姐妹的宝贝。

七八十年代，父亲是我们小山村里唯一经常往县城跑的人，他驾着一辆叮当响的二手小货车，拉货，也拉人，在农村和县城坑坑洼洼的山路上爬行。他每天踏着晨露而出，披着晚霞而归。

每天傍晚，我都和家里的大黄狗坐在村头的土包上，守着一点一点暗下去的天光，等父亲回家。依然记得，归巢的母鸡带着一群叽叽咕咕欢叫着的鸡仔，一拨又一拨从我的面前走过。每一只母鸡都警惕地盯着我，小心翼翼地护着它的孩子从我面前匆匆掠过，那些单纯的鸡仔却不知忧虑地向我跑来，它们东一只西一只地向我欢叫着。我伸手想抚摸一下那些毛茸茸的小可爱，却被突击赶来的鸡妈妈扇动翅膀凶猛地威胁，伸出的小手于是像一节苍白的藕，寥寥地停在半空。有时候是一只白白胖胖的大肥猪，摇着肥硕的屁股，哼哧哼哧大摇大摆地走过我的面前。这些厚脸皮的肥猪，还不时拱我身边的泥土，甚至拱我的脚。我不喜欢这些大肥猪，一脚把它们踢开，它们也不恼火，点头哈腰扭着性感的屁股回家去了。最怕的是遇到那些凶恶的鹅，它们长颈高仰，怒目圆睁，骄傲地嘎嘎高喊着喧嚣地向我冲来。往往这个时候，我大喊一声"狗，跑！"大黄狗跟在我身后，闪电般，我们一下就冲进家里关上了大门。哼，惹不起，我们躲得起。

不知走过了多少只鸡，多少头猪，多少只鹅，父亲的车子才在朦朦胧胧的夜色中渐行渐近，有时是车子的喇叭先到达，有时是车子的灯光先到达。不论是什么先到，我都是第一个冲向父亲，第一个从他手里接过一样又一样东西。有时是一块肉、两把面条，有时是一包气球或几条红绳，却从来没有发现父亲自己的东西。

父亲在经历了五十几年的日月星辰后，在一个彩霞满天的傍晚，终于捧回了他自己心爱的东西。

二

不好意思，扯远了，不知不觉竟扯到我小时候，扯到我父亲身上去了。我总是这样，做着这样，想着那样。做着做着，什么也做不成，想着想着，什么也想不到。比如生活，想安逸，却不敢放弃努力。比如写作，想奋笔，却不能疾书。罢了罢了，生活就是这样，有时是一个妖怪，你对它哭，它对你笑；有时是一面镜子，你哭它也哭，你笑它也笑。哭和笑，本都是人类最本质的情感，都需要历经，所以唯有坦然面对。

还是来说说我的福满舅吧。

福满舅每天晚上九点，乐颠颠来我家，确实不是来看我父亲母亲的，他是来看父亲挂在堂屋上的那双唢呐。当他的目光触到那双唢呐时，眼里立即伸出两只温暖的大手，将那双唢呐，甚至唢呐上的每一个小孔，都轻轻地抚摸了一遍又一遍。他那样小心翼翼，忘乎所以，以至于我常常怀疑，这不是一双唢呐，而是我福满舅心上人柔软的小手。

福满舅后来说，它真像。它就是一九七九年三月三日凌晨四点在对越自卫反击战谅山战役中攻打三清洞时吹响的那支冲锋号。

福满舅说这话的时候，刚好是我看完电影《长津湖》的几天之后。后来很长的一段时间，我的心一直被电影里出师未捷身先死、坚守阵地成冰雕、英勇无畏炸敌寇、血洒战场魂未归等场景感动着，震撼着。以至于当福满舅穿着一身旧军装向我走来时，我一直觉得就是伍千里在一步一步向我走来，我的思绪一下回到福满舅那本暗红而沉淀着时光味道的《战斗日记》上：

一九七九年二月十六日

16点30分，我们登上了去最前线的列车，此时，心情多么激动，我们离开了可爱的战友与同志，肩负着党的重托，人民的期望，向前，向前。

记事：下午2点50分离开独立团前往青云谱车站上火车，下午4点30分准时开车，我们所乘车号：610696。天气：白天阴天。

福满舅，就这样雄赳赳气昂昂怀着满腔的热情与不舍前往战场去了。

在随后的攻打谅山战役（以三清洞为主）的记录中，福满舅写了满满的28页。这28页记录有前言，有敌我双方态势和企图分析，有战斗经过，有经验教训，有缴获的物资，有立功人数等。这本记录，经过了岁月的打磨和雨水的侵蚀，有的字迹已经模糊，部分产生重影，有的段落已经消退。但其中一段战斗经过却异常清晰：

十八时左右，五连接到营的命令，要争取在天黑前侦察好敌情、地形，天黑后进行偷袭，偷袭不成功就转入强攻。遵营之命，五连连长马上组织干部、骨干对现地进行了侦察，对敌情做了具体的分析，指导员也迅速给部队做了动员。全连同志虽经一天连续激烈作战，还没有吃饭，加上下雨衣服都湿透了，天气也很冷，但大家没有一句怨言，甚至没有一个叫苦叫累和掉队，全连士气高昂，斗志旺盛……

当接近敌三清洞右侧200米左右时，连队又遭到敌步机的火力射击，连长以快制快，迅速命令三挺机枪占领小水沟一线有利地形，以火力压制敌火力点，在我坦克炮的掩护下，摧毁敌一辆坦克和一辆装甲车……

全连到达山脚一线时就展开了与敌争夺阵地的战斗，五班副班长王XX同志在战斗中不怕牺牲，不怕疲劳，英勇作战，端着冲锋枪冒着生命危险带领全班在敌枪林弹雨中冲锋陷阵，第一个冲上了山顶……

喷火班长接近洞口十米以后，就打开保险，扣压发电机向洞内喷入了火焰，由于喷火口后坐力大，加上山陡地滑又没有好的地形，喷火班长被喷火口的后坐力推向后，倒了下去……喷火班长的手上、脸上有好几处受伤，鲜血直流，同志们要给他包扎，他说"不要管我，守住洞口要紧"……

五连在这次战斗中，第一仗伤亡43人，第二仗伤亡37人。立功人员：一等功2人，二等功12人，三等功47人……

这不是拍电影，是福满舅真真切切记在战斗日记本上的白纸黑字。是一场刀光剑影、你死我活的较量。战争，第一次以无比真实而直观的画面直涌入我的眼底。

福满舅那时十七八岁吧，是外婆最疼的满仔，母亲最爱的小弟，是娥儿姑娘最念的心上人。他在三个女人的无限牵挂中，在一九七九年越南大地上一个寒冷的深夜，豪情壮志地冲向敌人的阵地。

"那个晚上真冷啊，风雨大得看不见路，有时候你都不懂前面是敌人还是战友，你就只管往前冲。冲着冲着，你身边的人不知什么时候就倒下了，再也起不来。"福满舅说着，他的声音冷得颤了一下，仿佛那些风，那些雨，一下子就飘进了他的身体深处。我看见福满舅投在地上的身影也跟着颤了一下。而此时，阳光灿烂，天气炙热，远处水塘里的鸭子，潜伏在水中央，仿佛要与这炽热的天气决裂一般。福满舅的目光在水面上绕了一圈，慢慢仰向天空。天空遥远，万里风扬。福满舅的眼里，有水雾在轻轻摇荡。

"那个吹冲锋号的战友，在我面前，直直地倒下了。"福满舅的声音很轻，仿佛在梦呓。梦里的福满舅神色肃穆，他直直地站在阳光里，像一颗坚硬的石头。

三

老家的屋背后，是一座绵延的山坡，坡底有一块油茶地和一片野柠檬林。往上，便是一大片一大片金刚树林和枫树林。小时候我常做的一件事，就是放学后扛一把锈迹斑驳的大刀，兜两根老树藤，和敏表姐跑到油茶地里，或者到柠檬林里打柴火、摘柠檬。柠檬很酸，却是我们那个时候唯一的水果。再往山上去，应该还有更多的野果，但我们从不敢再上到更高的山上去。山上的金刚树、枫树太密了，厚厚的树叶把大地覆盖得阴冷而寂寥。我总觉得丛林深处一定住着一位白发苍苍、全身利爪、满脸绿毛的妖怪，只要一碰见它，你就会被它牵走。牵着牵着，你就不见了。

我的奶奶，就是这样在丛林深处被牵走的。

一九七九年十二月的一天下午，忽然大雨滂沱，雷声轰鸣。我勤劳的奶奶，当时正在山坡上砍柴。她砍着砍着，就砍到枫树林里去了。她本想在漫天的枫叶下歇一歇。那时候的枫叶真红啊，一片片，像一只只燃烧的火鸟，飞满整片山坡。而高大挺拔的树枝如一群群昂首的蛟龙，顶着片片红叶，伸向天空，护卫着潮润的大地。我奶奶刚想靠在粗壮的树根上，忽然，风就来了，雨来了，雷声也来了。可恶的是，丛林里的妖怪也来了。它目光阴冷，手指冰寒。它伸出身上的利爪把我奶奶轻轻一拉，我的奶奶就这样跟着它走了，不见了。

找到奶奶时，雨还在下，奶奶蜷缩在冷冷的冰雨里。她的身边横七竖八地散乱着一些砍好或未砍好的柴火，一把锈迹斑驳的柴刀无力地躺在奶奶的身边，奶奶僵硬的手指紧握在胸前，当人们用力把它们掰开时，一颗野李子从中猛然坠落，和泥土里一些散落的果子滚在一起。我的奶奶她肯定还在想着把这些果子带给她的孙子孙女们吧，她一定跟那个妖怪无力地挣扎过，在大雨里无声地呼喊过，然而却没有一个人听到，也许连一只鸟也没有听到。父亲背着冰冷、湿透、僵硬的奶奶回家时，痛得几乎跌落山谷，他步履苍凉地在湿冷的树林里狂奔，梦想着还能喊回奶奶。

可是我的奶奶，任凭我父亲千般呼唤，却从此不再醒来。是那片密林带走了我的奶奶。

四

后来，很多年的很多个夜晚，福满舅都要穿越那片密林，到山背后他的娥儿姑娘家去。

娥儿姑娘那时候真美啊，两根长长的、粗粗的辫子从脑后一直垂到屁股，娥儿走路的时候，两根辫子就随着娥儿美妙的腰肢一起摆动，像两条柔滑的水蛇，不知缠住了多少年轻小伙躁动的心。娥儿迷雾般黑幽幽的眼睛却只亮亮地盯住福满舅。她从山那边款款而来，和我小姑打老庚，和我王大表姐、杨大表姐、黎大表姐她们做姊妹团。冬天的下午，阳光软软地晒着，她们常常在我外婆家的晒坪上边纳鞋垫边摆古，她们大声欢笑，脆脆的笑声里挂满钩子，把一个个小伙子都钩到了晒坪上。我小姑说，每次只要福满舅一出现，娥儿的手就被针刺一下。她脸红红地把被刺的手指含在嘴里，吮一下，再吮一下。

她们本来是要谋划一场对歌大赛的。福满舅还没来得及唱呢，他就在一九七八年十二月的一个冬日里，穿上军装当兵去了。

福满舅一定是念念不忘那场对歌吧。那些情意绵绵的山歌，像一个个气泡，冒在他无数个寒冷的夜晚里。在他向敌人冲锋的时候，在他被雨淋湿的时候，甚至在他即将进入梦乡的时候，那些气泡就一个个五彩缤纷地冒出来。它们越变越大，最后填满他的胸腔，爆裂在他《战斗日记》的最后一页：

你有心来我有心/不怕山高水又深/山高自有开路人/水深自有渡船人/山上青松山下花/花笑青松不如她/有朝一日冰霜下/只见青松不见花/行路相碰不想问/俩人低头俩人知。

见歌如见人，福满舅像多情的壮家阿牛哥，深情地站在苍凉而泛黄的日记本上。

一九八二年正月，福满舅光荣退伍。他飞奔在回家的路上，恨不得立即投入母亲的怀抱。见多了战场上顷刻间的生死，福满舅说，他最大的愿望就是平平安安地活着。

福满舅回到家乡的第二天晚上，他还没有来得及告诉娥儿姑娘呢，就被村里的小伙子们怂恿着去参加一场美丽的蓝衣壮婚礼。

你可能还不知道蓝衣壮的婚礼有多热闹吧，不急，且让我慢慢与你道来：

蓝衣壮人的婚礼基本上都是在冬季举行。婚礼当天，屋外，前来祝贺的八方宾朋令主家应接不暇，鸣炮声此起彼伏，爆竹的碎屑撒满了房前屋后，像是铺上了红地毯，一派喜庆祥和。屋内，两位歌师盛装高坐堂上，而新郎家族则有两位女歌师，她们与新娘带来的歌师对唱礼节歌、赞美歌。晚上，新郎官娘舅家带来的男歌手要与新娘带来的女歌师对歌，一开始对的是礼节歌、赞美歌，越到后面越活泼洒脱，天文、地理、爱情甚至挖苦、对骂、戏谑什么的都可以唱了，娱乐成分渐浓。这歌一对起来双方就互不相让，直到有一方败下阵来，有时候是半宿，有时候是一宿，有时候甚至一天、两天，三四天都有。婚礼的第二天，其他宾朋都离去了，但娘舅家的人和新娘、伴娘、歌师等还要留下来，接受新郎家族的轮庄宴请，连续宴请三天娘舅家的人才被送回家，第五天新娘一等人才被送回娘家，至此整个婚礼才圆满结束。

对歌是蓝衣壮婚礼的重头戏，没有对歌的蓝衣壮婚礼是没有灵魂的婚礼。那些年轻的男男女女满腔热情地奔赴一场蓝衣壮婚礼，其实就是奔向一场歌会。有的人奔着奔着，就奔向了他们的爱情。

那是一场忘记时间和空间，忘记悲伤和苦难的歌唱。那时候的对歌不像现在我们见到的对歌，可以面对面地一起坐在堂屋里，她可以看见他的脸，他也可以闻到她的香。

福满舅他们那个时代的对歌，男女双方是见不着面的。小伙子们坐在堂屋里热腾腾的火塘边，陪同的姑娘们则坐在新娘的房间里，他们被一堵薄薄的木板墙隔着，他们美妙的歌声从木板的缝隙间钻过来，钻过去。他们的欢乐也跟着钻过来，钻过去。

福满舅是这场对歌的男方"主唱"，他的胸腔像埋着一座火山。几年来在部队里被压制下来的山歌，像一条条火舌，此刻正在烈烈地舔舐他的内心，让他仿佛沸腾起来。他唱完婚礼的"规定动作"后，开始像脱缰的野马，唱花前月下，唱战争悲苦，唱生死存亡。

凌晨四点，这场对歌以女方"主唱"的痛哭而收兵，福满舅像一条忧伤的鱼，游弋在深深的夜空里。

第二天清早，主家宴请男女歌师，娥儿姑娘眼睛红肿肿地从屋后拐角出来，和福满舅差点撞了个满怀，四目相对，顿时电光石火，天空浩荡，月朗星稠。她竟是他的那个她，他也是她的那个他，他们在转角遇到了爱。

福满舅成了娥儿家的上门女婿。尽管他万般不舍离开他的母亲、他的兄弟姐妹，但是娥儿姑娘家有更大的责任需要有人去担当。他像去当兵一样，毅然选择了责任。

很多个夜晚，福满舅要穿越那片密林，到山背后他的娥儿家去，直到后来，娥儿父母双亡，他们才又搬回来。

我不知道福满舅是否对那片林记忆深刻，也不知道他是否在那片林里碰到过妖怪。幸运的是福满舅没有被牵走。只是为何我的记忆里总有福满舅在那片密林中大声痛哭的声音？

我问村里的姐妹们，她们都说没有印象。

是不是记忆也会说谎，歌唱变成了痛哭？就像生活偶尔也会欺骗你。福满舅其实是高歌着穿越那片密林，去寻找他的娥儿姑娘。

五

我父亲就差点在那片森林里被牵走过一次。

那夜月黑风高，父亲去山背后的老契家喝酒。他们经常你来我往，相敬相爱。契爷常常骑着一匹高大的黑马，驮着这样那样的东西在傍晚时分踏入家门。只要契爷一来，父亲就会杀鸡宰鸭，叫上村里的男人们来吃饭喝酒、猜拳行令。夜深了，他才派人送契爷回去。他们尽管来往密切，却很少住在对方家里，没有特殊情况，无论多夜，他们都要回到自己的家。我们家没有马，父亲经常是走路去契爷家。那晚他肯定是喝高了，我们正在村头的大晒场上玩"大海捞鱼"呢，父亲在山林里大声呼喊，一下喊"乜"（妈），一下喊我大姐的名字。大姐召集几个姐妹，向山上飞奔而去。

那个夜晚是神秘而玄幻的。回到家的父亲异常兴奋，他两眼火红，双手狂乱地在空中挥舞，一下说："我要抓你的头发。"一下又说："我不跟你走这条路。那个头发长长的妖怪要牵我走那条路。不对，不对，我踢死你。"他的一只脚高高抬起，踢向空中。他的力气比平时大很多，几个人都强压不住。这时候福满舅站出来，像战场上坚定的指挥官，大手一挥，说：吹唢呐。

福满舅一定是想起了二十几年前三清洞上的那战场了吧，他一定把唢呐当成了冲锋号。他知道，只要冲锋号一响，人们就会有无限的力量往前冲，把敌人，哪怕是妖魔鬼怪也会赶走。

呜呜的唢呐声回响在寂静的深夜里，福满舅忽然泪流满面。

说来也怪，原本狂躁不安的父亲，忽然安静下来，他的目光开始变得柔和，手脚也不再乱动，跟着唢呐的节奏轻轻吟唱起来。

大约半个小时后，父亲恢复正常。他说，刚才我好像做了个很长很长的梦。

从那晚起，我就一直坚信，一定有某种神秘的力量，或符号，隐匿在我们看不见的地方，护佑着善良的人们。

六

福满舅一直坚信世界上一定存在着人们无法看见的力量或符号，这神秘的力量或符号只保佑善良的人。他立誓，这一生只做善事。

福满舅和娥儿一生没育有子女，但他们谁也没有舍弃谁。很长很长的时间里，他们两人一起面对生活，面对孤独，面对漫漫的日月星辰。我不知道他们有没有在深深的长夜里抱头痛哭过，互相埋怨过。我只看见他们一起扛着犁耙、长刀或锄头，走在山路上、田坎边。他们白天造大片大片的树林，夜晚剥大箩大箩的苞谷，他们一定还在没有人的地方一起歌唱过。生活离不开歌唱，就像鱼儿离不开水，瓜儿离不开秧。人类最美好的感情就是：你陪伴我，即便生活不易，内心依然欢喜。

　　一个天蒙蒙亮的早晨，福满舅在通往县城的大路边看到一个被丢弃的女婴。女婴病恹恹的，像快要断气的样子。福满舅立即把她抱回家，和娥儿悉心照顾。女孩长大后，嫁到城里，福满舅和娥儿又回到两个人的生活，但他们活得更快乐，更有盼头。他们知道，那个嫁到城里的女儿，会在某个早晨或黄昏，带着她的儿女奔走在来看望他们的山路上。

　　福满舅现在老了，眼也花了，他却决定重新抄写他的战斗日记。他害怕再过几十年，那些文字会像时光一样消失，这是福满舅无法容忍的，哪怕他看不清这文字，他也要让它们体体面面、真真切切地存在。那些细小的文字，像蚂蚁一样咬着他的眼睛，但他仍要一个字一个字地抄，仿佛一个字就是他的一个战友。

　　他还经常想起一九七九年三月在越南攻打三清洞的那些人、那些事，那支像父亲的唢呐一样的冲锋号，那个吹冲锋号倒下的战士，还有很多回了家或回不了家的战友。他天天到我家看那两支挂在堂屋的唢呐，每次看到它们，他都在喃喃地叨念："像，真像。"哪怕他看过了千遍万遍，却还是像第一次见到那样痴迷。我不知道福满舅看到的是唢呐还是他的那些战友。

忽然有一天，福满舅说他要当我父亲的徒弟，跟着我父亲到各地吹唢呐，他说每一曲唢呐都隐匿着满满的爱，它们的音符是世界上最动人的音符。他还说爱是最好的护身符。

搁置的声音

趁着假期，我们姐妹回了趟老家，飞奔在山谷里，我觉得自己脚下像生了风，是什么，让我怀揣那份急切？难道是家乡那久违的"八仙"，在不停地呼唤吗？

三月的雨总是淅淅沥沥，下得不大，倒是很勤快，一滴一滴，一场一场，像扯不断的忧伤，理还乱的愁肠，田间地头，因为春天细雨的沐浴，被重新绿了一番，鲜嫩得令人沉醉。山里的农民，正以最原始的方式点播他们的种子，牛背上的犁耙背负着他们的希望，和他们一起守望收获的，是坚韧的山、绵长的河，和一头头谦卑的牛。

路过燕子河的时候，山正青，水正绿，偶有三两只白鸽在河面上低旋，几只小竹排在河中心悠悠荡荡，竹排上背背篓的姑娘不知是要去装载希望还是去背负欢乐，醉意正浓地在传唱她们的爱情。燕子洞入口像一只庞大而坚定的脚印，在向姑娘们展示它的坚贞。这是神仙的脚印吧。相传燕仙发现牛郎织女情投意合，便组织成千上万只燕子见证牛郎织女相会，谁知被大石山阻挡，牛郎和织女就各在石山上的一边大力踢上一脚，于是大石山出现了一个山洞。这个洞口外形酷似脚印，入口的

大脚印便是牛郎踢的，出口那只温柔娇小的脚印是织女踢的。通过这个洞，牛郎和织女才能相会。进入洞内，洞口两边的悬崖绝壁垂直插入河中，洞壁离水面大约一米高的地方，绿色的苔藓构成了一个三四米高、二三米宽的繁体的"寿"字，右边洞壁的岩石天然形成一个身穿长裙的少妇的模样，在水边亭亭玉立，高达洞顶。洞内冬暖夏凉，春夏季节成千上万只燕子成群结队、排列成行，飞到洞里筑巢繁殖，相伴牛郎织女；秋冬季节又成群结队飞出，形成蔚为壮观的绝景。如果有人碰上飞燕长龙的奇观，当年就会福气多多、好运连连。不知那些姑娘们进入洞中时，是否会沾上福气，而成千上万只栖身其间的燕子是否也这么怡然自得，或是像我们一样欢呼雀跃。这就是滋养了我那古老"八仙"曲儿的乡土吗？

一路欢欣到家里，在家中焦急等候的，是我那慈祥的双亲。

晚上，自然要热闹一番，不知谁突然提出要吹"八仙"（布依族话称"哩咧"），于是父亲找来深藏的"八仙"、锣鼓，父亲和叔父吹"八仙"，我和姐妹们轮着敲锣打鼓。一时间，沉寂了多年的声音又在一个寂寥的山村里骤然响起。不一会，村里的男女老少都聚集到家里，欢声、笑声、"八仙"声、锣鼓声欢响一片。

我的乡亲，数百年前从贵州的一个布依族村落里整体搬迁而来，记得小时候村里一直传承着布依族的每一种习俗，女人们穿着自己做的土布衣服、大脚裤、绣花鞋，男人们则用"八仙"吹奏山歌来迎娶他们的新娘。山里的每一次婚礼，男方都要抬猪、牵羊、挑米、担酒，吹"八仙"，敲锣打鼓来接亲。从早饭、午饭、晚饭一直到夜宵，每一次吃饭，接亲队伍都要吹敲一次，意味着向主人请求摆饭；吃完了，还要吹一次，表示对主人的答谢。酒席中，如果有两支"八仙"队伍，那便是一场擂台赛，赛场上吹唱敬酒歌，你追我赶，我赢你喝，把山里闹得热热烈烈的。谁家里有一丁点儿高兴的事，都是用吹"八仙"来助兴；甚至谁家有丧事，也是用它来寄托哀思。吹"八仙"成为村里最传统、最尽兴的一项活动。我虽然听不懂"八仙"的语言，但是我知道它所叙说的有请求，有答谢，有尊敬，有戏谑，有欢乐，也有悲伤，那声音有时是欢畅跳跃的，有时是低沉呜咽的，像一个体贴的歌手，随时听候观众的需要。父亲是这场舞台上最忠厚的舞者，是吹"八仙"的老手，村里只要有吹"八仙"的时候，人们非叫他不可。那时的他是欢欣的，是热烈的，充满自信和骄傲。但是，不知从什么时候开始，村里变得很安静，无论悲伤和欢乐，再也看不到有人吹"八仙"。我们民族所传承的声音，那热闹的画面正渐渐淡去，甚至被人们忘却。不知多少个寂静的夜晚，我看到了父亲眉宇间的一丝丝忧伤，听到了一声声叹息。

深夜，人们散去。思潮翻涌，无意间打开尘封的记忆，在箱子的最底层，我猛然发现了一支布满尘埃的小"八仙"。那是一支十分独特的"八仙"，不像真正的"八仙"，倒有点像笛子，想必是因为吹"八仙"时我不会换气，才被改装成了笛子，可见父亲的用心良苦。竹笋一般的杆儿，末端连着一只小喇叭，那些着色的部分已被岁月和尘灰涂抹得泛黄，一节一节的小节子似乎沉积了几千年的埃土，拂去那层覆盖岁月的痕迹，隐隐还看出一行小字：小小心爱物，伴我度此生。

我不禁哑然失笑，当初父亲送给我的时候，是想让我传承他的唢呐技艺吗？父亲说，如果我是男孩子的话，一定会把我培养成吹"八仙"的新一代接班人。而我，虽然接不了班，却吵着要父亲教，于是父亲便把它改装成了笛子。想必那时候我是多么喜爱这玩意儿，它肯定在我孤寂的日子里陪伴过我，伴随我走过那些冗长的沉沉的黑夜，那些从我胸腔里发出的轰鸣会通过这支小小的"八仙"飘荡在树梢上、草叶间和薄薄的空气里，甚至会沿着时光的隧道返回到我们祖先吹奏的现场里，来一曲古与今的倾诉！那时我会是一种怎样的心情呀，是欢喜，还是忧伤？不管那时的我如何，"八仙"肯定是我最心爱的东西了，否则我也不会把那么一行稚嫩的字费劲地刻在上面。

我深深地凝视着那行字，似乎要看出当时的心情来，可是即便我的眼睛睁得再大，也无法透析出它的灵魂来。"伴我度此生！"我不禁笑起自己的天真和较劲来，这可是传承千年的声音啊，我能担得起吗？有什么实实在在的东西可以伴你度过一生呢，一件衣服？一样玩意？一个人？比如那支"八仙"，也许当初被爱过，被宠过，被当宝贝似的珍惜过，可是岁月蹉跎，它依然被搁置了。有些东西毕竟是带不过来的，它无法逾越横亘在它眼前的那条鸿沟，于是它被忽视了，被遗弃了，任凭岁月吞噬它鲜活的生命、轻盈的灵魂。

我忽然感到很沉重，人啊，不知道什么时候也被锁入箱子的最底层，也会布满尘埃、满目疮痍，也会像一些声音一样被人渐渐淡忘。只是，我们还会有被人重新拾起，拂去尘土，捧在怀里的那一天吗？

擦亮那支被遗弃的"八仙"，在深沉的夜里，又响起了那清脆的声音，似乎沉寂了整整一个世纪的轰鸣又骤然炸响荒芜的心灵。一时间，有某种东西伴随着"八仙"的声音在悄悄生长，偷偷蔓延。我想起了夜晚吹"八仙"时的情景，那时候，我也分明看到了人们久违的欣喜和热切，内心一阵莫名的感动。有些东西，即便它被搁置了，那也是人们暂时的忘却，终究有一天，它会被人们重新唤起并且珍重起来。不是吗？在一些现代的场面，或是一些庆典仪式上，我竟然看见了那乡土十足的"八仙"。

有时候，有些东西是可以忘掉的，比如时间、流水和记忆，甚至生命，而有些东西是不可能忘却的，比如一种感情、一个民族的精神和追求。它总会在你有意或无意之间，在你看得见或看不见的地方存在着，并且永远地存在着。你不能避开它，也无法避开它，就像身上的一道伤疤，我们以为它是可以消失的，其实不论什么时候它都在那里，只是有时候我们找不到它，甚至还差点为它的消失而激动或忧郁了半天。实际上自从有伤疤的那天起，它就烙印在你身上的某个部位，无论生老病死，它都跟你形影不离。

我想等到明年春天时，在那个梅雨季节，在那个小小的山村里，我，和我的声音、我们民族传承的声音一定会重新奏响，并且延绵不断。

一杯桃花酒

一杯桃花酒，清纯而浓烈，安静却坚定地摆在父亲面前，摆在大年三十除夕夜年夜饭的饭桌上。一家人没有谁说话，大家很意外，却暗暗地惊喜。这是一年之中最后的日子，也将迎来新的一年之中最初的日子。一家人看着父亲端起酒杯，轻轻抿了一口，顿时，酒香飘摇，宛如一阵早春的气息。

大姐来电向我诉说这一情形时，我正在一个遥远的小山村里看烟花，它们一簇簇，一串串，五彩缤纷、争先恐后地在这家或那家的房子上空爆裂，把大姐的声音炸成一片片碎片，遥远而清晰地撞击着我的心灵。此时的烟花，热烈而奔放，像山间一朵朵怒放的桃花，在我面前燃烧、绽放、沉淀，凝练成一滴滴清冽香醇的美酒。

记得去年的清明节，一家人去深山里给爷爷奶奶扫墓，爷爷奶奶坟前的那几棵桃花，正开得轰轰烈烈，殷红如血，一只只勤劳的蜜蜂，在香甜的花朵里热烈地采蜜。忽然想起小时候经常念的诗"人间四月芳菲尽，山寺桃花始盛开。长恨春归无觅处，不知转入此中来"。那时候，读诗就像唱歌一样，很懵懂，很快乐，虽然不理解诗歌的含义，却背得滚瓜烂熟，铭记在心。多年以后，当四月的清明节，在爷爷奶奶的坟前猛然看到盛放的桃花，那些儿时的歌谣蓦然又涌上心头，让人内心莫名感动。生活中，常常是这样，总有某种东西在你经意或不经意间，打开尘封的记忆，令你想起深藏在内心的某件事，或某个人。

爷爷奶奶墓前的桃花，是父亲在两年前的清明节种上的。父亲说，爷爷奶奶的家太遥远，太荒凉，太凄冷，得种上什么东西，让它们看起来温暖一点，热闹一点。于是在偶然看到某个风景区里那些开得鲜红如血的桃花时，父亲便决定在爷爷奶奶的墓前种上这种桃花树，没想到，才两年的工夫，这些桃树已经茁壮成长，并且开得如此烂漫。山里的桃花，比观赏桃还要好看，不知道是深山里的土壤太肥沃，还是父亲的孝心感动了上苍。

因为这些鲜丽的桃花，这些嗡嗡飞舞着采蜜的小精灵，爷爷奶奶的家不再苍凉和寂寞，它们温情而安详地存在着。

也许是看够了此时山外的一片苍绿，忽然在深山里看到满树的鲜花时，我们兴奋不已，尖叫，拍照，像孩子一样奔跑。而我竟然突发奇想：来一次桃花与酒的美丽邀约。

"我们酿一坛桃花酒吧，让爷爷奶奶也来品尝来自门前的香醇。"

布依族喜欢以酒待客，不管来客酒量如何，只要客至，都以酒为先，名为"迎客酒"，饮酒时不用杯而用碗。对于尊贵的客人，杀鸡是必不可少的，而且一定要是白斩鸡，鸡煮好后摆上桌时，鸡头一定要对着最尊贵的客人，让客人先饮三碗酒，然后大家才行令猜拳、唱对酒歌。

爷爷是方圆几十里吹唢呐的老手，而且会看风水，为人正直善良，所以无论走到哪里，爷爷都被当成最尊贵的客人。最尊贵的爷爷，每次吃饭前总要先喝三碗酒，那些酒里，有自酿的糯米酒、苞谷酒、红薯酒、木薯酒、葡萄酒、芦荟酒、灵芝酒，就是没有桃花酒。爷爷去世后，父亲作为爷爷唯一的儿子接了他的"衣钵"，同样吹着唢呐，同样受人尊重，同样喝着三碗酒，却同样没有喝过桃花酒。

所以，当我提议酿一坛桃花酒时，严厉古板的父亲，竟像孩子一样高兴起来，他古铜色的脸上荡起一层层波浪，笑容像花儿一样在层层波浪上绽放。我们便欢呼着，用干净的塑料布铺在桃树下，轻轻拖曳桃枝，落英缤纷，像下一场美丽的花瓣雨。我们小心翼翼地挑选着花瓣最鲜红的桃花，想着来年的清明节，用最甜美的桃花酒来祭敬最亲的人。

回到家，我们便找来黑黑的古坛，古坛里盛着清冽的米酒，然后将桃花用淡盐水洗净之后泡了半个下午，晚上沥干，用新取的白布一朵一朵地将花擦干，晾了一天之后装入坛中，再在酒坛里铺一点白糖，最后开始加酒，桃花极苦，因此加糖是必要的。每一朵花都是完整的，放入坛里，一点一点地被酒漫上来，直至没顶。酒坛里全是漂浮的桃花，酒酿混以清酒、白糖，大功告成，于是便密封窖藏。这时的酒，一定是香香的，酒坛里浮沉舒展的桃花，花瓣已经开始变色了吧，一年后，我们看到的，将会是它尽铅华的样子。

父亲在等待酒出窖洞的日子里，是安详而快乐的，他每天都要到窖洞前转一圈，凝视眼前黑黝黝的洞口，仿佛洞里埋藏的不是一坛桃花酒，而是他日夜思念的父亲母亲。窑洞里的清酒与桃花，正经历着怎样的波涛汹涌、生死契约，经历着怎样的荣辱与共、山盟海誓啊！它们共同见证了黑黑的岁月，见证了匆匆的时光，见证了父亲热切的期盼和深沉的思念。父亲在这种舒缓而温情的等待中，每餐用一杯土酒来陪伴，不多也不少，就一杯，这已成为一种习惯，似乎是需要某种东西来分享他的等待与思念。

父亲的这种习惯在他查出患有糖尿病的第二天便被一家人断然终止。父亲开始不愿意，好像缺少了酒，他的思念就缺少了依托和承载，缺少了一种沉甸甸的重量，变得空洞而缥缈。但为了父亲的健康，我们不得不强行终止。我知道，这种终止无声却疼痛地撕扯着他的心，同样也撕扯着我的心。

父亲是在准备做白内障手术的时候查出患糖尿病的。那时候，我就站在他身边，看着尖细的针头冷漠地扎进他的血管。鲜红的血液一次、两次地验证了他严重的糖尿病。这个病，来得那样猝不及防，仿佛平静的湖面猛然砸下一块大石头，让我们都措手不及和慌乱。手术做不了，我们黯然而归。途中，父亲像一匹疲倦的老马，憔悴，沧桑。

从我记事起，从未见过父亲生病，我一直以为，父亲会永远像一头牛一样健壮和挺拔，他乔木般的身影，高高地在夕阳里摇曳，不在乎狂风或暴雨。

生了病的父亲，仿佛一下子苍老了十岁，本来话就不多，如今更是沉默寡言。很多时候，他总是呆呆地坐在储藏桃花酒的窑洞前，面容凄凉，目光涣散，裹挟着清风细雨、淡淡的月光，像一尊苍凉的雕像。这样的画面长久而清晰地在我心里停驻，让我心中的隐痛久久弥漫。

难道我就这样看着父亲慢慢苍老甚至离我们而去吗？我知道，父亲其实只是一时调整不过来，他需要有人帮他捋一捋，顺一顺，就像一团揉乱的毛线，需要一个人去耐心地抚平和清理，还原它本有的绵长和柔韧，织出一件温暖的毛衣。

只是抚平一颗忽然受创的心，需要一颗细微的心，需要无数个寂静的晨昏，需要坚韧不拔的信念和泰然处之的冷静。我和父亲无数次穿越在医院旧楼那道阴暗的走廊上，验血，抓药。抓药，验血。父亲的血糖一次比一次高，吃的药一次比一次多，效果却一次比一次差。虽然在父亲面前我信心十足，不停地安慰他，治糖尿病的药有几十种，总有一种会适合他的，但我内心却惶恐无比，我甚至担心，当我们酿制的桃花酒以其意蕴悠长的厚度和质感呈现在众人面前时，我的父亲，他是否还能意识清晰而欢快地品尝。

在我最担心、最心急如焚的日子里，父亲却变得坦然起来。放羊、砍柴、锄地，每一样都离不开他，每一处都有他的身影，似乎他从来就没有生过病。父亲还亲自坐车到县城，再从县城转乘船，然后走路到贵州老家买了一套新唢呐和锣鼓。家里现存的那套还是爷爷留下来的，它太旧了，吹出、敲出的声音已不再清脆。即便是声音，有时候也是禁不住时间的敲打啊。父亲于是把它们拿到爷爷的灵位前，吹奏一阵后，烧了，让那些古老的声音追寻它的老主人而去。新的唢呐买来后，父亲每天晚饭过后，都要拿出他的新唢呐，在火塘边吹起来。红红的火光里，父亲双眼微闭，腮帮微鼓，像一个做梦的老者，在呼气吸气间，奏响梦的声音。每一次，父亲都要叫他唯一的儿子——我的哥哥跟着学，奇怪的是，一直讨厌吹唢呐的哥哥，竟然一本正经地跟着学吹起来，唢呐声飘荡在遥远的山村，让寂静的夜变得异常温暖。

每过一阵，我都要接父亲来县城体检一次，换一样药。对于我的焦虑，父亲像来自家乡的一缕阳光洒向我，温暖而坦然，他说"命里有时终须有，命里无时莫强求"。父亲脸上的笑容像门前的桃花，一瓣一瓣地在季节深处蔓延开放，它们粉嫩的颜色，像初春清晨里的一滴露水，柔软，清冽。

父亲没有等到来年的清明节就去挖了埋藏在黑土里的桃花酒。那一天，父亲刚从地里回来，肩上的锄头还残留着泥土的清香和温润，经过酒窖前，父亲停下了脚步，疲惫的目光渐渐闪亮、发光，有红红的火苗在目光里熊熊燃烧。夕阳如血，父亲用衣袖轻轻地、一点一点地拭去锄刀上的泥片，使锄刀变得光洁明亮，然后往手心里吐了两口口水，握紧锄柄，大踏步向酒窖走去。夕阳中，他不再像乔木的身影，坚韧地在晚风里摇曳。

大年三十的年夜饭，父亲喝了一口面前的那杯桃花酒，然后默默地凝视着它，良久，轻轻地、轻轻地把它洒在堂屋里爷爷奶奶的灵位前。这些酒，经过了时间的浸泡和洗涤，就像父亲的思念和梦想，时间越久就越醇。

天使的歌唱

一

这是今年入冬以来的第一个雨夜。

这场雨从中午时分就开始酝酿，之后，便断断续续地下，一滴，一滴，又一滴，一直滴到了夜晚。这样的雨无声而绵长，却让人无法忽略。就像埋藏在心底的痛，一阵，一阵，又一阵。到了深夜，雨点像是商量好一样，突然集结，像一阵风一样袭来，猛烈敲打着窗外的枝叶，雨夜浓烈的氛围霎时来临。而潜伏在我心底里的疼痛，这时候也如波涛般蔓延开来。

疼痛灼心，无法入眠。于是起身，倚窗棂下，听雨声簌簌，竟一阵阵恍惚，不知今夕何夕。

一声尖厉的婴儿啼哭划破长空，湿漉漉地闯进我的内心深处。我知道，表妹新生的女儿燕燕开始了她每天的例行活动。我将目光移向雨夜深处。在表妹家的门口，一只火红的灯笼，在寂寞地燃烧。

在老家一带，居住的全是地地道道的壮族居民，那里一直有一个传统，哪户人家的女人要是新生了儿女，月子里屋前都要挂红灯笼。红灯笼像一只只燃烧的火鸟，在家门口飞舞着，跳跃着。哪家门前的灯笼越大、越多，就意味着这家人越高兴、越富有。有时候，新生的婴儿多，整个村庄便如有一片火鸟。寂静的夜空仿佛都在回荡着它们清越而悠长的鸣叫。每当这时，我心底里常常生出一种强烈的情愫：生命是多么美妙，多么令人惊叹和感动！

然而今夜，我内心生出的，竟是一丝丝疼痛。

在疼痛中，我仿佛又回到了那个阳光明媚的下午。那个下午，天空很蓝很纯净。我正倚在院子里的大树下，听树丫上透亮的鸟鸣，晒着被树叶拦腰剪断的阳光碎片，享受着阵阵清风，满满的幸福感正在心里绵延着。忽然，表妹柔弱无力的声音从电话里传来："燕被一辆红色的小车撞了！"

那一刻，我仿佛看到一辆红艳艳的小车，像一只愤怒的火鸟，飞一样朝四岁的外甥女燕扑来。燕幼小而轻盈的身体飞过路人惊恐的目光，飞过碧蓝碧蓝的天空，像一只柔软的绵羊，匍匐着跌落在地上。鲜红的血液从她的头部汩汩流出，在地面漫延成一个大圆圈。我的惊恐一下猛然袭来，深刻而苍白。

救护车一路呜咽而来。医生、警察、亲人，像一锅粥。而我耳朵里一直回荡着的，是燕的母亲撕心而隐忍的哭泣。

尽管全力抢救，乖巧而惹人怜爱的燕最终还是成了植物人，像一只奄奄一息的猫，无声地躺在医院的病床上。她的母亲，我的表妹，每天都在她面前嘶哑地呼喊她的名字："燕啊，你快点醒来，妈妈不能没有你啊。"

"燕啊，你再不醒，妈妈也没法活了。"

"燕啊，你怎么越变越小，你不要变没了呀。"

"燕啊，你是不是不要妈妈了。"

……

她战栗的手轻抚着女儿身体的每一寸肌肤，那手冰凉冰凉的，寒彻骨。

世界上最遥远的距离是什么？不是生与死，而是明明知道她就活在你面前，与死亡搏斗，你却什么也帮不了！

而此时此刻，在这样一个深深雨夜，我蜷缩在窗棂下，聆听一声声来自生命深处的哭唤，我又能做什么呢。我只能虔诚祈愿。愿这个新生的燕燕健康快乐成长，愿春夏秋冬在她眼里竞相交替，愿新欢喜代替旧哀愁，幸福像花儿一样开放。

二

当萧瑟的风从窗外悄然袭来，冬天就要来临了。初冬的风里有红叶纷飞的味道，有家的味道。

红枫正浓时，我回到了思念已久的老家。这时候的红枫，已被秋天染成一片红色。漫山遍野的红叶，一团团，一簇簇，像一个个娇艳的新娘，美丽，灵动，风姿绰约，绝代风华。而高大挺拔的树干、树枝如一群群昂首的蛟龙，承载着片片红叶，向着天空飞舞，燃烧了整个寂静的山谷。

家乡的人们自古以来依枫林而居，热爱枫树，甚至把枫树敬为神树。村上一棵沧桑的老枫树早已成为村民们的保护神。这棵高大而苍劲的神树，就像一个坚韧而忠诚的将士。千百年来，它默默地守护在村子的背后，为村里的人们遮风挡雨，庇荫护幼。逢年过节，树下香客络绎不绝，烟雾袅袅，地上摆满了人们敬上的瓜果鱼肉。一棵大树，承载了多少人的祈愿和敬畏啊！村里人不允许任何人伤它的一枝一叶，哪怕干枯的树枝掉落地上，也不会有人拿来当柴火烧。他们整整齐齐地把这些枯枝码放在树下，就像码放一个个沉甸甸的希望。

种植枫树和保护枫树已不仅仅是人们的传统和责任，更是渗透到他们内心深处的一种挚爱。这种爱与生俱来，像火一样热烈，像石头一样坚贞。山上那一片片熊熊燃烧的红色，就像一条条奔腾的血管，在他们的身体里欢快地流淌着。小时候，他们跳跃在铺满红叶的枫林里，或爬上高高的树枝头，让酣畅的欢笑，洒满漫山遍野。长大了，他们在如火如荼、绮丽灿烂的红叶下，娇羞地谈论爱情，畅想未来。等到老了去了，他们就和红叶一起，埋藏在温厚的泥土里，与这片红土日日夜夜地守望着。

表妹的燕，也守候在这片红土地上吗？

在夕阳如血的黄昏，我不可抑制地走向屋后那片枫林。

此时的枫叶，在初冬的傍晚，红得不像白天那样热烈和奔放，它们安静而肃穆，红扑扑的，像小女孩天真而纯净的脸。此时此刻，我却忽然想起表妹的燕来。

而燕，就藏在这片枫林里的某个地方吧。她也许就隐匿在一棵高大的枫树背后，或者跳跃在高高的红叶上，要不然，就沉睡在温润的红土地里。反正，她是不会离开这片枫林，不会离开我们的。

三

一个月过去了。

两个月过去了。

半年过去了。

植物人燕，在一天天迅速地萎缩，曾经鲜嫩如花的肌肤，干瘪得令人心碎。枯枝一样的小手，小脚，小身子。燕就像一只被风吹干的蝶，轻飘飘地躺在床上，没有一点重量。

一天夜里，我做了一个奇怪的梦。梦中，我竟是那个躺在床上的植物人，我的面前有一个瘦弱而模糊的女人在哭泣。我想喊她，可我睁不开沉重的眼皮，我的眼睛像有万座大山压着一样。我也张不开嘴，我的嘴干裂得要渗出血来。于是我便在心里呐喊起来：

妈妈呀，您让我走吧，难道您要永远陪我沉睡下去吗？我不会起来了，不会在您怀里撒娇，叫您一声妈妈了，即便我多想抚摸一下您的眉毛、您的眼睛、您的嘴唇。即便我多想看看您、抱抱您，跟您说说这么多天来的疼痛、恐惧和黑暗，哪怕一分钟，一秒钟。

妈妈呀，您拔了我鼻子上的吸管吧，您只要用手轻轻一触，一拔，一放，我的痛苦就结束了。我的痛苦一结束，你们的痛苦也就结束了，虽然你们结束的过程长一些，艰难一些，但总会有结束的一天。如果您不拔，我们大家都要在痛苦中煎熬，我们在煎熬中看不见未来，看不见光明。

妈妈呀，长痛不如短痛，您狠狠心吧，即便有一天我醒来，也不能像正常人一样生活了。与其生不如死地活着，不如让我现在就离去吧。

妈妈呀，您下手吧，我受不了大家跟我一起痛苦，受不了大家跟我一起消瘦，特别受不了妈妈您每天的哭泣。你们每天除了照顾我，还要四处奔命借钱，我知道你们已经花去了三十万，你们卖掉了那只肥肥的大白猪，卖掉了那头勤勤恳恳的老黄牛，卖掉了一群叽叽咕咕的鸡鸭，卖掉了家里的一亩三分地、五亩杉木林，甚至卖掉了给奶奶准备的棺木。家里所有能卖和不能卖的东西你们都卖了，你们甚至还想过要卖掉我的一个姐姐！

这个梦做得那样真实，那样完整而冗长。我甚至是被那一声声"妈妈呀"的呐喊惊醒的。醒来时，脸上一片泪痕。

我坚信，是燕托梦给我了。

四

我的表妹夫，也就是燕的父亲，还很年轻。在我读初三的时候，他还在读小学三年级，憨头憨脑的，招人欢喜。十多年过去了，尽管已为人父，但憨态依旧。从燕躺倒在血泊中的那一刻起，这个年轻的父亲仿佛一下苍老了十来岁，脸上常常流露出与年龄不相符的悲伤和绝望来。

为了医治燕，家里已是债台高筑。表妹夫在借钱的路上奔跑着，能借的亲朋好友都借了，他每到一家，双膝一跪，泪眼婆娑。

"救救我的燕吧。"

他的声音像寒风中的一张破纸，颤抖而嘶哑。

他不知道还有多少个三十万在等着他呢。无数个悲伤的夜晚，他一定绝望地撕扯过自己的头发，捶过自己的胸膛。他的脑海里不停地交替着两句话："与其痛苦地活着，不如快乐地死去。""即使是废人，她也是人。"

这两句话势不两立，不共戴天。仿佛两个势均力敌的仇人，有你没我，有我没你。放弃，或者坚持？它们就像一条黑蛇和一条白蛇在表妹夫的心中缠绕，打斗。有时候白蛇占了上风，有时候黑蛇占了上风，它们时而和平共处，时而互相残杀。它们紧紧地缠着他的心，让他挣扎，犹豫，痛苦，像炼狱般地煎熬。而两条蛇却越缠越紧，越缠越痛，直到他满面苍白，几乎窒息。

"我心里有两条蛇呀，它们绞得我心如刀割。"表妹夫对着我哀叹。

这时候，我仿佛又听到了梦中燕的呐喊："爸爸呀，您男子汉大丈夫，坚强如铁，请您轻轻地、轻轻地，把我鼻子上的吸管拿下来吧。"

我还听到了蓝天白云上的天使在歌唱，轻轻地、温柔地：

九月的天空，依稀晴朗

阳光下许多故事，缓缓酝酿

那安静的地方，小河在流淌

那洁白的地方，命运没有方向

跟我走吧

那遥远的地方，没有车来车往①

我的表妹夫没有被心里的那两条蛇打垮，那条白蛇像被注入了一股强大的力量，好像知道人的生命是平等的，它们不分高低贵贱，没有人能够剥夺它们活着的权利。白蛇越来越强壮，越战越勇，最终击败了黑蛇。

"活着，比什么都好！"

心中没有了杂念的表妹夫像在烈火中得到重生的鹰，他坚定信心，步履坚毅，飞奔在救女的漫漫长路上。

五

我很少去医院看燕，因为我害怕。害怕看到燕日渐枯萎的身子，没有一点生命的迹象；害怕看到表妹苍白的脸，空洞的眼神；害怕我的泪会像一条奔涌的河流，引得大家跟着伤心。很多个夜晚，我徘徊在医院外面长长的小巷，抬头仰望。我看见深邃的夜空、颤抖的星星，我向着

---

① 此歌词改编自张恒的歌曲《天堂里有没有车来车往》。

其中最亮的一颗祈祷：保佑燕快点醒来吧！

表妹夫在多次向撞倒燕的人及他的公司追要赔偿费遭到拒绝后，迫不得已另寻出路，前去上访。其实我知道表妹夫这个人，老实憨厚，谨言慎行，甚至畏手畏脚。他一定是在心里千万次地犹豫，壮胆，说服自己后，才决定要告状的。他复印好《交通事故责任裁定书》，整理好住院发票，举着一块"救救我女儿"的牌子走进那明晃晃的办公大楼，他甚至还穿了一套皱巴巴的西装。他紧张极了，口干舌燥，手足无措，因头一晚没有睡好，眼眶发黑，像一头大熊猫。为了定定神、打打气，他还猛喝几口凉水，深深吸了几口气，拉了拉衣角，好像是要跟领导汇报工作，是去谈理想，谈人生，谈未来。

那时候，我正从对面的办公楼里走下来，一个趔趄，差点跌倒。

当表妹夫的脚步坚定地迈向那雄伟庄严的办公大楼时，我的表妹，此时胸前挂着一个牌匾，正坐在肇事公司的门前。我的表妹，从燕出事以来，天天哭，天天喊，哭坏了眼睛，哭哑了嗓子。当她像一只瘦弱的猴子坐在大街上，坐在公司的门口大哭时，人群立即围拢过来，里三层外三层地把她围在中间。人群里有的同情，有的摇头，有的跟着流泪，有的像在看热闹。人们指指点点，七嘴八舌，有的帮出好主意，有的乱出馊点子，一下子就把路堵住了。

我挤进人群里看见，心酸得站立不稳。

尽管家人抛开一切杂念，想尽一切办法，辗转几个医院来挽救燕，燕最终还是像一颗流星一样，在一个夜深人静的夜晚，悄然滑落，画上

了她短暂的一生。

而我，在她离去时，也没能见上最后一面。我总是在心里固执地认为，总有一天，她会醒过来的！我还有很多机会见到她！

直到现在，我心里依然深深地愧疚着。这种愧疚，就像身体里的一块疤痕，永远也抹不掉，每每想起，仍疼痛不已。

六

按照农村老家的习俗，未成年的孩子去世时，不能举行葬礼，不能装棺材，没有飘扬的纸幡，没有人吟诵经文为其超度亡灵，甚至不需要做坟墓。拿一张毛毯一包，草席一卷，像埋一条死猫死狗一样，悄悄地找一个地方埋了，连一个寄托哀思的土堆都没有。

其实在老家一带，在红苗人地区，每当有老人去世，是必定要头绑红布、腰系红带跳猴鼓舞，大张旗鼓地举行葬礼的。

猴鼓舞是苗族人在办丧事时用来迎宾的一种仪式。凡有苗族老人逝世，苗族同胞们不是把悲痛写在脸上，而是把它压在心底。在举行祭祀活动过程中，他们不是吃斋念佛，而是杀猪宰羊，大摆筵席。他们穿红戴绿、载歌载舞，把白事当喜事，化悲伤为力量。每逢此时，孩子们尤为高兴，他们好像过大年一样，不但可以穿上崭新的衣服，而且还能美美地吃上几顿好饭好菜。

这仪式中还蕴藏着一个动人的神话传说。古时，大地上发了一次洪水，洪水淹没了大地，伏羲兄妹钻进一段空心大树中并用兽皮封住两端，他们在洪水中漂流了很久。后来，昏昏沉沉的伏羲兄妹被一阵"咚咚"声吵醒，他们戳破兽皮钻出来，才发现洪水已经消退，几只猴子正在击打绷紧了的兽皮。他们以为，猴子敲响兽皮唤醒他们是老天的意愿。后来，伏羲兄妹婚配并繁衍了人类，人类才重新兴旺起来。他们在临死之时嘱咐子孙记住：鼓和猴曾使人类躲过灭绝的厄运。伏羲氏死后，他们的子孙就一代一代学猴子的动作，击鼓舞蹈来祭奠去世的老人。人们认为老人去世后会变成猴子，由铜鼓引路、猴鼓舞相伴，老人才能在逝世后得到灵魂上的安宁，而子孙后代才能兴旺。

"痛并快乐着"是猴鼓舞的真谛！苗族作为少数民族，分布范围窄，人口基数较小，为了实现繁衍生息，苗族人只能选择忘却痛苦、增强信念，以一种快乐的姿态面对困境，因而逐渐形成了"痛并快乐着"的心理状态。

燕是不能有葬礼的。她才四岁，像一根新鲜的豆芽一样柔嫩。重要的是，她是横死，不吉利。

她只能躺在一块木板上，用一块红布一盖，由她父亲母亲抬着，穿过村庄的背后，无声地向枫林里走去。

盖红布的不一定都是新娘！

我不知道，埋藏这根柔嫩的豆芽时，是怎样的一种悲凉。

我只知道，屋后的枫林里，从此有一个天使在歌唱。

七

时间就像一把锈迹斑驳的大刀。刀刃上沾满了欢乐、思念、回忆，疼痛。只有不时拿出来擦拭一下，打磨一下，才显出刀的锋利来，显出日子的光亮来。

表妹她们在时间这把大刀上来回磨。只有磨掉疼痛，磨淡回忆，才能磨出平静的日子，磨出新的希望。

无数个燕不在的夜晚，表妹她们的堂屋里，总会传出父亲教人吹奏唢呐的声音，它们有时高昂欢畅，有时浅吟低唱，像在讲述一个个真实的故事，温暖着山村寂静而寒冷的夜。

父亲是村上吹唢呐的老手，为人忠厚老实，小时候方圆几十里的人家，凡有喜事，都会叫父亲去吹唢呐，父亲每次都会满心欢喜地答应。

村上的乡亲，都是很早以前从贵州的一个布依族村落里搬迁而来，小时候村里一直传承着布依族的每一种习俗，女人们穿着自己做的土布衣服、大脚裤、绣花鞋，男人们则用吹唢呐来迎娶他们的新娘。酒席中，如果有两支以上唢呐队伍，那便是一场精彩的唢呐擂台赛。男人们的兴奋和紧张，女人们的欢呼，孩子们的嬉戏和尖叫，常常把山里闹得沸腾起来。吹唢呐成为村里最传统、最尽兴的娱乐活动。

但是，不知从什么时候开始，村里再也看不到有人吹唢呐、敲锣鼓了。年轻的一代人，甚至不记得还有唢呐的存在。记忆中那特有的声音、热闹的画面正渐渐淡出人们的记忆。

父亲在唢呐逐渐被人忘却的时刻，在表妹她们一家无限忧伤的时刻，重提起了他的唢呐、锣鼓，是要重捡起一个搁置了的希望吗？他扬了扬手中的唢呐，对表妹夫说："过去的已经过去，该来的总会到来。"

父亲第一次把话说得这么深刻。

山村里，于是便又响起了久违的唢呐声，那声音悠扬而绵长。

很长的一段时间，每天晚上村里村外来到表妹家的人，竟络绎不绝，有时一两个，有时三五成群，小小的堂屋里，欢声不断，有的学吹唢呐，有的学敲锣鼓，有的什么也不学，仅仅是坐着、看着。

也许，人们只是来抚慰一颗悲伤的心灵吧。

表妹表妹夫在热腾腾的堂屋里，也开始变得欢欣起来，那些过去的疼痛，总被各种各样的温暖包裹着，融化着。她们仿佛看到燕轻盈欢快的小身影飞舞在屋子里的每个角落。

"妈妈……"

"爸爸……"

总有一个稚嫩而甜蜜的声音，在心里不时响起，唤起他们内心深处无限的柔情来。

"燕就在我们身边。"

"燕永远也不会离开我们。"

表妹表妹夫微笑着，脸上有前所未有的流光溢彩。

深冬已经来临，经过昨夜的一场大雨，一切都变得更加寒冷。

可是，出太阳啦！

柔和的阳光，切开层层乌云以及空气中的粒粒尘埃，切开窗户上的重重阻碍，沐浴着我的身心，让我的心变得柔软起来。

生活，原来如此温暖！

我听到屋背后红叶抖动的声音，听到鸟儿清脆的叫声，仿佛天使的歌唱！

我爬起来，向表妹家奔去。

我忽然明白，表妹她们为什么给新生的女儿起名叫燕燕了。

父亲的战争

酒真是个好东西。

如果喝得刚刚好的话。

看什么都是美好的。

弯弯的月亮变圆了，小小的路忽然宽阔起来，稻田都是一片金黄金黄的。连你平时厌恶的人和事，都变得可爱和温暖起来。你的内心这时变得如月光一样柔软，只要有人稍稍一戳，很多故事便如春天一般流淌出来。

但是那晚，我敢肯定，我爸是喝多了。

酒也真是个害人的东西。

如果喝多了的话。

看什么都不顺眼。

那些伤心的闹心的堵心的事，便如一堵巨大的黑黝黝的墙，排山倒海般向你奔跑而来，倾压下来，压得你喘不过气。你要窒息了，呼吸变得困难，心里有一堆棉花堵着。你渺小的内心承受不起，你需要倾诉，需要发泄，甚至需要愤怒了。

我爸那晚就是喝多了，愤怒了。

那晚的月光有点冷，傲骄地在天边斜视着我。荒瘠的山路在山坡与山谷间绵延着，裸露着它的贫寒与寡淡。路上一个鬼影都没有，清清的，静静的。我开着车，像一只散漫的甲壳虫，在月光里慢慢爬行。这个时候的夜晚是我的，月亮也是我的。我就是月亮里的两只眼，朗朗地看着这个世界。回想着每次回娘家的种种趣事，回忆着小时候的种种往事，内心一片柔软。

而我就在这片柔软中，接到一个硬邦邦的消息：

我爸和我哥打起来了！

立即掉头。车子在冷若冰霜的黑夜里狂奔，我看到两个男人扭曲的身影在车前方晃着。一会儿是我爸的，一会儿是我哥的。

车子变得颤抖起来，我坐立不稳。摇晃中我仿佛看见两个男人厮打在一起。他飞起一脚，将他踹在地上，再狠狠地踩上一脚。他一脚把他绊倒在地，一只拳头凶恶地砸在他的鼻子上。鲜血、唾沫、吼叫、怒骂，在两个男人之间奔流，他们喘息着，搂抱着，紧密地厮扭在一起，翻滚在坚硬的地板上。

奶奶在我还未出生的时候就去世了。

所以我很少听到关于父亲小时候的故事，只知道他身体羸弱，孤独而单薄。用我大姑的话来说，他就像一株病恹恹黄恹恹的树苗，不知道怎么才能茁壮成长。奶奶一生只生有一儿一女，她把所有的爱都倾注在他们身上之后，发现那满满的爱依然胀满了她的胸脯，像要溢出的乳汁。

而在她满满爱意下的父亲，依然那样瘦弱。

爷爷奶奶非常担心他们的独苗、家里唯一的香火，恨不得想尽一切办法来揠苗助长。他们收养了沦为孤儿的大姑，想着人多火气旺，想用陪伴来增强父亲的体质，想他从此以后强壮如牛，想他像一棵参天大树一样担起家庭的众望。

我善良的爷爷奶奶，他们把人看成一根根木炭了吗？一根根木炭，独自丢弃在风中，没有了依靠，没有了氛围，风一吹，它们很快就会一根一根地熄灭。而只有把它们聚在一起，相互陪伴，互相取暖，风越大，它们才会燃得越快，烧得越旺。

木炭一样的父亲，是不是从那时候就开始了他的第一场战争？

战胜病魔。

再回到家，已是凌晨两点。堂屋很干净。沙发、板凳、桌子在它们该在的位置安安静静地躺着，仿佛一直以来，它们就那么一动不动地待在那里。地板很亮，甚至反起光来，能照出我的影子。家里的那条黄狗，乖巧地蜷缩在门口，看见我，慵懒地摇了一下尾巴，像一个漫不经心的问候。如果不是母亲在沙发上默默垂泪，我不相信，这里曾经发生过鸡飞狗跳的"战争"，是两个男人打过架的"战场"。

在电视里，那些打过架的场面，不是板凳翻了，就是沙发歪了，或是地上一片狼藉。烂锅、碎碗、残羹、冷饭，它们洒乱一地，弥漫着浓重的"战争"的"硝烟"。而此时此刻，我家却没有一点"战争"过后的气氛、痕迹，甚至比之前更敞亮。

母亲说，你爸喝醉了。良久又补了一句："你爸自从得了糖尿病，他就没再喝过酒了。"

父亲以前其实是喝酒的。布依族人喜欢以酒待客，不管来客酒量如何，只要客至，都以酒为先，名为"迎客酒"："兄弟哎，这是高高的玉米酿制的酒，这是低低的高粱酿制的酒，是我的母亲穿着美丽的紫色衣服去种植和酿制的，请把它当作最珍贵的药，当成快乐的水，请您喝了这一杯，喝了这一杯，还有下一杯。"饮酒时不用杯而用碗，方才显得主人大方、热情。对于尊贵的客人，杀鸡也是必不可少的，当热腾腾的白斩鸡摆上桌时，鸡头一定要对着最尊贵的客人，让客人先饮三碗酒，大家才猜拳行令、对酒当歌。

父亲作为爷爷唯一的儿子，接了爷爷的"衣钵"，像爷爷一样被当成最尊贵的客人。他每次吃饭前总要先喝三碗酒，吹奏三曲唢呐，才真正入席吃饭。而一个人在家吃饭的时候，父亲也总是每餐必喝一杯土酒。不多也不少，就一杯。这已成为一种习惯，似乎一杯酒是一段人生，一脉传承，一份思念。

父亲的这种习惯，在他查出患有糖尿病的第二天被我终止了。父亲开始不愿意，好像少了酒，他的思念就少了依托和承载，少了一份沉甸甸的重量，变得空洞而飘摇。但为了父亲的健康，我不得不强行终止。我知道，这种强制无声却疼痛地撕扯着他的心，同样也撕扯着我的心。

父亲是在做白内障手术的时候查出患糖尿病的，因为血糖不稳定，需要一次一次地验血。那时候，我就站在他身边。父亲的手粗糙而黝黑，血管模糊，粗大的针头在他的手背来回扎、抽、伸、缩、左右探寻。每扎一次，父亲就深嘘一口气，肩膀耸动一下，眉头深拧一下。而我的心每次都似乎漏跳两拍。鲜红的血一次、两次地验证了他严重的糖尿病。这个病，来得那样猝不及防，仿佛平静的湖面猛然砸下一块巨石，让我们措手不及和慌乱不已。手术做不了，我们黯然而归。途中，父亲像一匹疲倦的老马，憔悴、沧桑。

尽管大姑说过，父亲小时候瘦弱得像长期挨饿的老鼠，但从我记事起，却从未看见父亲生过病，他似乎打赢了他的第一场战争，变得强壮起来。我一直以为，父亲会永远像一头牛一样健壮。

生了病的父亲，仿佛一下子苍老了十岁，本来话就少，后来更是沉默寡言。很多时候，他总是呆呆地坐在门口，面容凄凉，目光涣散。这样的画面像一锅烧开的水，清寂、无味，却常常在我心里沸腾，让我整个人变得滚烫和疼痛。

很久没有喝酒的父亲，怎么忽然又喝起酒来，而且醉了？

醉了的父亲把自己关在房间里，任谁也敲不开门。我站在门外，听到了低低的咆哮，和愤怒的啜泣声，咬牙切齿一般。好像他心里蛰伏着一头多年的猛兽，在这一刻，它要踏破山川、河流、黄土、碎石，亡命出逃。它要像飞驰的瀑布一样狂泄。父亲心中激荡着一片绝望的海洋，悲伤像一场奔腾的泥石流，席卷了过去的微光、温情、繁花、流水，覆盖着整个苍茫而深邃的夜空，覆盖着我泪如泉涌的眼睛。

父亲不开门，我便只好先去找大哥。

大哥在隔壁表哥家嘶喊，他应该也醉了，声音嘶哑，眼睛通红，额头有一个突起来的大包。看到我们，他悲愤地说："想不到我都差不多50岁了，还挨老者（老爹）打，我悲哀啊。从此以后，我不认他，不喊他，哪怕他死了，我也不看一眼。"

大哥把额头伸到我面前："你看，打成这样！"

表哥说："本来两人只是争吵，你爸说了一名句'我打死你这不孝子'。你哥就把头伸过去，说'你打呀，打死我呀'。你爸气不过，就把凳子拍了过来……"

我的大哥呀，你怎么在那时那刻，用激将法，去对付一个喝了酒，内心苦痛压抑的老人。

我敢肯定，父亲的内心是非常苦的，而且这种苦藏了很久很久。有些东西，藏得久了是好事。比如酒，藏得越久就越香。那些暗藏在窑洞里的陈酿，经过了黑黑的岁月，经过了长长的时间的浸泡和洗涤，该消退的已经消退了，该浓烈的却更加浓烈。而苦，却像掉进眼里的一粒沙，在你的眼球里肆意奔流，刺着你，扎着你，切割着你的视线和阳光，让你眼冒金星，眉目焚烧，时间越久，越疼痛。这种痛也许别人不知道，也许父亲不能说，但是我却清清楚楚地明白。因为那个下午，我亲眼看见那种痛在父亲的眼里漫延。

我永远记得那个火辣辣的下午。那天的太阳特别大，阳光明晃晃的，像一把把闪亮亮的尖刀，一刀一刀捅向我弯曲的后背。地里尖利的杉木叶一下一下有意无意地撩拨着我的脸，刺得我稚嫩的脸又红又痒又痛。

风不知跑哪里躲阴去了，一丁点儿影子都不见。汗水顺着我的头发、额头渗进我的眼里，有的直接从我的下巴掉落到地上，我仿佛听到它们狂浪的笑声。父亲和母亲在我旁边呼哧呼哧地砍着草。那些草长得比杉树都高了，它们坚韧而蛮横地霸占着杉树的土地，厚颜无耻地吸收着我们施予杉树的养分。

我讨厌死这些草了，它们长得比杉树还快，活得比杉树还滋润。在我的印象中，似乎所有的草都比我们种植的植物要茂盛得多，快活得多。是因为它们不背负任何人的愿望，所以才能自由自在地疯长着吧。人如果能像草一样疯长，那该多好。

我砍，我砍，我看你长，我看你疯，我砍死你！

我怀着无比愤怒的深仇大恨，举着长砍刀，砍向那些在阳光里狂妄的芭茅草、断肠草、狗尾巴草。

"你砍到我家杉木地啦，背时的！"

忽然一声呵斥从我的头顶传来，我手一抖，长砍刀从我手中滑落，差点砸在自己的脚上。我抬头往上看，汗水朦胧中，村头隆权叔暴怒的脸在我家土头上方的草丛里露出来。

父亲扔下手中的砍刀向我这边走来，他在我身边的地里上下左右地来回走了一圈又一圈，又去叫我母亲来，两个人上下左右地再走一圈，甚至拨开那些浓密的杂草，指认着两家杉木地的地界。

队里早些年人少地多，全队十来户人家，大片大片肥沃的土地闲置着。大伙就把那些荒地分到各家各户。队长英明，发动大家种杉树，每家一百两百亩不等。我家人口多，分得的地多，隆权叔家才四口人，只得我家的一半。我们两家的地刚好连在一起。

"他叔，咱两家的地在开荒的时候就分清了，中间这条小路就是界线。现在草长高了，路虽然不太明显，但还是可以辨得出的，我们没有越界。"父亲谦和地说。

"哪里是路了，你们分明是抢着我家的地了。"

"他叔，你看两边的杉树都长得不一样，我们这边的要高出许多。"母亲软软地插话。

"世上哪有长得一模一样的树木，你家人多，就想着霸占。"

"没有。"

"就是。"

"真没有。"

"就是。"

……

他们的声音越来越大，越来越高，像疯长的茅草，密密麻麻地盖住了火辣的天空。

"你抢什么抢，你家香火到你崽这代都断了，要多有屁用。"

"你……"

父亲一口呛住了，喉结上下滚动，脸憋得通红，脑门上的青筋像一条绵长的蚯蚓，来来回回地爬着。良久，他才跌坐在地上，大口大口地喘着气。他的右手，一把抓住了一棵半人高的杉树和几根锋利的茅草，几滴鲜血从他的指缝漏了出来。

我不知道，那些尖尖的杉树针，那些像刀一样有着锋刃的茅草，是否深深地刺进、割开了父亲的手掌。我只看见，父亲眼里的疼痛，像茫茫大雾一样漫延开来。

于是我便永远地记住了那个火辣辣的下午，记住了父亲的痛。

我大哥可能永远也不会明白父亲的痛。三代单传的他在养育了两个女儿之后，和我大嫂在十几年的时间里硬是再弄不出什么动静。大嫂一年换一个花样地病着。而我大哥，似乎也断了再生一男半女的念想，一心一意地想着他的发财梦。他当过老师，种过木耳，做过木材生意，在工地里帮人开过泥头车。在他想方设法圆他的老板梦的时候，父亲也在绞尽脑汁地圆他的香火梦。他害怕他的这根血脉，他的香火，会在某一天某一处忽然断掉，像花儿忽然凋谢，鸟儿忽然飞绝。父亲霎时感到无比孤独与恐惧。他叫我带着大嫂去这个医院那个医院检查，跟这个中医那个中医抓药，甚至请这个巫师那个巫师来驱魔、牵线、搭桥。

我问父亲："世界上真有鬼吗，有神吗，有送子观音吗？"

父亲回了一句他这一生中最诗意、最有文采和哲理的话："信则有，不信则无，信由心生。"

父亲又说："中西结合、鬼神协作、心诚则灵，总有一样是有用的。"

母亲说："这是命。"

父亲不信。他要向命运发起他的抗争。

多少次，他在梦里，看见他的一个个大胖孙子骑着凤凰向他飞驰而来，驾着骏马向他奔腾而来，或者蹒跚着跌跌撞撞地向他缓缓走来。他们一路嬉闹，一路喧嚣，高声呼叫"爷爷"，争着扑向他温暖而宽厚的怀抱。父亲这时候的幸福，像花儿一样。

父亲不服。他不服那些无聊的闲人在他背后指指点点，他们的目光像一根坚硬而细长的钉子。无论他走到哪里，那根钉子就跟到哪里，它们狠狠地、毫不留情地钉进父亲的心里，钉得他的心千疮百孔，一孔一个血印。

所有这些，比父亲年轻十七岁的大哥是无法体会到的。

是的，你没有听错，我的父亲，仅仅比我的大哥大十七岁。

十七岁，在如今父母眼中，是还未长大的宠儿，花一样的年华。是懵懂、叛逆，是争强好胜、初生牛犊。而对于这些，父亲什么都不是，他只是一个还未成年的小丈夫、小父亲。

从小就面黄肌瘦的父亲，卑微，令人嫌弃。可为了承载家庭的重任，我的爷爷奶奶过早地给他压上了生活的担子，在他十四岁的时候，就帮他相中了我的母亲。

我的母亲比父亲大整整五岁，我父亲还在懵懵懂懂的十四岁的时候，我的母亲已经出落成如花似玉的大姑娘了。

大姑娘母亲如何美，我不知道，我只知道多年以后，那些曾经在我们乡当过干部的老人对我说："我认识你妈，永远记得她。那时候，人人都说她很美。"

这么美的大姑娘，当时是无论如何也看不上尖嘴猴腮的父亲的。她跑、逃，像拼命挣脱牢笼的小白兔，急于挣开父兄的束缚。她正眼都不瞧父亲一眼。不，她连正眼都不往父亲这边瞧。父亲去接她回家的时候，她根本不让父亲看见她，更别说看见她的眼。

我可怜的父亲，我不知道他是怎么长到十七岁的，但我知道，他在迎娶他那美丽新娘时的热烈。他骑着高大的骏马，一路吹着欢畅的口哨和诱人的木叶，带着迎亲的队伍敲锣打鼓吹唢呐地把他的新娘接走。那个热闹呀，让寂寥的山村翻腾了三天三夜。

那时候，我的父亲，是否已经打赢了一场看不见的战争，变成了一个风度翩翩的少年。我问母亲，母亲笑而不答。

他们的爱情，我不懂。我只懂得，现在的父亲母亲，他们相敬如宾，相濡以沫，相伴相随。我的母亲，那个差不多七十岁了的小老太，竟还会不时地向父亲撒娇。她生病的时候，她不想吃饭的时候，她拒绝吃苦苦的药的时候，她眼神躲闪，声音香香软软地，像一颗棉花糖，融化了父亲坚决的心，瓦解了他的坚持。

十七岁的父亲和二十二岁的母亲，在继我大哥出生后，一鼓作气，连续生了四个女儿。

四朵金花。在村里人眼里，却是四个包袱、四种累赘、四盆水，长大后，她们都是要泼出去的。泼出去了，就收不回来了。

父亲应该早就懂了"女儿是贴心的小棉袄"这个道理。要不，他不会不顾亲人的反对，不看别人的白眼，毅然决然地把我们四姐妹全部送去上学。

别以为这没什么大不了的。在那个年代，在我们那个闭塞的小山村，在所有的女孩子都不能上学的山旮旯，这是对世俗的一种怎样的抗争。这种抗争是温暖的，是深厚而坚韧的。

抗争总要付出代价。你看世界上的哪一场战争，不经过牺牲，不经过流血，不经过内心的煎熬和疼痛？

贫穷是父亲首先要经历的。

因为爷爷奶奶去世得早，兄弟姐妹又少，母亲要带娃，父亲一个人担起了家庭的全部重担。五个孩子的学杂费、生活费、医疗费等费用压得父亲喘不过气来。面朝黄土背朝天的劳作肯定是养育不了这些嗷嗷待哺的孩子了。

父亲一咬牙，到银行贷款买了一辆二手小卡车，拉货也拉人，投入了他向贫穷发起的战役。

直到现在，仍然有很多像父亲一样年纪，或者比父亲年轻的在我们乡政府工作过的干部跟我说："我坐过你爸的车，他人很好。"

也有一些人跟我说："我坐过你爸的车，他人很精，一分钱都不能少。"

我很想对他们说："请原谅我的父亲，原谅他有时的斤斤计较。你们不知道，他背后有多少张嘴要喂养，他的生活有多么艰辛。"

因为是二手车，车子经常在半路抛锚。有时候夜很深了，父亲才拖着一脸疲惫回到家；有时候他甚至在半路上过夜；有时候早早回到家，他也要帮车子检查这检查那。他穿着油腻腻的脏衣服，钻到车底，在车肚皮底下捣鼓、修检。他粗壮的大手，时时沾有黑黑的汽油，永远散发着一股浓烈的汽油味。那时候我放学回家，经常被父亲叫着帮他顶顶车盖，踩踩刹车，摇这动那的。父亲没有上过一天汽修学校，却学会一套修车技艺，连一些真正到学校学习过的人都自叹不如。

现在父亲老了，眼睛昏花，不再开车了，我才敢说，那时候，我每天最担心的事就是父亲回不了家，我最放心的事就是父亲回到了家。

哪一天如果天黑了，父亲还没有回到家，我的小脑袋就会不停地想："爸爸怎么还没回来，车子是不是又在半路坏了，爸爸是不是跟人撞车了。甚至爸爸是不是翻车了，爸爸会不会死了？"

我一下一下跑到屋头，把眼睛拉成一根长绳，牢牢地套住公路的尽头，盼望着父亲车子那声长长的"嘀嘀"声从公路的拐弯处传来。

你无法想象可能也无法理解我那幼小的心理，我多么害怕父亲忽然回不来了，害怕他像一条喷涌的大河，有去无回。只有当那声熟悉的鸣笛传来，我整个绷紧的神经才会慢慢放松。

路过的车子千千万，鸣叫的喇叭万万千，可我偏偏远远就听出了哪一声是我爸按的。

最担心的事还是发生了。父亲在我读高一的时候出了一场惨重的车祸。赔了一大笔，父亲左手也骨折了。当我从学校一路哭着跑到医院，看到满脸血迹的父亲，放声痛哭时，父亲的第一句话竟是："无论发生什么事，你都要坚持把书读完。"

我说不出一句话，只感觉眼睛热烘烘的，心窝也热烘烘的。热烘烘的眼泪在我脸上汹涌澎湃地纵横。

在那些艰难的日子里，我们家五兄妹依然全部把书念完了，我和大哥还上了大学。

大学毕业回来的大哥，在偏远的小山村里当了两年代课老师，便忍受不了乡村的贫寒与寂寞，辞职下海了。

父亲失望不已，他含辛茹苦供起来的大学生，就这样去了远方。

远方并不都是美好的。远在厦门打工的大哥，总以为外面的世界很精彩，其实他不知道，外面的世界也很无奈。那些去了外面的人，有的回来了，有的却永远也回不来；有的走着出去，躺着回来；有的去时年轻力壮，归来两鬓苍苍。他在外面打了整整五年工，依然是一无所有，甚至还把自己打成了大龄青年，让在家的父母对唯一的儿子忧心忡忡。

我一直在想，父亲对大哥的失望、担忧、怒其不争，到最后的愤怒一拍，是不是从大哥离开教师岗位的那时候就开始了。如果是，那么这份复杂的情感在他心里埋藏了多久，隐忍了多久啊。二十五年。二十五年，已经能够让一粒种子变成一棵参天大树，让一个牙牙娃儿，变成一个精壮男人。而父亲，让我大哥的额头，多了一个大包。

多了一个大包的大哥，我不想再去解读他。同时解读两个男人，我的心会滴血。但我一直觉得，我懂他。他有他的战争，在我们看得见或看不见的地方，看得见或看不见的时候。

所以当他发誓，他不认父亲，不喊他爹，哪怕他死了，也不看一眼的时候，我的内心是平静的。我知道，他不会。

我相信，父亲也知道，大哥不会。尽管很长一段时间，他们俩不说话，不相望，不共餐。但是同样患有糖尿病的他们，每次抓药，都会多要一份，让我母亲，转给对方。

话可以不说，但是药，还是得喝。很多病，还是得治。

因为很多病，不是你想治就可以治得了的。

村子里住在我家隔壁的辉舅、大姑父、二舅就是因为治不了的病，在短短的半年时间内就相继去世了。和父亲一样的老人，和父亲时常在一起聊天、吃饭、喝酒的兄弟，忽然接二连三地走了。父亲很悲伤，父亲悲伤得整夜整夜地在他们的灵堂前吹起凄婉的唢呐，不在乎他病痛的身体。

"爹，不要吹了，回家休息吧。"大哥看不下去了。

父亲的泪夺眶而出。不知道是因为大哥的话，还是因为那些离他而去的老哥们，或是因为与大哥的那场"战争"。

父亲一生中有很多场战争。我不知道，在他心里，有没有哪一场是赢的。

第二辑

PART 2
GUXIANG SHANHE

故乡山河

水说天峨

就像每天面对同一个美女，同一朵花，即便再漂亮，在你的眼里，都已经习以为常了。作为天峨人，从小看惯了她的山山水水，她的青青绿绿，一切便是那么自然，好像她本就该这样，本就该这么美，不需要任何语言来装饰。

所以我看天峨，看得最多的是她的水，她的河流。

从六岁开始，我就在家乡的河流里长大。这是一条没有名字的温暖的河流，那时候的河流还像河流，河水清清，杨柳依依。它从我们不知道的地方穿越群山，一路浅吟低唱，一路山清水秀，一路诗情画意，绕着我们的村庄，袅娜而来。

我童年最大的乐趣，就是在放学以后，胡乱扯几件衣服，撒开脚丫子就往河边跑。

河水可真清呀，贼亮贼亮的，像一面温柔的镜子。我看见镜子底成群结队游来游去的鱼，看见绿油油互相缠绕的水草，看见一双清澈透亮的眼睛，和一对高高翘起的羊角辫。微风吹来，我的身影在河面上跳舞，修长，纤柔，动人，甚至，有点妩媚。

河边有一棵老枫木树。奶奶说，这棵老枫木树跟奶奶的奶奶的奶奶年纪一样大，具体有多大，奶奶也说不清楚，奶奶只知道，当她还是个小女孩的时候，当她把藕一样葱白的双脚伸进河里的时候，这棵枫木树就存在了。

炎炎夏日，枫树把河面罩成一面阴凉的镜子，偶尔有一束逃跑的阳光，躲开叶面的阻拦，跳进水里，也是收起了她炙热的脾性，变得温柔而多情。同样温柔而多情的大姑姑、大姐姐们，在河边光滑的石头上，抡起粗大的棒槌，伸出两只白花花的手，撅起圆溜溜的屁股，有说有笑地洗着衣服。她们洗衣服的动作总是那么优美而迷人，那鼓胀胀的胸脯，随着棒槌的起落上下跳跃着，好像衣服里藏着两只兔子，随时都会从里边蹿出来，跟着哗哗的河水起舞。

这个时候，村上的小伙子们最喜欢到河里游泳了。他们裸露着黝黑健壮的胸脯，只穿着大大的裤衩，在大姑姑、大姐姐们面前卖弄泳姿，一会儿没入水底，一会儿仰面朝天，一会儿狗刨式蛙泳，一会儿蝴蝶一样飘着。他们黑亮亮的眼睛常常被大姑姑、大姐姐们扑通扑通跳舞的胸脯粘住，他们的口水像叮咚的山泉一样敲响沉静的河面。姑娘们倒是很大方，她们嘻嘻哈哈地笑着，把搓洗过的衣服丢进河里，让没在水里的小伙子们滤去洗衣粉泡沫。这时候的河面被一层层泡沫覆盖着，阳光洒下来，泡沫折射出五颜六色的光，仿佛一块光怪陆离的玻璃。我有些恍惚，目光穿过玻璃，越拉越长。我看见了玻璃下面紧紧缠住的十指，黑黝黝的粗壮的手指，白嫩嫩的纤细的手指，它们穿越山川河流，穿越阳光雨露，穿越过去未来，紧紧地缠在一起。它们舞蹈，歌唱，呐喊，欢笑，紧紧地缠在一起。

在家乡没有名字的河流里游泳的时候，我还不知道什么叫游泳圈，什么叫救生衣。因为没有必要知道。这是一条温顺的河流，厚道得像自家的一头老牛，你可以骑在它背上，任意拍打它的头、它的背、它的尾巴，甚至挠它任何一个地方的痒痒。即便是刚刚学游泳的小屁孩，也只需把两只长裤的裤脚绑住，张开裤头往水中一扑，空气立即灌入两只裤腿，鼓胀胀的两只裤脚像两个长长的气球，高高地飘浮在河面上，小孩只需绑住裤头，趴在上面，便可当游泳圈、救生衣了。很多时候，河面上飘着黑的、白的、红的、黄的、绿的、紫的、花的裤脚，就像黑的、白的、红的、黄的、绿的、紫的、花的翅膀在带着孩子们飞翔。

河面上有一座由两块大青石板搭成的桥，我的乡亲们，每天挑着大粪，挑着柴火、谷草、大米、苞谷、黄豆从石桥上颤巍巍地走过，他们的汗水滴落在坚硬的青石板上，或者透过坚硬的青石板的缝隙，滴落在河面上，叮一声，咚一声！

男人们累了，撂下担子，便在桥头的石头上坐下来，他们从口袋里掏出皱巴巴的烟袋，拿出发黄的一片小报纸片，或者儿子、孙子用完的作业纸片，用大拇指和食指从烟袋里取出一小团烟丝，慢慢地，轻轻地揉搓。他们揉烟丝的动作那样轻，那样温柔，好像在抚摸女人柔软的嘴唇。他们的目光穿越日月星辰，回到了年轻的夜晚，回到激动和浪漫上。当他们把搓好的烟丝卷进小纸片里，掏出火柴，划出一朵美丽的花朵，点燃手里的卷烟吞云吐雾时，他们的快乐，是否像神仙一样？

而女人们累了，便轻轻放下背篓，摇摇曳曳来到河边，掬一把水，仔细地擦脸，然后，坐在岸边，把曾经葱白的三寸金莲伸进水里，任鱼儿轻轻啄咬。温情，酥麻，像年轻时候情人粗厚的脚趾，在水底不轻易地碰触。她们的脸上，便氤氲出一片红润来。

　　这个时候，我往往是和我家那头老水牛，泡在清凉的河水里。老水牛悠然惬意地眯着眼睛，时不时朝岸上的爷爷或者奶奶深情地哞一嗓子。

　　那时候，我想不到世界上还有红水河这么一条汹涌澎湃的河流，而更让我想不到的是，家乡这条小小的没有名字的河流，只是红水河一个小小的支流，它最终竟会流到红水河里去。

　　初次遇见红水河，我已经十二岁了。世界那么大，而我在十二岁的时候，才得以从山村里走出来，窥探一下这个大大世界里的另一个小角落。当我的目光触摸到奔涌的红水河，我却忽然忧伤起来。我曾以为，家乡的那条没有名字的河流就是我对河流的全部印象，我以为所有的河流都一样清，一样绿，我以为所有的河面都一样柔软，一样可以当镜子照，直到我遇见了红水河。那时候，龙滩电站还没有建起来，红水河还是名副其实的红水河，野性十足，像一匹奔腾的野马。红褐色的河水撕裂了峻峭的山峦，一路呼啸而来。那气势、那速度，让我小小的心灵震撼无比。我的目光匍匐在滚滚的河面上，跟着河流奔跑，我听到了山与水的对话，看到了树与树的牵手，仿佛第一次明白了河流的意义。

　　那天，我和父亲站在县城的老码头上，目光一高一低，一老一少地翻滚在红水河的上空里。父亲其实是带我来看刚建成不久的红水河大桥的，他走过那么多路，踏过那么多桥，还没有见过那么大、那么高、那么长、那么雄伟的桥呢，何况小小的我。他指着远远的大桥，得意地说："好看吧，没见过吧。"他还说："想不想以后自己也造一座桥？"

父亲不知道，那天，我看的不是桥，而是红水河。

父亲也不知道，从那天起，我就在心里发誓：长大后，我一定要生活在红水河畔。

父亲还不知道，女人是水做的骨肉。他的女儿，离不开水，离不开河流。

我不知道，自己怎么那么喜欢河流，那么喜欢水，我无法想象自己生活在一个没有河流的地方会是什么样子，就像无法想象一个人的身上没有血液在流淌一样。

老子说："上善若水，水善利万物而不争。"水是世界上最柔软最美好的事物。水清澈透明，水随遇而安，水公平端正，水博大精深，水遇寒而结冰，水滴落而穿石。水往低处流，谦逊，低调，不为权贵唱赞歌。

而我何其幸运，竟真的生活在了红水河畔。难道冥冥中自有定数？

如今的红水河，因为龙滩大坝的下闸储水，龙滩天湖的宽大包容，沉淀了红褐色的泥沙。那些流淌过大坝的河水，变清了，变亮了，变绿了，红水河变成了绿水河。如果说这是一条绿丝带的话，那么这条绿丝带温暖了多少颗冰冷的心。在它还没有变成绿丝带之前，这条河流，曾经制造着无数个急流、险滩、漩涡，她在暴风雨的夜晚，曾让多少人为之惊恐、慌乱、难以入眠。如今，她以最柔软最温顺的姿态袒露在人们面前，她轻抚着曾经狠狠拍打的石头，深情地凝视着一双双饱含艰辛的眼睛。她高峡出平湖，养育了一条条肥美的鱼，点亮了一户户农家致富的希望。她静如处子，为晚归的渔夫撑起一片安然的港湾。她埋藏着两万多个移民温暖的故事和他们的故乡——它们耸立在水底，以永恒的姿势存活在移民的记忆里。

　　肯定有那么一部分人，还是怀念他们记忆里那条红褐色的"中国龙"，那条在暴风雨里轰隆隆地冲下一根根木头、一棵棵大树，或者一头头尚未来得及逃跑的猪的河流，怀念他们夹紧蓑衣，驾着一条飘摇的独木舟，冒着生命危险，在咆哮的河水里打捞木头、肥猪的情景，怀念那种与天地战斗与河水战斗的心惊肉跳而又心花怒放的感觉。直到现在，那种感觉依然在他们的血液里沸腾着，以至每当大雨来临，还有那么一些人，他们找来珍藏在床底下的破败的蓑衣，驾着小舟，到红水河边等待、观望，他们期待风雨飘摇，期待惊涛骇浪，期待战天斗地。然而红水河变成了绿水河，她稳稳当当地托着小船，在绿丝带一样的河面上悠哉乐哉。河面上没有任何声响，甚至没有一枝树丫，连一声鸟叫也没有。他们痛苦地摔下蓑衣，弃船而跑。

　　还有一部分人，他们不喜欢这绿绿的河水，甚至有些憎恨她。她淹没了他们赖以生存的一亩三分地，淹没了他们艰苦经营却温馨的家园，淹没了他们曾经的爱情和梦想，最难以容忍的是，淹没了他们来不及搬走的世世代代的祖坟。他们舍不得离开生活了一辈子的土地，他们只得把家往后面靠，再往后靠，还往后靠。他们看不清曾经的河流，看不清曾经的天空。他们只得在某个夜深人静的夜晚，偷偷地潜回原来的村庄，在水底深处抚摸一下还耸立着的石碑、平躺的青石板和家门口那棵原来摇曳的杨柳，他们无法开口倾诉，只能任河流洗去他们长长的泪水。

就像每一块土地的翻新，每一次历史的变革，总要经历种种疼痛、恐慌、不安，总要留下种种遗憾、回忆、思念。而阵痛过后，必然会有新的丰富多彩的开始。红水河变成绿水河，总有一部分人喜，有一部分人忧。而喜和忧，才是生活的内容。

于我而言，我既喜欢红水河曾经带给我的惊喜和震撼，也喜欢绿水河现在留给我的宁静和柔美。每天，我都想浸泡一下那晶莹剔透的绿，感受一下她温暖的抚摸，让她将我洗一下，再洗一下，洗尽铅华，留一个干净的灵魂。或者，就像今夜一样，依偎在绿水河畔的一棵大树下，听老大爷柔绵的二胡，一点一点抚慰我忧伤的心。曾经有几次调往外地的机会，我都终未能远去，最大的原因，实在是舍不得离开这些美丽的河流，而厮守故乡。

每当走向红水河，我都像走向我的母亲，怀着敬畏和爱，我轻轻地走向她的怀抱，吸收她纯洁而高贵的乳汁。而母亲这条河流，我想，无论我走或不走，或者无论我走得多远，只要我奔向她，她都会敞开怀抱，像拥抱一颗露珠一样，轻轻地拥抱我。

如今，故乡的河流已经不太像河流，水变少了，河变小了，它正在慢慢枯竭，像一个老去的人。而红水河——绿水河，正在不断地壮大，像一个蹒跚学步的孩子。我有什么理由离开这样的孩子？

天上飞来犀牛泉

亿万年前，一定有一只会飞的犀牛，怀着天地般宽宏的悲悯，穿越天宫层层厚重的大门，像一只轻盈的飞鸟，翱翔在广袤的天空。它一定有一颗慈悲的心，一双深邃的眼睛。它飞在高高的天空上，目光锐利地注视着苍茫的大地。

告里的大地上，波澜壮阔地生出一片绵延的群山，群山寂寞，于是便手牵着手，把一棵棵树种在自己的身上。那些树于是像一只只蚯蚓，拼命地往它们身上钻。把根，把须，把身上的每一个触角，拼命地伸向它们的内心深处。群山敞开心扉，毫无保留地接纳它们，拥抱它们。然后把告里变成一片绿莹莹的山。

山水相依，水土交融。告里的群山、土地和生灵不能没有水。它们向飞在头顶的犀牛发出了邀约。满腔悲悯的神牛，于是便在海拔500多米高的告里屯，在一棵苍郁的老树的深处，巢一洞，放一池水，让告里万物生长，生灵奔忙。

告里的山水美爆了。犀牛不忍离去，每天在洞内池里滚澡，当犀牛卧水时，水位上涨，洞外溢满清冽的水；当犀牛上岸时，水位下降，洞外干枯光亮。

告里的先人们惊呆了，他们宽厚的脚掌奔跑在热烈的土地上，内心充满感恩和期待，这股神奇的泉水每天早晨、中午、傍晚各出一次，每次持续一个小时。它给人们带来了生命之水，让他们看到生活的天长地久。他们对那只神奇的犀牛感恩戴德，于是把这股泉亲切地称为犀牛泉。夏天，红水河已浑浊如浆，可犀牛泉仍如"小石潭"，清澈见底；严冬，窑里沟的瀑布已冻若冰条，而犀牛泉则水暖如春。每当泉水从洞口溢出，整个告里便如同山洪暴发，哗啦啦的流水声响彻在深山峡谷里。勤劳善良的告里人们用这泉水浇灌了山里的一草一木，养活了一代又一代人，建造着越来越美好的家园。他们像爱护自己的亲人，对犀牛泉管护有加，让清清的泉水像他们的梦想一样永远流淌。

犀牛泉位于河池市天峨县向阳镇燕来村告里屯，距离天峨县城仅62公里，离我很近。尽管它神奇的传说填满了这个小小县城的大街小巷，可我却一直没有去探访过。前些天刚看过我的一位老师写了一篇文章《在棉花天坑想到了什么》，文中提到他的朋友、著名新生态歌者宁可震惊于在她的家乡湖南邵东发现了"新大陆"——磐石岩天坑，尽管天坑亿万年前就像一只大鸟栖身在她家乡的丛林中，从来就不曾遥远，但是她并不知道有这么一个存在。而我的老师竟也一样，河池市罗城仫佬族自治县四把镇的棉花天坑就在他的家乡，他也为自己所不知道的家乡奇观而感到震惊。他们两人，都是我最敬重的人，都是对大自然充满好奇，热爱大自然里的一花一木、一枝一叶，哪怕是隐匿在草丛中那些最卑微的生命的人，竟也有忽略家乡美景的时候。我们是否常常是这样，越是亲近的东西，似乎越容易看不见。或者说它已经变成我们生命的一部分，以致我们常常看不见。就像我们看不见自己身体里流淌的鲜血，但是它却养育着我们的生命，与我们生死相依。

犀牛，在我国古代，与龙、虎具有同等神圣的象征，它们都是辟邪的圣物。在中国的传统文化里，犀牛更是寓意吉祥的动物，可以去除煞气，起到报喜的作用。现在的人们常常把它刻成摆件，摆在家中。或制成挂件，随身携带，希望能带来吉祥和幸福。而在西方神话里，犀牛被公认为独角兽的原型，它形如白马，额前有一个螺旋角，代表高贵、高傲和纯洁。有的甚至还长着一双翅膀，象征爱情，寓意忠贞不贰、勇气、美好、高洁。不管在中国，还是在西方，不管可以辟邪，还是象征爱情，人们都希望在健壮的犀牛身上看到幸福吉祥、地久天长。而智慧的告里先人，将此泉命名为犀牛泉，可见其灵慧而忠虔。

第一次见到犀牛泉，是十四年前。去得匆匆，看得也潦潦。人多，车也多，村里的狗更多。路是小路，天是雨天，行程时间紧，我作为整个队伍的服务人员，总担心有人掉了队，或者哪里滑了脚，甚至被狗欺负。我跑前忙后，呼人唤狗，只记得在犀牛泉清澈的水里泡了一下手。去之前就听人说过，第一次到犀牛泉的人，如果运气刚刚好，碰到犀牛泉刚刚流出第一股水的话，一定要让泉里的水泡一泡手，那么在这一年里，你就会握住你想要的幸福。那天很冷，我们刚走到泉眼口，人群中便爆发出一片欢呼。原来是犀牛泉出水了，哗啦啦，一股水桶般大小的

水流从石缝中奔涌而出，人们争先恐后地把手伸进水里。我也急忙将我冰冻的手伸进水里。水很暖，很软。严冬时节，寒冷异常，我粗糙的手被冻得疼痛而僵硬。而这一泡，却让我泡出了春暖花开，我的手指变得温暖而柔软起来，仿佛一朵朵花从我的指尖徐徐开来，有一股奇妙的暖流忽然穿越整个身心，就好像，碰触到了爱情。我竟然在犀牛泉里触摸到了爱情。

那一年，我和谈了八年的初恋走进了婚姻的殿堂，当我身穿洁白的婚纱牵着他的手走进婚礼大堂时，我的身心也忽然传过一股奇妙的暖流，和在犀牛泉里遇到的暖流是一模一样的。后来，我一直坚信，犀牛泉的泉水里，一定有一股神秘的力量。这股神秘的力量紧紧地依附在我的手上，当"死生契阔，与子成说。执子之手，与子偕老"的那一刻到来时，这股神秘的力量才悄悄释放，从我的手心传到他的手心。

小时候老家也有很多很多的泉，在我们去放牛的路上，去打柴火的山上。在深山里，树林边，特别是有芭蕉和竹林的深沟里，通常都会有叮咚叮咚的流水声。那时的水很清，很甜，文雅一点的，找来一张宽树叶，卷成一个圆锥状，往深一点的水洼里一舀，亮晶晶的水立即被包围在绿油油的树叶里，贼贼地对着人笑，人家看也不看一眼，脖子一仰，一口就喝下去，通常要舀六七次，才够喝一顿饱。我常常不做这些麻烦事，直接趴在水洼边，撅起屁股，假装吹一口水面上的残渣，把嘴伸到水里一直喝下去，总觉得那样的水喝得真爽真甜真欢畅。

最大的泉莫过于拉坡那一眼，因为长年流水，村里的人们便在泉眼处挖了一口井，清清亮亮的水常常盛满水井。那时候村里还没有自来水，所有的生活用水都要来这口井里挑。我常常在放学以后，用一根扁担，两个提桶，把家里的水缸一遍遍盛满。刚开始只装半桶水，路上休息三次，到后来，我装满满满一桶，不用休息也能健步如飞回到家里。村里的老人不时夸赞：糖糖勤快哦。我兴奋得让肩上的扁担从左边换到右边，又从右边换到左边。直到现在，我依然记得那根扁担在肩上跳跃的感觉。

很多个大年初一的凌晨，我都要和村上的姐妹们到这口井里采勤水。采勤水是过年时勤劳的女孩子们争做的一件事，也是蓝衣壮的传统习俗。这个习俗还有一个美丽的传说：几百年前，我们的祖老太，带领本族的亲人，千辛万苦大逃难，走南闯北，最后迁徙到本地定居后，过上安定祥和的生活。为了铭记迁徙的劳苦，珍惜来之不易的美好生活，也为了给女孩子们从小就树立勤劳善良的理念，祖老太立下了一个不成文的祖训：每年的除夕下半夜，大年初一的凌晨，未出嫁的女孩子都要到古井采井水喝，还要把水挑回家，一路上不能让水泼出来。这水，就叫"勤水"。而第一个喝到勤水的人被认为是最心灵手巧、最勤劳善良的女孩子。村里的人于是常常夸赞她，有好事都叫上她，出嫁的姑娘争着要她当伴娘。女孩子的美名由此十传百、百传千，前来提亲的人络绎不绝，让其他女孩子羡慕不已。后来，这个祖训被传承了不知多少年之后，渐渐发展成为壮族的一个习俗，至今还在流传。

习俗还在，只是很多泉已不在，村上一起采勤水的女孩已远离难聚。这些年来，很多水流着流着就断了，很多人走着走着就散了，还有什么是天长地久的呢，我竟恍惚，有些忧伤。

时光轮回，机缘奇妙，十四年后的同一天，第二次到犀牛泉，我还是以服务人员的身份组织人员参观。恍如梦境，那山、那水、那狗，仿佛依然是十四年前的样子。而犀牛泉还是一天只出三次水，一次出水一小时。我摸了摸泉里的水，它像十四年前那样温暖如春。那一刻我坚信，哪怕亿万年后，它一定也会这样温暖下去。

布柳河上仙人桥

自结缘之后，我常常以梦为马，策马奔腾，沿红水河逆行而上，在一座山的豁口，左转，奔向那一碧千顷的布柳河。

清幽翠绿的布柳河，碧水连天，烟蒸玉树。我在梦中一一辨认曾经爬过的山、涉过的水。我看见2005年的平腊村，那时候，我还可以挽起裤脚，在村前宽宽的布柳河中蹚过来、蹚过去。甚至到河的对岸去，那里有一块石壁，像一匹配了鞍的马。这匹马驮着朝霞，踏着月光而来，印在奔腾的河流之上。清光绪年间壮族才女李世妍，睹物生情，研墨提笔题写了《咏石马连鞍》一诗：

石马连鞍在岳州，古人留下几千秋。

风吹满背无毛动，雨洒全身有汗流。

嫩草周围难下口，钢鞭任打不回头。

可怜独受寒霜苦，天地为栏夜不收。

在天峨传颂了一百多年的南岱（原平腊屯）世袭保正李开基之女李

世妍，花容月貌，自幼随兄苦读诗书，聪颖过人，诗才横溢。年幼的时候，看到一碧河水向东流，就作出了"有影有形意不传／相陪相伴又相连／华阳照去于人后／半夜消行在我前"这样忧伤的诗。

江南多雨，布柳河多情，夏秋季节，河上时常一边日出一边雨，美丽的彩虹，横挂天边，雨点似飞箭般从天上直射大地。情思涌动的李世妍，对景吟出一上联"雨箭虹弓天射地"，并称言，如有对出让她满意下联的男子，她就嫁。可是，美丽多情的才女满心等待，痴痴盼望，竟无中意的下联。

等不来心目中品貌俱佳的白马王子，看不到国家兴盛社会文明进步的希望，李世妍不想随波逐流，宁缺毋滥，她独自忧郁，魂随风去仍坚守美玉心身，长夜漫漫独自感叹：

自古人生借屋栖，英雄能有几多时。

当朝宰相三更梦，历代君王一局棋。

禹治九州汤得业，秦吞六国汉登基。

劝君莫做千年计，三十河东四十西。

人生无常，世事难料。年轻而聪慧的世妍看透炎凉，看淡名利。如今世态，让她心无所托，情无处寄，终日郁郁寡欢，不久即玉体染疾。在一个雨雪飘飞的日子，李世妍带着深深遗憾，悲逝在清清的布柳河畔。一朵清丽灵动的花，化为一缕仙气，凋谢在24岁的芳华！

轻抚青石板上镌刻着《咏石马连鞍》的每一个字，似乎触摸到一代才女每一根温暖而纤弱的手指，我心微痛，掩面离去。

清清的布柳河啊，它埋藏着多少忧伤和动人的故事。

继续奔驰。我要策马而上，去看看这绵延千里、柔情婉转的布柳河和那个美丽善良的布柳姑娘。

那时候的河还没叫布柳河，河边百来户人家，村前仅一条小溪，天旱便缺水，人们要到几十里外去取水饮用。村里名叫布柳的美丽姑娘立志要找到水源，解救众生。苍茫大地，满目疮痍，要到哪里去找呀？她翻山越岭，历经千般苦、万般难仍不放弃。土地公公见她心诚，于是现身指点，爬过九十九座大山后，布柳姑娘终于在一个大石洞口，找见了清泉。

好多水呀，怎样才能把水引到村里，救救乡亲们呢？布柳万分焦急，这时洞里传来一个苍老的声音：你要把水引进村庄，快回去织九百九十丈白布，把布头放在这个洞里，另一头牵到你村中，洞里的水会沿着白布流过去。

布柳姑娘回到村里后，废寝忘食地织啊，织啊，终于织够了白布。遵照洞神爷爷的嘱咐，布柳把织的白布从村里牵到了洞口。霎时，这条白布变成一条翻腾滚滚的河流流到村里。从此，人们把这条河称为布柳河，清清河水润泽千里沃土，人们不再担心旱灾的威胁。

美丽姑娘布柳，我不知道她是哪个村的人儿，传说里也没有明说。也许是向阳的平腊村，也许是纳直的那里村，也许是更新的巴满屯。总

之，整条河流都是她的。河流两岸，是茂密的亚热带雨林，一年四季绿树成荫，野猴成群，那是植物的王国，鸟类的天堂。是布柳姑娘的恩泽。

那么，就让我跟着布柳姑娘继续逆行而上吧，再看看这清清的河水，这河水润泽的土地，这土地上神奇的生灵和万物。

到达更新乡巴满屯，一座天然石拱桥映入眼帘，像一条坚硬的长虹横跨在布柳河的两岸。这就是传说中的"仙人桥"了。资料显示：仙人桥桥长280米，桥高165米，跨度177米。而布柳河两岸山峰标高500~1260米，桥与山绝景天成，气势雄伟，被专家称为世界上最大、最美的水上天生桥。

这天生第一的仙人桥啊，是郁郁而终的李世妍为了填补心中的遗憾而为痴男怨女架设的情人桥吗？还是美丽善良的布柳姑娘为两岸勤劳的人们搭起的致富桥？

划一竹排，慢悠悠荡漾在碧玉般的布柳河上，看鱼儿穿梭，听百鸟歌唱。远处两岸山峦悠远绵延，群峰争齐，林木斗翠。近旁水流缓缓，绿如绸缎。河面上仙雾缭绕，似梦似幻。目光微抬，仙人桥以绝美的姿势横跨河面，宛如一条健壮的巨龙，千百年来，默默地护卫着这条河，以及河两岸的人们。

此刻，忘了纷繁的杂事，忘了那些忧伤、疼痛、贪念和名利，忘了那奔突的命运。你只管让自己轻飘飘的灵魂，在这满眼浓绿中悠荡、游荡。此刻，你会想起勤劳的英达，和美丽的伊卡。你甚至已和他们相逢相知在坚韧的石桥上，在浓烈的爱意里，你以为自己也是仙人。

布柳河上还没有仙人桥的时候，河的东岸有个甲洋寨，河西有个巴满屯，甲洋寨的壮族小伙子个个长得英俊结实，老实憨厚。巴满屯的壮族姑娘，人人长得面似桃花，心灵手巧。每年农历三月三，他们都放下手头的活路，到布柳河畔对歌。

年年岁岁，岁岁年年，许多相互爱恋的人，只能隔河相望，望河兴叹。他们多么恨这条河呀，只因江宽河阔，水深浪急，谁也未能将绣球抛到对岸去。也曾有胆大的闯过去，游过去，但总是人仰船翻，葬身河底。

这世间，纵有前车之鉴，纵然万般艰险，只要心中有爱，总有人飞蛾扑火前赴后继去追寻，去奔赴他们的命运。

比如河东甲洋寨的小伙达英和达华，河西巴满屯的姑娘依卡和依岩。达英情浓依卡，达华爱恋依岩。

勤劳的达英发誓要在宽宽的布柳河上，在高高的高楼山间，架一座桥，让两岸有情人终能相会。哪怕生不能造成桥，死也愿变条长虹横跨河上。

而懒惰的达华只知每天隔河歌唱，寄心愿于他人：谁能把桥架起，哥妹愿变石山守大桥。

高楼山上的两位神仙，听了达英达华的话，动了凡心，决定帮助两对情人，约定若五更时架桥成功，有情人就成眷属。

一位神仙化成两个石匠，分别和达英、依卡在上游两岸开山凿石，隔河运料。三更下桥墩，四更铺桥面，五更快到了，桥面铺到河中心，但还差两丈三才拢口，怎么办？神仙吹口气，原先被水冲走的石头飞转回来铺在缺口处。霎时间，一座大桥横跨布柳河两岸。此时，雄鸡刚好报五更，接着三声炮响，两个老石匠合成一位神仙飘然飞去。达英、依卡在石桥中央跪拜叩谢。从此，后人把这座桥叫作"仙人桥"。

另一位神仙也化成两个石匠，在河下游帮助达华、依岩。可他们三时辰做工，两时辰唱歌，搬一块石头，歇三回。

歌来歌往，三更过后桥还无影。老石匠急了："要知道啊，情歌唱上万千箩，情人还是不能进家门。"谁知两人越唱越上瘾。五更时辰已到，上游三声炮响，传来喜讯。神仙扔下工具，无影无踪。两岸建起的半截桥墩一下垮了，而达华和依岩，变成两座高山，守在仙人桥的两边，终生不能相会，后人称为"对懒"。

大学毕业那年的农历三月三，第一次到布柳河去看仙人桥，在气势宏伟的石桥下，我甚至连大气都不忍出，生怕惊扰了桥上情话绵绵的达英和依卡。同行中有刚考入警察队伍的同伴，初生牛犊血气方刚，大义凛然，总觉得人定胜天，哪来仙人架的桥，正义才是战胜一切的法宝，言行中有些许不敬之意。

深夜，要回城之时，原本好好的车，却无论如何也启动不了。无奈，我们只好在仙人桥边的农家留宿一夜。我说，许是你冒犯了神仙。同伴满眼羞愧，面朝仙人桥，深深鞠了三躬，诚挚地说："失敬！失敬！"

翌日清晨，轻启钥匙，车子竟一发即响。

那一刻，我坚信，"天地玄黄，宇宙洪荒，日月盈昃，辰宿列张"，一定有某种神秘的力量需要我们去敬畏。敬畏生命，敬畏自然，甚至是敬畏一座桥。

如诗飞扬

刚踏入第三个本命年，便忽然觉得人生似乎去了一半，脑海里翻腾的，常常是一些过去的人和事。那些过去的时光，就像一把锈迹斑驳的大刀，躺在内心的一个角落里。刀刃上沾满了童年，欢乐，回忆，思念，甚至疼痛。只有时不时拿出来擦拭一下，打磨一下，才显出刀的锋利来。

回忆里，总是满满的山坡。山坡上，一排排梯田，像一行行诗，在大自然的书架里暗暗发光。我和母亲，姐妹们，像一个个符号，在一行行诗里锄地、种树，书写一首首农民自己的诗歌。

已经很久没有和母亲、姐妹们一起上山劳动了。那些童年时劳动的欢乐，吵闹，劳累，拈轻怕重，互相推诿，忽然那么亲切地出现在脑海里，甚至强烈地渴望着重现一次。

于是趁着过年回家，我组织了一次上山"重走青春"。

天刚蒙蒙亮，姐妹们便兴致勃勃地往山里赶。戴草帽，扛锄头，穿崭新的解放鞋，去山上劳动。时隔多年，各嫁一方的姐妹们，像一条条河流，从不同的地方涌来，又朝同一个地方涌去，心里多了几分兴奋和

期待。

到达山上时，细雨开始幽幽怨怨地下起来，山高，又值阴雨天气，雾很大，人与人的距离虽近，却看不见。

一座土山，像一条奔涌的河流，欢呼着，倾斜而下。我们就在河流中央，两个人一组，上下排开，开始种杉树。

很久没参加劳动的姐妹们，欢快地唱起了歌。

新翻开的泥土温润而柔软，带着款款深情轻轻地拥护着杉树苗柔嫩的根须。一株小小的杉树苗就这样在寂静的深山里开始了它漫长的一生，它的萌芽、成长、欢乐和孤独，甚至它的死亡，它所有的生命历程，都将与这块土地息息相关。

一条路从山底盘旋而上，穿过我们这片土地，向更远的村庄延伸。

正值乡里赶集。山下的农民，断断续续地从山底骑着摩托车飞越而来。雾大而厚重，一层一层，白茫茫一片，我们像在云里雾里飘浮，眼前一片苍茫。农民路过时，我们无法看见，只有当一串歌声猛然从山下响起，沿着弯曲的小路盘旋而上时，我们才知道，村里的农民正飞奔在去集镇的路上。乡村的摩托车，如今都装有音响，有音乐，那歌声便像小鸟一样一路飞驰，回响在沉寂的深山里。那些赶路的村民，也许寂寞吧，冗长的山路，崎岖而狭长，尘土飞扬，让人疲惫。那一路歌声，便可以缓解一下疲劳。或许村民们并不寂寞，他们生在山里，长在山里，泥土早已是他们生命中最温暖的一部分。他们一路放歌，只是一种提示，一种与对方相互问候的方式。当白雾茫茫，无法远观来路时，只好用飞扬的歌声，向对方宣告：我来了，我去了。来无影，去无踪。却在来去之间，有一种温暖在悄悄传递。

在白雾皑皑中，我沉醉在一种仙境里，我的视觉开始空白，听觉却慢慢鲜活起来。一首歌从遥远的苍茫里隐隐传来，就像一缕青烟从幽深的大山深处开始飘浮，然后慢慢升腾，靠近，像水一样滑过我身边，渐渐远去。我知道，至少有一个人，像一只青鸟一样，已从我身边飞走。不一会儿，另一首歌，又慢慢从远方飘来，又一只青鸟从我身边飞走了。一辆摩托一首歌，有多少首歌，就有多少辆摩托车飞驰而过。那些歌声，带着奔涌的速度和力量，穿透厚重的浓雾，像诗一样，飞扬在清冷寂静的山谷里。

我忽然想起了那些地震，那些失事的飞机，忽然沉没的轮船。那么多人在灾难中死去，很多故事从此没有结局，很多人从此只能孤单地想念。其实，很多灾难，在来临之前，一定也有某种东西在涌动，在警示，在传递吧。比如一只秋虫的狂躁，一条小溪的暗涌，一次气候的反常。只是大自然的传递更隐匿，更神秘。需要一对敏锐的耳朵，一双明亮的眼睛，一颗纯净的心。

而我们的耳朵，我们的眼睛，我们的心，在这个物欲横流的时代，还能依旧敏锐、明亮和纯净吗？

此时此刻，我内心里，惶惶然，竟感到沉重无比。

"在哪里，在哪里见过你，你的笑容这样熟悉……"

惶然间，山下又响起了歌声。歌声暖暖，温馨而甜蜜，融化了我心底里的阴郁，让我整个人也跟着飞扬起来。

内心终于释然。我相信，在这个世界上，一定还有很多东西，是明净和温暖的。它们就像一首首纯粹的诗、一朵朵芬芳的花，飞扬在我们四周。

写给故乡的组章

一

今夜，我以梦为马，一路狂奔，飞向阔别十年的"故乡"。

当面对苍茫的大山，面对深沉的河流，面对宽广而寂寥的夜空，我不禁泪流满面。因为，尽管我万般努力，我和我卑微的灵魂再也找不到当年那块美丽而温暖的土地。我不止一次地仰面长叹。遥远的故乡，沉在水底的故乡，它究竟赋予了我精神和灵魂上一种怎样的慰藉？让我在这十年来的很多个夜晚，对它魂牵梦绕。

说是故乡，其实并不是故乡，那是我大学毕业后在农村工作的第一个乡镇——向阳镇，可我宁愿把它当成我的第二故乡。那里的山坡曾留下我多少深深浅浅的脚印，那里的土地曾埋藏着我多少辛辛苦苦的汗水，那里的天空，曾放飞了我多少热热烈烈的梦想。无数个寂寥的黄昏，我坐在门前的大树下，听枝丫上清越的鸟鸣，看大树下高高掠过的身影，以及它们身后那轮圆润的夕阳。它们那么亲切而温暖，深刻而隽永地烙印在我的内心里。在故乡两年多的日子里，我一直在苦苦地寻找着我的梦想和人生。沉寂而冗长的夜，我在偏僻的小屋里，静静阅读。我读到的是一个个闪着灵性和光芒的文字。那些文字，就像一只只黑色的飞鸟，带着我卑微的灵魂，飞翔在那片深远而辽阔的天空下，在这块母亲般的土地上，我怀揣着一颗热烈而敬畏的心，探寻着人生的真谛。

翻开沉积了十年尘埃的日记，我看见我的笔隐匿在时间的长河里，悄悄地记录着自己的一点点心事。十年前的那些日子，便如雪花般漫天飞来，恍若昨天：

乡下的日子，安静而落寞，连大山都透露出一股荒凉，唯有院子后面的小溪，承载着小城的故事，欢呼雀跃，多少给人带来一点慰藉。我以为我可以在这里，读几本书，写几行字，做一些关于文学的梦。然而飙升的温度，炙热的太阳，汗水，气味，疲倦，眼泪，爬在山上，听别人深恶痛绝地争吵，对骂，拳脚相交，然后不停地劝说，调解，甚至冲锋在明晃晃的镰刀、锄头跟前，生活被疼痛和恐惧压弯了腰。夜晚，静如处子，星星都睡了，心累了，我的梦，又能做到哪里去呢？？？！！！

在这一页日记上，六个大大的触目惊心的问号和感叹号虽然隔着十年的时光，可仍然像六把锋利的尖刀，一个一刀地剜着我的心。我还看见了刀刃上的血，它们鲜艳而冰凉，让我在十年后这个寂静的夜晚依然感到疼痛不已。

那时候，年轻得像一根新鲜的豆芽。对什么都好奇，对什么都在乎。我记得，在那个乡镇工作的，和我一样年轻的女孩一共有4个，她们柔弱而美丽，像花儿一样待在镇里的办公室里，或者最多是到某个村的村部或农户家中办事，来去都有小车或摩托车坐，无需担心风吹日晒雨淋。唯有我，因为工作特殊，常常要走远远的路，爬高高的山，到土地现场为农民调解各种纠纷案件。每每想起在乡下的那段日子，一个叫"龙鱼"的地方以及行走在"龙鱼"的山上的那一天，总会像一条鲜活的黑鱼，翻腾在我的脑海里，弄出一片白花花的记忆。

那天的太阳是那般耀眼，呼啦啦地吐露着一股股热气，天空像玻璃一样透明和光滑。我们在透明的玻璃上攀爬，三个多小时过去了，光秃秃的山，热得像烤炉。我在烤炉中燃烧着，眼花缭乱，似乎有无数只蚂蚁在头脑里狂乱地撕扯，争夺一只巨大无比的秋虫。我听到了秋虫被撕裂的声音，一只脚被扯下来了，一条胳膊被扭断了，一颗头颅被砸碎了。那些没有参加战斗的蚂蚁在兴奋地呐喊助威，它们的声音穿透时间，穿透空间，穿透一切欢呼雀跃的花鸟虫鱼，轰轰烈烈地朝我的头脑开炮。头胀痛得像季节深处一颗火热的豆荚，似乎随时都会爆裂开来。小腿肚上的肌肉一刻也不闲着地战栗着，疼痛着。汗水、泪水顺着额头、眼睛、脸颊，流进我的嘴巴、我的脖子、我的胸口。我身上的每一寸肌肤，每一个毛孔都被汗水和疼痛浸透着，像一头被开水烫过的猪。我觉得我要死了，我要像一棵苍凉的大树一样轰然倒塌在沸腾的山上了。

就那样上山，下山，风吹，日晒，雨淋。每天和土地、和农民打交道，和锄头、和镰刀纠缠，它们在我艰难的岁月里闪闪发光。

多年以后，当我在县城宽阔的大路上，再次遇见那些曾经和我一起行走在高高的山上的人们时，他们无不亲切地调侃我，"笑话"我，让我在脸红耳赤的同时，内心不断生出一股股暖流来。

我应该感谢，感谢那些艰难，感谢那些泪和汗，感谢那些曾经无与伦比的疼痛。因为在日记本上，我还看到了这些如今读起来依然让我激动不已的文字：

但是昨夜深处，有一种幸福悄悄降临了。因为邂逅那些美丽而苍凉的诗句，它穿透了无数个艰难而寂寥的夜晚，穿透了我心灵里的荒原与樊篱。那些文字，像一只黑色的飞鸟，带着我的身体与灵魂，穿透雨夜的漆黑，飞越万重山，走进历史的悲凉、现实的沉重和未来的遐想。我战栗了，心在哭，宛如沙漠中走失的一只鸵鸟，在寻找到她的同伴时，那种劫后余生的狂喜。

那是一个怎样的夜晚啊，幸福、战栗、狂喜，因为找到了心灵的皈依。

故乡啊，它曾经温暖了我多少个寒彻的夜晚，唤起了我多少次消沉的心啊。

如今，故乡因为建造拥有三项世界之最的龙滩水电站，被淹没在了200多米深的水底下。很多夜晚，很多故事，便一同被淹没在了200多米深的水下，被淹没在寂静的时间深处。

有谁在意，曾经鲜亮如皓月一样的欢笑，或沉重如泥土一样的疼痛，被淹没在了哪里？

今夜，当我想再次深入故乡，叩击我卑微的灵魂，翻阅当年堆积的梦想时，我只能以梦为马，穿越深沉的河流，让关于故乡的隐秘记忆，像流水一样暖暖地流淌着。

二

每当月圆之夜，我都会无比清晰地想起2005年农历八月十六日的月亮，以及月亮下一张沉醉的笑脸。它们就像两颗晶莹剔透的珍珠，镶嵌在我的内心深处，随着时光的流逝，那两颗珍珠却越发变得透彻和明亮。

那晚的月亮像是从一锅滚烫而热辣的大锅里冒出来一样，刚冒出水面时清新而圆润，颜色血红，就像作家莫言所说的仿佛一个刚刚出生的婴儿，哇哇地啼哭着，流淌着血水，诉说着生命的神秘与悲壮。我被这样的月光诱惑着，追逐着月光来到了大院里的操场上。

一样被月光诱惑的还有三个在镇里工作的年轻人，他们坐在高高的红旗台下，一人一把吉他，在弹唱着温柔而甜蜜的乐曲。

我一直以为，吉他是摇滚而热情奔放的，就像春天里一朵怒放的生命，让人热血沸腾，充满昂扬的斗志。没想到在这样的夜晚，它也可以弹得如此忧伤而缠绵。那声音，就像一根轻柔的羽毛，划过我颤颤的心尖，有一点疼痛、一点欢愉，引着我向它走去。

路过一棵大树下时，我被吓得大喊一声。一个黑黝黝的人，坐在大树底下，背靠着树根，双手抱在胸前，仰着脸。他的脸因为树叶的投影，便一半黑，一半白，神秘而鬼魅，好像生命在这里划清了界限。此刻他正痴痴地望着天空中明镜似的圆月，傻傻地无声地笑，仿佛沉浸在美好的时光里，醉了，一点也没有被我的喊声惊动。我不由得大胆走近前，仔细看，才发现是镇里有着间歇性精神病的孤儿宝安。

平日里，我是害怕看见宝安的，听说宝安记忆力非常好，谁要是对他好一点或恶一点，他都会记得。当他精神病发作的时候，看到曾经对他恶的人，会紧追不止，骂骂咧咧，甚至会拿石头砸人。我曾经看到他拿着一块大石头坐在一位女同事家门口，吵吵嚷嚷。好在，同事那天不在家。

病情没有发作的宝安是勤劳而善良的，他乐呵呵地到镇上的人家帮着劈柴火，干农活，只为了吃一餐饱饭。镇上只要哪家有红白喜事，他都必定早早到场帮忙，跑东跑西，忙这忙那，甚至通宵达旦，俨然一个主人家。

我不知道那晚的宝安是否也在发作着精神病，甚至不知道宝安看到的是否真是月亮。在精神病人的眼里，也许那是一块香喷喷的烧饼，是一朵黄灿灿的鲜花，是一张红艳艳的妈妈的笑脸，是一段幸福、神秘、遥远的往事。那一晚，我不怕，是因为宝安那张笑脸吧，那样纯净、温和、沉迷。一点也不会让人联想到他是个令人心惊胆战的精神病人。

是月光在作怪吧，美好的月光，美好的东西，它让一个孤独而冷寂的长夜，变得温暖而深远。让一切恶念悄然隐退。让一切怀疑、恐惧变得无足轻重。让一切信任和亲近重新回归人的内心里。

直到如今，一旦想到那晚的月光，想到埋藏在水底深处那棵大树，我就会想起那笑容。那笑容，像一颗明亮的珍珠，映在一地的月光里，和月光一样柔软。

三

世界上最亲的距离，不是生死相依，而是即便你已离去，我依然活在你身边。

世人笑你太痴狂，说你虽貌美如花，但性格清高孤僻，独来独往，与世隔绝，认为与男人来往就是不洁，于是把来自各方雪片般的求婚书信深埋案底，并以你的诗"平生性情似麻姑，粉黛胭脂半点无。惯看鸳鸯花下舞，恨闻鹦鹉笼中呼。冰心岂畏身边冷，守节何愁枕上孤？但得贞名传海内，笑他淫女去寻夫"作证。有谁知道，其实你的心像太阳一样炽烈，像磐石一样坚贞，也像花朵一样需要爱情的滋润，难道他们没有看见你那条著名的征婚绝联"雨箭虹弓天射地"？只是他们一介凡夫，没有触摸到你内心深处的灵魂罢了。

李世妍，你这个千百年来，整个天峨县唯一的才女，一个人凄凄然从清代光绪年间走到了今天。我知道你一定孤单极了，寂寞极了，需要一个人来听听你满腔的倾诉，需要一个好姐妹来分享你的快乐与忧愁。于是，我便来了。

我逆流而上，乘风破浪，从遥远的时空，翩翩然来到向阳镇，来到布柳河畔，来到你身边。你在布柳河畔的树下等了我一百三十多年了吗？

我看见了你如花似玉的容颜，看见了你满腹的诗书文墨，看见了潺潺布柳河流水间，人们为了永远纪念你，而把你生前所作的《咏石马连鞍》一诗刻在上面的那块像马一样的大石头："石马连鞍在岳州，古人留下几千秋。风吹满背无毛动，雨洒全身有汗流。嫩草周围难下口，钢鞭任打不回头。可怜独受寒霜苦，天地为栏夜不收。"石马那高傲不羁的孤独形象，是你赋予的吗，还是你的真实写照？

无人能懂你，使得你这个诗才出众的女子23岁就神智失常，24岁便玉殒香消，留给后人深深的遗憾和感叹。

一百多年后，我来了，为你而来。我知道你年幼时跟随哥哥苦读诗书，记忆力很好，所读诗书只要诵读一遍，就可以把书中内容全部背下来，过目不忘，不像我们今天翻来覆去还记不住。吟诗作对更是厉害。到了青年时期，你因诗才出众，在全县范围内受到人们的关注，连衙门内的官员也赞不绝口。我知道你寻找的是心灵的契合，而不是财富和权势："自古人生借屋栖，英雄能有几多时。当朝宰相三更梦，历代君王一局棋。禹治九州汤得业，秦吞六国汉登基。劝君莫做千年计，三十河东四十西。"我知道你内心孤独而寂寞，常常徘徊在黑夜深处："有影有形意不传，相陪相伴又相连。华阳少去于人后，半夜消行在我前。"我恨我晚生了一百三十年，不能与你同甘共苦，生死相依。

好在，我最终还是来了，作为你晚了一百三十年的姐妹。尽管你早已离去，但我知道你会穿越时空的隧道，姗姗而来。昔你往矣，杨柳依依，今你来兮，我在你身旁，听你喁喁细语，传递你千般柔情与蜜意。

如今，刻上你诗词的那块大石头，虽已永远淹没在了故乡的水底深处，但故乡的水永远也淹没不了你的名字、你的才情。而我，作为你的姐妹，与你有最亲的距离。你隐匿在我的身体里，让我代你述说人生的点点滴滴。

关于故乡的隐秘记忆

　　我第一次那么强烈地想念我的故乡，是在父亲艰难同意将家搬迁到新修的通乡水泥路旁边之后。这时候的故乡，近近的、暖暖的，像在心窝里堆积了一堆棉花，所有与它有关的记忆，都变得柔软起来，就连屋背后那棵坚硬的老梨树，以及梨树下那些尖锐的叫骂都显得那么亲切。

　　老梨树就站立在我家屋背后，高高的，春天才刚到，花便开了，那些花儿，一簇簇，洁白如雪。小时候，每天早晨起来，我都抬头向上仰望，盼着那些花儿，在傍晚的时候便能结出一个个又大又甜的梨子来。很长一段时间，那就是我每天的梦想，孩童时代的渴望真是简单而又坚韧。好不容易盼到梨子结果了，才半熟，我便和表姐脱下妹妹们的帽子当成篮子，偷偷地爬上树去，常常爬到一半，不知从哪里突然冒出的隔壁老奶奶便跑到树下，用竹竿捅我们的脚底，大声叫骂，她越捅，我们就越往上爬，爬到她够不着的地方，我们就安安心心地坐在树枝上，慢慢地拣大的果子来吃，任凭她在树底下呼天抢地，等我们吃饱了还往帽子里装。装满了，老奶奶还在树底下守候。很多年，我就伴着她的叫骂和简单的渴望成长，那时候，心里充满了对她的憎恶。现在，她离开我们已经很久了，那棵梨树却开得依然灿烂。每次回家，我还像小时候一样仰望它，好像它一直在对我歌唱，那么热烈、清纯。

故乡这两年来，像一张被风撕裂的画，东掉一角，西落一块。先是表姐家搬出去了，搬到几公里外离新修的通乡水泥路很近的田边，跟着，几户人家也搬走了，带走了很多关于故乡的记忆，留下一些断墙残垣在寒风中独自萧瑟地矗立着，像一个蓬头垢面的老乞丐。我知道，故乡终究是要搬完的，每一个人，都想过更好的生活，到更好的地方去，那里，离城市更近，离梦想更近，这无可厚非，谁还愿意像父亲一样守候在这偏远的山里，看日月星辰，年复一年。

夜晚，从房间的窗口望出去，昔日的灯光和欢笑已经不在，徒有一片断墙在月光下幽暗地空寂着，像在怀念一段悠长的历史，一只猫在断墙上不停地跳跃，不知是在捕捉夜间的老鼠，还是在找寻离去的主人，偶尔还发出几声悲戚的叫声回响在沉寂的夜晚。母亲说，这原是一只受伤的流浪猫，在集镇上奄奄一息时被表姐的父亲带回家细心照顾才活过来的，表姐家搬进新房时它被装在笼子里带回去好几回了，但每次放出来后，它又悄悄地回来，白天的时候在我们家吃饭、睡觉，一到晚上就到表姐家旧屋子整夜整夜地转悠。这样的说法让我非常惊异。这只猫儿，它也会怀旧吗？是因为留恋老屋子里的那些温暖，还是因为老屋子曾经珍藏过它斑斓的梦？新修的水泥路旁纵然有新翻开的新鲜泥土气息，可能还会有花花绿绿的诱惑和故事，它们清晰而狂乱地舞动着，像一粒粒晶莹剔透的尘埃，梦想着要浸透每个人的心。可是，却打动不了一只猫的心。

这只猫儿，它不知道，有些东西，失去了还可以找得回来，而有的东西，一旦失去，就永远地失去了。就像有些人，有些爱情。

但是故乡那些隐秘的记忆，却是永远也无法磨灭和失去的。疼痛，或者欢乐。它们潜伏着，在惊涛骇浪的时光里沉默，在黑暗寂静的地底下涌动。当故乡被渐渐撕裂，它们才轰轰烈烈地破土而出，清晰而透明。

首先在我记忆里不断翻腾的，是表姐家门前的大晒坪。它就相当于一个村里的露天村公所、队里的议事场，只要寨上有何大事，开什么会都是召集大家到这个大晒坪上来，人们在这里，完成了一件件事关全家、全村，甚至全国的大事。它还是夏天时节人们饭后乘凉、谈天说地的好去处。每到夜晚，大人们卸下一天的忙碌，洗去一身的疲劳，纷纷赶到晒坪去，像赶赴一场美丽的约会。他们三五成群，围坐在一起"摆古"（讲老故事），我们小孩子则在大人们之间奔跑、蹿动、喧闹，有时候听这一群人讲"梁山伯与祝英台"，有时候听那一拨人谈"孟姜女哭长城"，有时候则爬到晒坪边的一棵柚子树上，摘下酸酸甜甜的柚子，小心翼翼地把皮剥好当帽子戴，调皮的孩子还捉来萤火虫，放进长长的瓜苗杆里，让那幽绿的光在明明灭灭的夜空里闪动。欢笑，时常像一首高昂的牧曲在偏远寂静的山村里荡漾，当大人们讲到一些令人毛骨悚然的鬼故事时，却又引来一阵阵的尖叫。

很多年以后，我依然热衷于听故事，热衷于鬼故事所带来的那种心惊胆战的感觉，甚至喜欢上文学这种梦一样的东西，与这个大场坪是密不可分的。

　　有时候，当人们散去，天空开始变得清静，我和表姐，还在深夜的晒坪上，就着满天的星光跳舞。农村的晒坪就是一个天然的大舞台，表姐在舞台中间像一个天使般飞旋，轻盈、飘扬，而我就在旁边静静地观赏。表姐从小就有跳舞的天赋，到了中学的时候，还专门跟舞蹈老师学习过。那时候，她的房间里，挂满了各种各样跳舞的画报，其中有一个女孩赤足踩在沙滩上跳舞，雪白的裙子飞扬，挡住了天边一片金色的夕阳，在她面前，是一片浩瀚的大海，大海深处，一只船儿即将沉没。这幅画让我印象异常深刻，因为我时常看见表姐在这幅画前面凝望、发呆，有时还发出轻轻的叹息，那些叹息就像一条条小小的蝌蚪，时常在我心里游来游去。一直到现在，当我想起这幅画的时候，眼前依然是一片幽深的大海和雪白的裙子，金色的夕阳和表姐忧郁的表情。后来表姐的舞蹈老师病逝了，年纪轻轻的，像一首没有唱完的歌曲戛然而止。表姐的舞蹈学习也悄然停止，她只是在某个深夜，一个人在晒坪上默默旋转，偷偷缅怀一份青涩的爱情，然后在一个杜鹃花开满山谷的日子，踏上了远去的列车，从此漂泊在另一个遥远的天空里。不知道表姐现在是否还在跳舞，是否还会在一个无人的深夜里偷偷想起一段没有观众的舞蹈，一个曾经让她温暖的人？

　　这个晒坪曾经收藏过多少欢乐，让多少人怀揣过美丽的梦想啊！它在故乡日渐变化、消逝的日子里，那么强烈、清晰、透明地呈现在我的脑海里。

在我脑海里不停流动的，还有村外的那条河流。一条河流对于一个村庄来说，太重要了，就像一条血管对于一个人，一份责任对于一个家庭一样不可或缺。人们在这里取水、浣衣、游玩，生命之源从这里延伸。每年的夏天，村里的孩子们最喜欢做的家务活就是洗衣服，为了能洗衣服，我还常常故意把衣服弄脏。清晨从家里背着一背篓的衣服到河里洗，往往要到黄昏的时候才回到家，不是因为衣服太多，而是因为河里的水太清澈，那些小鱼儿呀、小蝌蚪呀、小螃蟹呀、小虾米呀，太多太多的小东西在水里诱惑着我们，它们一会儿钻进石头下，一会儿钻进水草丛里，一会儿在水面上朝我们眨巴着眼，让我们着魔般地纷纷跳进水里与它们战斗。有时候，我们还从山上打来一种药草，剁碎了，拦起河坝来闹鱼（让鱼中毒），那时候的鱼喝了这种药水，晕晕乎乎的，我们一抓，就是小半桶。捉累了，我们就到水深的地方游泳，那时候，不兴游泳圈、游泳衣，我们就找来大人们的裤子，把两边裤脚绑紧，两个人张开裤头猛地往水里一扑，等空气把两条裤脚充得膨胀起来，再绑好裤头，一个游泳圈就做成了，我们就像长了翅膀的小鸟，夹着两只裤脚，在水面上飞呀飞。整个夏天，小河两岸，晒满了花花绿绿的衣服，河面上，扑满了一个个湿淋淋的身体，和一片片童年的欢畅。

　　这种欢畅，在傍晚时分，常常演变为一片片大人们的打骂声，那是因为，我们玩得忘记了时间，忘记了世界，忘记了守候在村头的母亲，她们时刻担忧，她们的孩子是否会像流水一样流走。

　　其实，那么小的一条河流，又怎么会冲走孩子呢，何况是一帮泥鳅一样的孩子，母亲的爱是细致的，忧虑是宽广的，哪怕有一丁点儿的伤害存在，都让她们惴惴不安。让她们踏踏实实地放孩子们去玩的地方，就只有村头的一片芭蕉林。

村头的这片芭蕉林，平坦、宽广、湿润，芭蕉树粗壮的躯干、宽大的叶子不仅孕育了一串串黄灿灿的芭蕉，让我们在果子严重缺乏的年代大大地解了馋，而且还成了我们儿童时代的游乐场。天气一凉，晒坪上就少了人，没有大人们的故事，小孩子们坐不住，他们顾不得寒冷，顾不得一条条清清长长的鼻涕，在芭蕉林里玩捉迷藏，玩枪战，玩"拔萝卜"。"拔萝卜"是我最先提出来的，第一个人抱着芭蕉树，后面的人跟着一个抱一个的肚子，最后一个人要把她前面的人按顺序一个一个"拔"出来。晚饭过后，我就开始一家一户地上门喊人，像村里的老队长召集人们开会，十多个人作一组一起玩，那么长一串人就抱着一棵芭蕉树，使劲地拔，拔得地动山摇，拔得石破天惊，拔得一棵棵芭蕉树摇摇欲倒，拔得寂寥的天空一阵阵尖叫。童年也疯狂。直到有一天夜晚，当拔完"萝卜"回家后，七姐的肚子突然痛得厉害，送往医院立即开刀割去阑尾后，我们才停止了这个疯狂的"拔萝卜"。直到现在，我依然坚信，七姐的阑尾炎是我们在"拔萝卜"的时候"拔"出来的。每当七姐掀起衣服让我看她肚子上那条张牙舞爪的"蜈蚣"时，我的心都疼痛无比，这样的疼痛，和七姐的痛比起来，更深切，更长久。

每个人都有自己的童年，有自己的故乡。故乡和童年，常常在我们远离家乡的某个时候猛然想起。每次想起故乡，我总觉得心里有一种细细碎碎的痛，这些痛，小是小，却真真切切地存在着，它似乎在告诉我，童年、成长、生活，不仅仅是欢乐，还有各种各样的痛苦。这些痛苦，在岁月时光里潜伏，它时刻提醒我，不要忘记自己是谁。

我不能忘，也不敢忘，即便故乡日渐瘦小，甚至消失。即便故乡有朝一日长满荒草。我都将永远不会忘记它的存在，它的回忆，它曾经带给我的美好和疼痛。永远不会忘记我是故乡的儿女。故乡，它时刻行走在我的记忆深处。有些东西，不是说随着时间的流逝就可以流逝，随着某种事物的消失就能够消失的。它一旦存在过，就会永远存在。不管这种存在是你需要的，还是不需要的。

村庄上空的音符

我一直不太喜欢城市，因为城市没有袅袅的炊烟，没有在天空中妙曼起舞的音符。城市的上空一片荒凉。

小时候，我最喜欢在傍晚时分上山砍柴，在村庄背后的高坡上鸟瞰整个沉寂的村庄。那时候，村里的家家户户已经开始做饭，每一根高高耸立的烟囱里，都会冒出一股股浓淡相交的炊烟。烧苞谷秆的冒黑烟，烧红柳的冒紫烟，烧梭柴的冒青烟，烧榆树的冒蓝烟……村庄的上空飘浮着五颜六色的炊烟，像一个个跳跃的音符，演奏着村庄最温暖的音乐。

站在高高的山坡上往下看，我看见那些炊烟有时候向左，有时候向右，随风摇摆，犹犹豫豫，飘忽不定，像一个柔情万种却拿不定主意的姑娘。我看见玉江家的浓烟滚滚地冲向天空，仿佛看见了玉江的奶奶猫着腰，向火灶里不停地添苞谷秆子。她的腰像一张陈旧而脆弱的弓，弯得似乎随时都会断裂开来。浓烈的黑烟从火灶口喷泻而出，弥漫在玉江奶奶浑浊而深陷的眼睛里、鼻子里、嘴巴里，呛得玉江奶奶一步步后退，跌坐在地上，一把热泪、一把鼻涕地咳嗽。玉江的奶奶70多岁了，抱不动那些沉甸甸的柴火。实际上我还从来没有看见她家有过那些沉甸甸的柴火。她的儿子早些年就去世了，白发人送黑发人啊，老奶奶差点哭瞎了眼睛。如今她只有跟媳妇和孙子相依为命，媳妇长年卧病在床，做不了体力活，孙子玉江原本倒是一直好好的，书也念得好，时常把奖状抱回家，一家人的希望就寄托在他身上，谁知两年前不知受了什么刺激，脑子却忽然坏了，原本好端端的一个人，一下子像个傻子一样，整天只知道歪着个脑袋在村子里一遍又一遍地瞎转悠。家里唯一的希望像一堵墙一样轰然倒塌，玉江奶奶的老腰就更加弯曲，苍老的头颅似乎随时都会碰到脚面上。玉江奶奶本来就打不了柴火，如今更指望不上别人，只能每天在别人的苞谷地里扯苞谷秆子。苞谷秆轻而干燥，容易燃烧，但烟雾大，燃得快，稍不注意，火灶里的火便会熄灭，再重新添加时便浓烟滚滚。玉江奶奶手脚不灵便，时常跟不上苞谷秆燃烧的速度，每次做饭，总会被浓烟熏得泪流满面。小时候如果到玉江家吃饭，总会不时夹到一小片苞谷秆片，不仔细看，还以为是一块干巴巴的瘦肉。其实玉江家里哪会有肉吃！玉江的奶奶眼睛不好，她看不见随手带起来的苞谷秆片像雪花一样飘到了哪里。

我还看见了黎小妹家的炊烟像一条紫色的飘带，妖妖娆娆地舞向天空，像一位婀娜女子飘飘的衣袂。黎小妹这个傻里傻气的丫头，因为从小患上癫痫病而永远在读一年级，并且永远写不全自己的名字，算不好10以内的加减法，还常常毫无征兆地晕倒。小时候和她一起读的书，我们都读到三年级了，她依然在读一年级。村上的调皮鬼阿宝一整天如影子一般跟在她身后喊："读书没有用，留钱回家买油盐。"那时候的黎小妹便红着脸捡起一根小鞭子，像追赶一条讨厌却忠心耿耿跟在身后的小狗。村子里便经常回荡着阿宝的喊叫，以及他们奔跑的身影。

黎小妹虽傻里傻气，却极活泼而勤快，什么事都想做。童年时期的孩子，不知道忧愁，只知道撒着脚丫子在空旷的田野里奔跑。上山打鸟，下河摸鱼，打架，做游戏，我们在时间的影子里疯跑，希望自己永远不会长大，让欢乐的身影时刻飘荡在空旷的村庄上空。黎小妹患着病，家人不让她跟着瞎跑，但孩子对快乐的向往是不可阻挡的。她时常瞒着家人，偷偷跑到我们中间，央求我们带她一起上山下河。同龄的伙伴谁也不敢带她去，她们害怕她发羊痫风，害怕她像一只绵羊一样忽然晕倒，害怕她晕倒时扭曲的脸，翻白的眼睛，吐着泡沫的乌黑的小嘴，甚至害怕她在晕倒中死去。

说实在的，我也害怕，我曾经亲眼看见黎小妹忽然发病晕倒的样子。那时候她正帮我背着半背篓的苞谷籽往我家楼上的仓粮里爬。其实我一开始就不想让她帮忙，但她很固执，非要帮。她用幽怨的声音轻轻地说："我有病了，你们都看不起我，以为我什么都不会做。"

那声音像一根小小的针，悄悄地刺了我一下，似乎有一滴鲜血正在慢慢地往外冒，我感觉到了一点点的疼痛。再看她时，那瘦小的脸蛋苍白而黯然，大大的眼睛似乎已蒙上一层雾水，眼眸低垂，小小的嘴唇紧紧地抿着，仿佛稍不留意，便会滑出一丝关不住的哭泣。我的疼痛忽然像波浪一样漫延，紧紧地闭了闭眼，我小手一挥："背吧。"

黎小妹像是得到了天大的恩惠，小脸因为兴奋和激动一片潮红，双目熠熠生辉，整个人焕发出勃勃的生机和光彩。

她快速地跑去抓来一只小背篓，高高兴兴地往背篓里舀苞谷籽，甚至还欢快地哼起了在学校学到的几句儿歌，脸上的红润像花儿一样蔓延开来，大大的眼睛亮晶晶的，灿如星子，仿佛在做着一件最快乐、最幸福的事。

苞谷籽装到背篓一小半的时候，我急忙叫："够了够了。"

她不依："我全身有的是力气。"

她笑着握紧拳头挥了挥，继续装苞谷籽。装到一半的时候，我说什么也不让她加了，她这才背起了沉甸甸的背篓。

弯腰，挺身，抬头。可能是因为蹲得太久，她刚站起来，就趔趄了一下，喊道："我有点晕。"便连同背篓一起直挺挺地倒下，背篓里的苞谷籽像一粒粒珍珠，黄灿灿的，洒了一地。

黎小妹躺在金黄金黄的苞谷籽上抽搐了两下就一动不动了。她脸色苍白，双眼紧闭，嘴唇瞬间失去了血色，乌黑乌黑地歪曲着，嘴角不停地抽搐，冒出一串串白泡泡。我被吓得心似乎要跳出胸腔，脚软软地直发颤，老半天才记得叫来大人，掐她的人中，让她在静静的黑沉沉的世界里和病魔，和意识斗争、抗衡。仿佛一百年过去了，三百年过去了，她才慢悠悠地醒来。醒来后，又像没事一样捡起地上的苞谷籽。

黎小妹其实不是经常发病的，她有时几个月发一次，有时一个月发几次。不发病的黎小妹像正常人一样勤劳而憨实，看见别人在做什么，都抢着要帮忙。虽有点傻气，但两只大眼睛清澈而透明，傻得憨实、可爱。

所以当黎小妹苦苦地央求我带她上山打柴时，那种她忽然晕倒时我恐慌、无措的感觉，像一只影子紧紧地跟随着我，让我犹豫不决。

"我保证不发病。"她说着响响地拍了拍胸脯，坚定而执着的眼神让人不忍拒绝。我不禁心软起来："去吧。"

她欢呼雀跃，快乐得像一只小鸟。

我算是冒险了，她不知道，病魔，特别是像她那样的晕倒，是说来就来、说倒就倒的，它们在她身上隐匿着，神秘而飘忽，毫无前兆，不受人的意志控制，像一个无法预见的炸弹，也许忽然就会在她身上爆裂。

尽管如此，我还是带着黎小妹穿过空旷的田野，上山，涉水，前去打柴火去了，是不忍心拒绝，还是不想向命运屈服，我不知道。

所以此刻，黎小妹家上空飘荡的炊烟，是前些天我和黎小妹在河边的红柳林里打来的柴火烧的，它们缥缈，妙曼，颜色微紫，在金黄的夕阳里，像梦一样美丽和温暖。

我还看见了杨六家的炊烟、杨法家的炊烟。他们家男孩子多，有一身的好力气，打的都是坚硬耐烧的柴火，冒出的炊烟直直的，最刚强。他们家还挨得近，风一吹，两家的炊烟便拥抱在一起，缠绕在一起，像一对恋人或兄弟，你中有我，我中有你，就像这两家的主人，和和睦睦。这家做了好吃的，在大门口扯着嗓子喊那家过来吃，那家有困难了，这家二话不说一起过去帮忙，连两家的孩子都按大小顺序排哥论弟，日子过得亲亲和和，顺顺利利。

我家的炊烟呢，我穿过那些萦萦绕绕的烟雾，寻找着属于我家的音符。

我忘了，母亲病了，正躺在床上，父亲和姐姐她们此刻肯定还在地里，我家的音乐还没有响起，正等着我扛着柴火去敲响呢。我赶紧捆起柴火，扛起来，向山下走去。

到半山坡时，忽然发现，自己家的屋顶上飘出了缕缕炊烟，开始时，像一根丝线一样，细小、柔弱、若隐若现，后来逐渐像一根麻绳，粗壮、清晰，最后像一条奔涌的河流，冲向天空，弥漫在渐行渐深的夜空。

一定是母亲强忍着疼痛爬起来做饭了，她的头眩晕得甚至还站立不稳，每一次小小的挪动都觉得天旋地转，但她却摇摇晃晃地起来做饭了。看着袅袅升起的炊烟，我似乎闻到了一阵阵饭菜的香味，它们轻柔地飘过我的头顶，向着更远的地方飞去。

一直以为，炊烟是村庄最柔软的羽毛。一户人家一根羽毛，一根羽毛一个故事，有多少根羽毛，就有多少个故事，故事不同，羽毛的色彩也不一样。

后来，才渐渐明白，炊烟，其实是一个村庄的根。人在，村在。根在，烟在。那一缕缕飘远的炊烟里，隐藏着某种叫故乡的东西。

而没有炊烟的村庄，就像鲜艳的花儿没有结果，清澈的河流没有鱼虾，浩瀚的天空没有飞鸟，总觉得少了一点生气和灵气，再好的房屋也会破败。

多年以后，我离开村庄，蜗居在喧哗热闹的城市里，每当夜晚来临，准备插电做饭时，我总会习惯性地走到窗前，看看城市的上空。城市的上空有鸟飞过，有云飘过，偶尔还会有一架飞机掠过，却从来没有炊烟升起过。

城市的上空，干净而落寞。

于是常常回农村，回故乡，再次坐在高高的山冈上，看玉江家的奶奶是否还抱得动苞谷秆子添火，看黎小妹家的炊烟是否依然婀娜妙曼，看杨家的上空是否还有缠绕着抱在一起的炊烟，听村庄上空美丽音符的欢唱。

去年深秋时节，寒风凛冽，站在家乡的高冈上，面对村庄，我听到了一阵阵乌鸦的悲鸣。"老鸹（乌鸦）叫，死人到。"我想起了小时候的童谣，隐隐地感觉到，村上的某个老人也许就要远去了。

果然不久，就听到了玉江奶奶去世的消息。玉江奶奶是村上最老的老人了，那张苍老而弯曲的弓再也不能承受生命之重，在一个黑沉沉的夜晚，忽然断裂了。玉江奶奶像一声沉闷的叹息，悄然委地。倒下的玉江奶奶像一只干瘪的虾子，弓着腰，蜷曲着，两只枯瘦如柴的手，黑乎乎地围成圈，似乎还在抱着一捆苞谷秆。入殓的时候，因为腰部严重弯曲变形，玉江奶奶的头和脚上不着天下不着地地凌空翘着。人们想掰直她的身子，让她平躺在棺材里，下辈子好直挺挺地投胎做人。可是她的身体硬邦邦的，像一块苍劲的木板，一点也动弹不得。人们只好在她的头上、脚下垫上厚厚的土布，让她的身体靠着坚实的东西，不再虚空地伸展着。

沉痛的村子呜咽着，颤抖着，大人停止了呵斥，小孩子们也不再欢蹦乱跳，连平时汪汪乱叫的狗也耷拉着脑袋低哮，一只只纸幡扎起的白鸟在天空中冷漠地飞舞。道公的诵经念得哀婉而柔绵，似乎怕惊醒了沉睡中的玉江奶奶。每个人的头上都缠着一块白土布，满含悲痛地在玉江家忙前忙后地安置后事。已经是两个孩子妈妈的黎小妹背着大捆大捆的柴草往灶房里放，杨家的男人们挥动着锋利的斧头劈砍自家扛来的柴火。村庄的上空，弥漫着浓厚而低沉的炊烟，整个村庄，笼罩在一片忧伤的迷雾里。我在这片迷雾里飘浮着，像一片凋零的落叶。

三天后，从山里回县城时，经过高高的山冈，我忍不住停下脚步，久久回望我的村庄，泪流满面。我不知道，玉江家的屋顶，往后是否还会有炊烟升起。

清明时节，和姐妹们一起，回家给爷爷奶奶上坟。飞奔在绿意盎然的山谷，每个人都欢快得像轻飘飘的气球。说好无论远嫁何方，我们四姐妹每年的清明节都要回家扫墓。所以每次清明节，无论是风和日丽，还是阴雨连绵，我们四姐妹都会像四条奔涌的河流，从不同的地方来，向同一个地方奔去。那时候的心是温暖的，是阳光的，充满渴望和期盼。因为，我们赶赴的，是一个誓言，是一场亲情的约会，更是一种坚守。

快回到家时，我却坐立不安，我渴望看到我的村庄，却又害怕看到，我害怕那些炊烟里，少了一根，少了一种颜色，少了一份温情。

当抵达高高的山冈，紧紧地眺望整个村庄时，我不禁大声欢呼起来。

村庄的上空，烟雾缥缈，它们在细雨中升腾，黑、白、青、蓝、紫……它们像一条条彩虹、一根根发丝、一个个快乐的音符，在村庄的上空飞扬、跳跃。

我看见村庄的人们轮流着走进玉江的家门，玉江家的屋顶上飘浮着浓厚而温热的炊烟。

我的心，于是一片安宁。

PART 3
RENZAI LÜTU

第三辑

人在旅途

北行记

一

第一次北行，便是去青岛。那是2011年的冬天，市局组织各县同行去学习，虽然天气寒冷，心却如同一只雀跃的小鸟，很热烈，很急切。到达青岛时，已是深夜两点，刚下车，北风便呼呼地往身上钻，还下着小雨，那种刺入心骨的冷，是我们南方人很少体会到的。尽管冷，大家的热情还是像一团火苗一样旺盛，对什么都好奇，对什么都感兴趣，而我，也被一种莫名的情绪激动着。

第二天中午，上完课，我便一人走出酒店，沿着一条幽深的道路行走。风在吹，有黄灿灿的树叶轻飘飘地在空中旋转、飞舞，然后坠落，落地的声音像一声轻柔的叹息。冬天的这条街，有点萧条，有点凄冷，像一个清瘦的老人，孤独而安详，偶尔有一辆车经过，也是缓缓地，像怕惊扰了老人以及他们的记忆。我喜欢在这样陌生的清静里，没有任何目的和方向地走着，哪怕天荒，哪怕地老。

如果人生真的能那样随意地行走，不在乎欢笑与泪水，不管它贫穷与富裕，或者，不论爱与不爱，那么我的人生又能走到哪里呢？这样想着，心渐渐飞扬。正当我邀游在想象的太空时，却已快到上课时间，不得不返回。返回的时候，不像原来那么轻松和自由，你得认路，得清楚你要到达的目的地，得完成一次既定的跨越。这让我的心一下子紧张起来。我是个方向感模糊、记忆力糊涂、分不清东南西北的人。在家乡，那个巴掌大的地方，用不着我费劲地去弄明白哪里是东，哪里是西，我哪怕闭着眼睛，哪怕醉眼蒙眬，也能够清清楚楚、明明白白地找到我想去的地方，可是青岛不是我的家，不是我日夜生长的地方，我还能找到来时的路吗？我开始变得慌乱起来。

我在大街上东南西北地乱转，像一只大头青蛙，这里跳跳，那里蹦蹦，我刚刚还觉得曾经路过那里，转眼又感到它无比陌生，每一个路口似乎都很熟悉，好像又很陌生。泪开始在我眼里升腾，急躁和恐惧像一只疯狗撕扯着我的心。完了，电话不带，酒店又没记住，我软弱无力地坐在路边的草地上。

不知过了多久，一片诵经声从一个小巷里忽然传来，那声音空灵而透亮，清越悠远，让我浑浊的头脑一下清醒起来，它曾经在我的记忆深处停驻过。我惊喜地循着声音跑去。这是一家小小的佛灵斋，深藏在一个不起眼的小巷里，里面摆有各种佛像和佛家饰品，门口还写有"祈福佛事、烦恼咨询、风水设计、周易取名"的广告，朴实却隆重，这也许是某个信教者为维持生计而开设的。我记得曾经路过，当时心里还暗暗发笑，人世间，纷纷扰扰，杂乱无章，谁还会在这样的一个小屋里一解千愁啊。可是就是这样一个最不起眼的小屋，这样一种与现代生活格格不入的声音，却让我一下子想起了回去的路。生活啊，是不是都是这样，越是容易被我们忽略的东西，越在关键的时刻发挥着重要作用，当我们迷失在人生的某个路口，总有某种声音或力量在牵引着我们，让我们找回迷失的自己。

早上离开酒店的时候，导游才告诉我们，我们所住的酒店就在湛山寺旁，湛山寺在青岛市东部湛山西南、太平山东麓。是市区里唯一的佛寺。1933年筹建，1945年落成，占地面积23亩。山门有两石狮，传为明代遗物。院内有大雄宝殿、三圣殿、天王殿及客舍，殿后为藏经楼，旧藏佛经6000余册及古代佛像。寺后东侧小山有八角七级砖塔，耸立云表。寺院南对黄海，东、西、北三面，浮山、湛山、太平山屏列，烟岚变幻，海阔天空。每年的农历四月初八浴佛节庙会时，来参加庄严的宗教仪式的游人最多，海风瑟瑟，落英缤纷。

原来冥冥中，我曾经与佛有过那么一次缘分，它来得那样忽然，就像一场爱情。

二

到达神仙福地蓬莱时，鹅毛般的大雪纷纷扬扬地下，好像上天有撒不完的棉花，整个世界一片雪白。白的山，白的路，白的天空，白的海洋。这样晶莹剔透的世界让我的心也跟着明亮和柔软起来，大家一片欢呼，顾不上寒冷，纷纷伸手接住那一片片、一簇簇雪花，生在南方的我们，何时见过这样的世界，这样的银装素裹，这样的飘飘洒洒。我的心跟着雪花飞舞，忘记了时间和地点，忘记了今夕何夕、物是人非。

蓬莱，这个人间仙境，这个八仙过海的地方，到底有着怎样的美丽传说啊。带我们游玩的女子，是何仙姑穿越时空，幻化而来的吗，那样美丽和飘逸。这个神仙一样的女子清悦的声音让我恍恍惚惚，犹如梦中。我仿佛看到了慕名来到这里寻找神山、寻求长生不老药的秦始皇，他站在海边，眺望大海，看着海天尽头一片浮动的红光。他的目光深沉，心中惊喜，统一六国后的自豪和担忧在他心中交织，他迫切地需要能使自己无比强大的神药，希望自己长生不死。我还看到了八位神仙，看到逍遥闲散的汉钟离，把手中的芭蕉扇甩开扔到大海里，那扇子大如蒲席，他醉眼惺忪地跳到迎波踏浪的扇子上，优哉游哉地向大海深处漂去。看到了清婉动人的何仙姑将荷花往海里一放，顿时红光四射，花像磨盘，仙姑亭亭玉立于荷花中间，风姿迷人。看到了吟诗行侠的吕洞宾、倒骑毛驴的张果老、隐迹修道的曹国舅、振靴踏歌的蓝采和、巧夺造化的韩湘子、借尸还魂的铁拐李纷纷将宝物扔入海中。瞬间，八仙各显神通，逞雄镇海，悠然地遨游在万顷碧波之中……

雪越下越大，它们像一群白色的小鸟，叽叽喳喳地往我脖子里钻，使我感到一阵阵透彻心骨的寒冷。母亲这时打来电话，嘘寒问暖，千叮咛，万嘱咐，仿佛我是一个不会照顾自己的小孩。儿行千里母担忧啊，我的母亲，她肯定是在电视里看到这边在下着大雪，她的担心和牵挂像一条条线，千丝万缕，追寻着我，无论我到哪里，她的牵挂就跟到哪里。

让我在寒冷的冰天雪地里，内心深处依然充满阳光，一片温暖。只有最亲的人，才会时刻关心着你，爱护着你，哪怕你走到天涯海角。而神仙，也会有这样的温情吗？当一股股热流直涌入我心里时，我脑海里的梦游才猛然惊醒。

我发现自己已经站在了海边。这时的海，蒙蒙的，宽宽的，静静的，像在沉睡，像在思考。资料显示：

就在这海滨之上，2005年5月23日的下午2点，蓬莱海滨薄雾渐退，上空零星出现浅黄色带状云雾，并逐渐转白，蔚为壮观。从4点50分开始，海域上空大团云彩变幻莫测，似空中绽开的奇葩，似启航的大船，从大海深处徐徐飘来。霎时，蓬莱阁和八仙渡景区上空出现一道天幕，"海市蜃楼"奇观呈现在人们面前。"海市蜃楼"如同一幅静止的、清晰度极高的、繁华美丽的城市美景图。从这幅漫无边际的"画面"上看，好像一个海滨小城的鸟瞰图，镶嵌在蓬莱阁和八仙渡景区的上空，前面是微波荡漾的碧水，后面是被碧水环绕的城市。"画面"的中央部分是鳞次栉比的城市建筑群，高楼大厦、灯塔、宽广的城区道路清晰可见，时有天人天马走动穿梭；"画面"的左边是庙宇式建筑，并逐渐转换成海边小岛，船儿点缀其间；"画面"的右边既像绵延千里葱绿茂盛的热带森林，又像远望的山野村庄散落到天际。只见"海市蜃楼"时而变幻成意大利的威尼斯，时而变幻成香港的维多利亚港湾，时而又变幻成上海的外滩、澳门的海边。这一高度清晰的"天象"从出现到在海风中慢慢飘失，前后持续了两个多小时，使近万人大饱眼福。

当然，我没能够在这万人当中大饱眼福，我只是花了20元在蓬莱海边的录像厅里看到了当时的一段录像。尽管只是从录像中看到，但那仙影重重、虚无缥缈、亦梦亦幻、光怪陆离的海市蜃楼景象还是让爱做梦的我如身临其境，如梦如幻，似乎登上了蜃楼，飘浮在空中。那是仙人的楼阁吗，那是仙人的炊烟吗？神仙是否也会寂寞，高处不胜寒，不时要下来凡间走走，体验一下人世间的酸甜苦辣？只是他们这一走，要多久才能轮到一次，而每一次又能停留多久？

人世间是不是总是这样，最美好的事物，总是来得很忽然，消逝得飞快。然而，即便消逝了，它停驻在人们心中的美好记忆，却是永远也无法忘却的。

三

"军港的夜啊静悄悄，海浪把战舰轻轻地摇，年轻的水兵头枕着波涛，睡梦中露出甜美的微笑……"

在甜美、温软的歌声中，我们到达旅顺口——著名的旅顺军港。从开着热腾腾暖气的车子里走出来，我一下子被车外的寒冷和一排排的军舰震慑了，因为运气好，我们刚好看到军舰、潜水艇进出旅顺口的威武场面。茫茫大海，一艘艘巨舰犹如一只只英勇的猛兽，雄赳赳、气昂昂地驶向大海深处，神奇的大海深处暗藏着怎样的秘密和惊心动魄的危机呀。我仿佛回到了狼烟四起、战火纷飞的过去，听到了轰隆隆的炮鸣和战士们坚贞的呐喊，那些英勇的士卒，是否都长眠在了这浩渺的海底，任时光流逝，颜容残蚀？

旅顺军港作为中国历代具有重要战略地位的海港，其天然的形势是重要的，它地处辽东半岛西南端、黄海北岸。港口口门开向东南，东侧是雄伟的黄金山，西侧是老虎尾半岛，西南是巍峨的老铁山，从周围环守旅顺港，形势险要，天然形胜被誉为"天下奇观"，旅顺军港的险要之处全存于航道两侧的山上，那里隐蔽着许多火力机关，交叉成网、互相支援，敌舰很难靠近，特别是"旅顺口"，也叫"狮子口"，就是宽近300米由两山对峙而成的出海口。这300米中只有一条91米的航道，每次只能通过一艘大型军舰，可谓"一夫当关，万夫莫开""旅顺一口，天然形胜，即有千军万马，断不能破"。

19世纪末，清政府在旅顺修建军港，整个工程，历时整整10年，耗费白银400多万两，军港竣工后，旅顺口一时声名远播，被称为"东方第一要塞""世界五大军港之一"。

然而，它带给旅顺人民乃至中华民族的不是骄傲和自豪，而是无尽的灾难和屈辱。旅顺见证了百年来大连的沧桑历史，中日甲午战争、日俄战争在这里惨烈爆发。日本人侵占了旅顺以后，进行了四天三夜的大屠杀，整个旅顺，被杀了两万多人，最后只剩下36个人。而这36人，还是日军为驱使他们掩埋尸体而留下的，他们的帽子上贴有"勿杀此人"的标记，才得以免死。据当时英国《泰晤士报》报道说："日本攻取旅顺时，戕戮百姓四日，非理杀伐，甚为惨伤。又有中兵数群，被其执缚，先用洋枪击死，然后用刀肢解。"

我仿佛一下子跌入惨绝人寰的战争中，在我周围都是狂奔的难民，他们被穷凶极恶的日本兵追逐，被他们用尖锐的刺刀乱刺，那些日本兵用刺刀挑起2个月大的孩子，猛地丢向远方，他们对着七八十岁的老人猛烈扫射……枪声、呼喊声、尖厉的叫声和痛苦的呻吟，在到处回荡。我在街道上行走着，脚下到处踩着死尸，地上浸透了血水，遍地躺卧着肢体残缺的尸体……我满目疮痍，悲痛欲绝。

一个旅顺口，半部近代史。

如今的旅顺港，显得格外平静，两座小山左右臂膀般地从港口环绕出去，守住了这片宁静的港湾，一曲悠扬悦耳的《军港之夜》，由汉白玉雕琢而成的秀丽少女，抚琴月下，轻拨而出，仿佛在诉说，面前的港湾、身后的土地是那样的宁静和谐。谁又能想到，一百多年前，它曾经承受过怎样的创伤和阵痛，而这样的创伤和阵痛我们能够忘记吗，我们还会让它重演吗？

四

一直喜欢海，喜欢绵绵无际的海滩，喜欢波光粼粼的海面，喜欢海面上碧蓝碧蓝的天空，喜欢在下午时分跃出水面的海豚，它们圆润的身体在海浪里时隐时现，我在大海边沐浴着阳光，看着海浪，看着波涛中嬉戏的海豚，感到幸福无比。带着心中满满的幸福，我们一路飞奔，来到黄海和渤海交接处的大连，来到亚洲最大的城市广场——星海广场。

星海广场位于大连南部海滨风景区，原本是星海湾的一个废弃盐场，市政府利用建筑垃圾填海造地114公顷，开发土地62公顷，形成了总占地面积176万平方米的亚洲最大城市公用广场，工程竣工于1997年6月30日。广场中央设有全国最大的汉白玉华表，高19.97米，直径1.997米，以此纪念香港回归祖国，华表底座和柱身共饰有9条巨龙，寓意九州华夏儿女都是龙的传人；有面向海天敞开着的巨大"无字天书"，远远看去，上面的游人就像一个个汉字，讲述着大连翻天覆地的变化，顺着翻开的"书页"向天书的顶端行进，越往上步履越艰难，下来的时候竟然有眩晕的感觉；有百年城雕，星海广场有很多雕像，但是这个雕像却让我印象异常深刻。它是用整体偏黑色的铜铸造而成。雕像是一片沙滩，沙滩上有两个玩耍的孩童，一个小一点的孩子正顺着大一点孩子手指的方向望去，而巧妙的是，孩童所指的方向刚好是星海海域，顺着孩子指示的方向望去，你也能看到海。走近了，你会发现这片铜铸的沙滩上布满了1000个脚印，它们来自五湖四海，来自不同的人群，不同的年龄，这些人，怀着不同的心情，用不同的姿势，面向大海，奔跑着。在他们身后，1000个脚印形状各异，大小不一，深浅不同，然而，他们一定有着同样的目标，同样的梦想，同样的坚定与信念。

大连是个有百年历史的城市，很多东西都随着时代的发展而改变，历史的东西越来越少，而这个雕塑的铸铜脚印便是大连人走过沧桑历程的象征，它们正奔向大海最宽阔的地方。

与它们一同奔向大海的还有我。在此之前我只是在电视中看到过那浩瀚无垠的蓝色世界，碧蓝的海水与湛蓝的天空融为一体，水天一色，天地归一。它们如同一块磁铁一样牢牢地吸引住了我的心灵。当我真正来到海边，真正面对大海，看着1000个向着大海奔跑的脚印，我被深深地震撼了，不由得跟着奔跑起来。一层层的海浪带着虎虎生风的力量欢呼着从大海深处滚滚而来，它们拍打在柔软的细沙上，泛起无数白色的泡沫，继而又缓缓地退回到大海中，究竟是海水映蓝了天空，还是天空染蓝了海水？遥望着宽阔无垠、浩渺无边的大海，面对她博大的胸怀，我感到自己是如此渺小而孤独，我只有不停地奔跑，不停放飞我的青春和梦想，不停感受海的宽阔，深邃和它的勇往直前，感受汪洋大海中生命的颤动，才觉得自己不再是孤寂的。

此时此刻，我几乎要流下泪来，人生在世，不也像遨游在一片汪洋的大海中吗？

高山上的行走

一

春天来了，充满温情。阳光催得百花竞放。听说今年三堡的桐花开得特别热烈，花儿像一张巨大的桌布，铺在一个又一个深褐色的山谷里。我踏上开往三堡乡的班车，去参加第三届桐花节，再过不久，春天就没有这么干净而灿烂的花了，趁着花儿还在热烈，我要去看看它们开成什么样子。

很早以前，我就听到对桐花的种种赞美，听说要举办一个关于桐花的节日，内心是欢喜而向往的。可第一届桐花节举办的时候，我正生病，头痛欲裂，身心疲惫，整天像一只软绵绵的病猫，无力地躺在床上，聆听窗外温和的风，轻轻吹响枝头的花瓣，唯有叹息。

第二届桐花节要举办的时候，我倒是很健康，很快活，整天期盼着节日的到来，想象着桐花绽放的声音，那声音就像妈妈的召唤，温柔而亲切，让我内心变得柔软而充满期待。

正整装待发，我却收到了鲁迅文学院第一届少数民族文学创作培训班的录取通知书。鲁迅文学院！这个我从来不敢去想象的学校，忽然那么真切地在召唤着我。这是那个春天里，上天赐予我的最珍贵的礼物。整个春天，我都像一朵洁白的桐花，在甜蜜而轻盈地飘扬。学习的时间和桐花节举办的时间正好冲突，我毫不犹豫地选择了学习。在文学面前，那些花儿即便再美丽，也吸引不了我的心了。

要举办第三届桐花节时，我既健康又有空。我想，没有什么可以阻挡我与桐花的约定了。我甚至感到那些花瓣儿已经纷纷向我飞来，它们翻山越岭，带着软绵绵的香气，爬上我的头发，钻进我的脖子，贴在我身上每一处可以停留的地方，我闻到她们清纯的花香，闻到高山上清冽的风，陶醉了。

然而，一场大雨，把开得正热烈奔放的桐花打得七零八落，散乱在树底下，大地苍白得让人心痛。桐花节被迫取消，我空欢喜一场。

好事多磨。我告诉自己，美好的东西，不会那么轻易地让人得到，需要经历各种艰难，种种历练、疼痛。太容易得到的东西，来得太顺了，常常容易让人忘却，甚至遗弃。就像一场艰难的爱情，美好的结局往往需要经过时间的考验，经过磨合和挣扎，经过思念和疼痛。

今年的春天，桐花如期开放，节日如期举行。而我，也终于如愿赶赴。行走在阳光里，我轻飘飘的，而香的风，一路跟随。

如果说一日不见，如隔三秋，那么我与桐花的约定，得经历多少个秋呀，仿佛已经千年。

到达桐花山，看到漫山遍野的桐花时，我还是忍不住欢呼起来。尽管从小也是看着桐花长大，但家乡的桐花，这里一株，那里一棵，开得孤独而寂寞，我见犹怜。不像这里的山，望尽天涯，尽是桐花。

三堡乡位于广西壮族自治区与贵州省的交界处，地处云贵高原边缘，平均海拔近千米。由于海拔高，气温低，桐花从低海拔往高海拔依次盛开，等开到山顶，满山遍野已是花海茫茫一片。繁花似锦，虽争奇斗艳，却互相映衬，一簇簇，一丛丛，不论高枝或低桠，不论大朵还是小瓣，都色彩纷呈，或洁白如雪，或粉嫩如桃，或鲜红如血，满山的姹紫嫣红，散发着清冽而纯净的幽香。在这里，树枝随意伸展，花儿自由开放。没有倾轧和干扰，没有高贵和低贱之分，没有贫瘠和富贵之别。有的只是山的壮丽、花的圣洁，仿佛人间仙境。置身在桐花世界里，自己恍然已是一瓣桐花，干净而幽香。

十五对勤劳的三堡新娘新郎在这圣洁的桐花世界里，让人们见证了他们的爱情。唯有爱、勤劳和欢乐，才与这烂漫而圣洁的桐花匹配。

这满山满岭的桐花，得经历过多少双粗壮而坚韧的手，多少双热切的眼睛，多少智慧和辛劳，才会在这片贫瘠的土地上，开出这般灿烂的花朵，造出这无与伦比的桐花魄，才会让我在这座漫溢清香的桐花山里，内心纯净无比。

小时候到三堡看望姑姑时，我总会在三堡的街头吃上一碗正宗的米粉。那时候，米粉总是很多，汤却很少。一碗粉，常常是粉吃不完，而汤不够喝，我抱怨说汤不够。姑姑说，三堡的水比黄金还要贵，能省一滴是一滴。

黄金是身外之物，水却是生命之本。三堡的水，以滴来计算。

大片大片的山坡，因为缺少水源而无法种植水稻，勤劳的人们想呀想，种呀种，经过多少次反复试验，终于在这片贫瘠的土地上耕耘出丰盛的果实。

多年来，油桐已变成三堡乡农民最主要的经济作物，人们在高山上、在荒原里、在深谷中大片大片地种植油桐，依靠油桐脱贫致富。三堡的粉，不再只有粉而没有汤。过去最贫穷最落后的三堡乡富起来了，富起来的三堡乡引来了它的生命之水，哗哗一片。同时引来的，还有久待在城市里的男男女女。他们到山里赏桐花，避暑，呼吸久违的清新空气，增加当地的旅游收入。

返回的路上，我一直在想，这么美丽的约定，等待千年又何妨呢，即便是一万年，也是值得的。

只是，随着油桐经济价值的降低，越来越多的农民已经不再种植油桐，等到这些桐树老去，还会有漫山遍野的花儿像现在一样灿烂开放吗？

再到姑姑家时，她们正准备背着龙滩珍珠李苗去试种。

姑父说，先种一亩试试。三五年后如果成功，再把那些老化的油桐砍掉，种植珍珠李。

珍珠李花，洁白如雪。

多年以后，当我再到三堡，再到这些山，我相信，我看到的，不是白的花，就是红的花，或者紫的花、蓝的花。总之，不会是光秃秃一片。

二

赏完桐花，去看看蓝衣壮！

三堡乡位于天峨县北部边境，距县城70多公里，属云贵高原南麓中段，平均海拔900多米，乡政府所在地海拔高达1100多米，属高寒山区。

高山上，居住着一支以蓝为美的民族——蓝衣壮。蓝衣壮是壮族的一个支系，男女老少均穿自织自染的蓝色土布衣衫。

蓝色，常让人想到的是明净的天空、深邃的大海，它们博大精深，宽广无垠。能够以此为美的民族，一定是一个内心纯净、勤劳质朴、心胸宽阔的民族。

刺绣是蓝衣壮勤劳的见证。蓝衣壮的姑娘们自小勤劳而聪慧，服饰、布鞋、背带都是自己制作。她们种植棉花、纺纱、织布、蜡染，用勤劳的双手和智慧制作出各种土布，染成蓝色，并在蓝底上配以多色花纹。红橙黄绿青蓝紫，各种颜色汇聚在一起像一条条明亮的彩虹，在她们手上翻飞。任意搭配，或庄重大方，或新颖别致，或五彩斑斓。一只飞翔的鸟、一对娇羞的鸳鸯、一朵鲜艳欲滴的花，等等，栩栩如生地绣在衣服上、围裙上、背带上，展示着蓝衣壮女子灵巧的心思、才艺和智慧。

蓝衣壮的衣裤套裙别具一格，妇女的围裙、帽子都佩有形态各异的银饰，衬托出人的活泼秀雅，显示出强烈的立体层次感，构成了蓝衣壮独特的区域服饰文化。

每逢节、圩日，蓝衣壮的女儿们，便穿着自己精心制作的服饰，呼朋引伴，三五成群，去赶歌圩、约会，用动情的山歌，呼唤心中的爱人。

我的大嫂，就是地地道道的三堡蓝衣壮人。

大哥和大嫂，属于真正意义上的包办婚姻。那时候，母亲长年卧病在床，父亲开着小货车四处谋生，我们四姐妹都在读书，母亲和家里农活无人照看。在当时的农村，大哥当时已经是超大龄青年了，却迟迟未谈对象。不孝有三，无后为大。父母急得到处托人做媒，于是便有了大哥和大嫂的相遇。一个深居在高山上的小村子里，养在深闺人未识。一个外出到花花世界打工，大开眼界。大嫂目不识丁，大哥大学毕业，他们因父母之命，仅仅见过一面，便定下终身。

大嫂还未过门，大哥便又外出打工去了。一走，竟是三年。

在三年的时间里，我不知道他们之间的爱情怎么维系，那时候，还没有手机、电话。去大嫂家的路，步行得两个小时，我去接大嫂时，走得两脚酸痛。

未过门的嫂子，第一次见到未来的姑姑时，满脸娇羞，她转身躲进房间里，不一会儿便捧出一双崭新的花布鞋递给我。

那是我第一次见到如此精美的蓝衣壮花布鞋。它有着蓝色的鞋面，鞋面上绣着两只花鸟，鸟儿站在一枝桐花上，引吭高歌，栩栩如生。仿佛一张嘴，那呼唤爱情的歌声，便呼啸而来。新鲜的桐花，灿烂地开在鸟儿的身边，香飘四溢。厚厚的鞋底，坚实而精巧，一针一线地纳着，不知道纳去了大嫂多少个日日夜夜。

我爱不释手，舍不得穿，晚上抱在怀里睡觉。

嫂子笑了。她说："穿吧，还有很多很多。"

我不信，这么精巧而难做的东西，会有很多很多？

第二次去接大嫂时，我便大胆许多，借故翻她的衣柜，打开的一瞬间，我惊呆了。

一个五颜六色的花花世界，热烈地展现在我面前。一双双花布鞋，用一根线串联着，像一串串花，吊在衣柜里，少说也有三四十双。还有花被面，花衣裳，花枕头，花围腰，花背带……那斑斓的色彩，将阴暗的房间映照得亮丽而温情。

多少个不眠之夜啊，这个纯朴的姑娘一针一线地绣着希望，绣着幸福，绣着一面之缘的爱情。待她嫁到我家，我定会叫家人好好相待。

可我的大哥，却一去三年多，没给她任何回音。而这个未过门的女子，却时常会到我家里，照顾体弱多病的母亲，收拾家里的农活，不急不躁，不怒不怨。直到三年多后，大哥满身疲倦地回来。

那些五彩斑斓的花布鞋、花被子、花围巾，终于像一只只鲜活的花鸟，飞翔在我家空旷的堂屋。

多年以后，在三堡蓝衣壮的博物馆里，我又看到了这种美丽的花布鞋、花被子、花背带、花织布、花衣裳，等等。它们尽管经历了时间的打磨，但色彩依然斑斓，亮丽如初。各种花鸟虫鱼，生机勃勃，洋溢着春天明媚的气息，承载着蓝衣壮民族的梦想和希望。

同伴是三堡人，说姐姐珍藏有整套的服饰，让我穿来照相留念。我不敢。我怕我庸常的身体，承载不了这么美丽的衣裳。

蓝衣壮至今还保存着古朴的民俗民风。蓝衣壮的女儿们出嫁前依然要哭嫁，哭得接亲的人也潸然泪下，婚前那些古老的习俗一样也不能少。大年初一的黎明时分，依然会有一群群少女们争抢着去古井边采勤水，以祈愿自己来年更加勤劳贤惠；在七月初七的夜晚，依然会看到人们用柚子叶煮水，为辛勤的牛洗脚，以怀念天上的牛郎，感激家里那头辛劳而忠诚的老牛。

而最让人心动的民俗，恐怕就是蓝衣壮的山歌会了。

山歌会，是未婚男女青年的主要社交活动。每逢节日，年轻的姑娘们都比赛似的穿着艳丽的自制衣服，踩着绣花鞋，一个个羞羞答答地，像鲜花一样从五村八寨、从那看不见的半山腰，款款而来。小伙子们则穿着对襟衫，系着留须的腰带，吹着木叶，骑着高头大马，雄赳赳气昂昂地赶到山歌会地点。在山歌会上，羞涩的青年男女忘情地对着情歌，表达自己的爱慕之心。在这里，他们忘记了贫穷，忘记了卑微，忘记容颜与身体，忘记门不当户不对，有的只是一颗颗炽热的心，恨不得将其掏出给对方看。他们的歌唱了一天一夜，甚至几天几夜，爱情的种子悄悄地种下，有的甚至私定了终身。

山歌，在三堡，不仅是男女青年们呼唤爱情的乐器，还是热情好客的蓝衣壮同胞用来招待贵客的最好礼物，是勤劳的人们用来驱散艰辛和寂寥的良药。

当有客人从远方来，热情的蓝衣壮人便家家杀鸡宰羊，轮流请客，往往是这家的饭还没吃完，那家的人已经在门口等候，非要客人到自己家里坐一下不可，哪怕你不吃一口饭，不喝一杯酒，也要轻轻抿一口，以示到过这一家。吃饭，得唱山歌，敬竹筒酒。美丽的姑娘笑靥如花，声似天籁。一首又一首敬酒歌飞扬在热情的山村里。

一时间，我仿佛听到了温婉而柔美的歌声：

"月亮光光照山乡，照着门前小姑娘。谷未熟，稻花香，阿公眼酩益漾漾……"

"一片片丛林，一道道山梁，美丽的高原是家乡，春赏桐花夏避暑，四季风景似画廊。唢呐吹起，铜鼓敲响，蓝衣壮歌声随风荡，亲朋欢聚酒飘香，蓝衣壮家幸福万年长……"

"一汪汪山泉，一层层梯田，美丽的家乡在云端，秋看红枫冬观雪，天上仙境在人间。山歌唱起，篝火围圈，蓝衣壮歌声绕山峦，千年衷肠唱祝愿，蓝衣壮人幸福到永远……"

这是蓝衣壮的"凤凰"——中学女教师莫茉所作的歌曲。这个热爱山歌和家乡的美丽女子，怀着对高原浓浓的情和厚厚的爱，26年来长年搜集、整理蓝衣壮山歌的音调，默默坚守民族文化，取其精华，不断自己作词作曲，编写了《月光谣》《山歌唱响蓝衣壮》《家住凤凰山》等大量的民族歌曲。她带着作品《月光谣》参加了全国大型音乐展演大赛，从全国1万多件参赛作品中脱颖而出，独揽词曲创作双项银奖。站在"放飞中国梦·相聚在北京"2015全国大型音乐展演盛典的领奖台上，这个蓝衣壮的美丽女子流下了激动的眼泪。

她说，要让那些歌声，像一只只美丽的凤凰，飞翔在家乡的蓝天下，飞出山窝窝，飞向更遥远的地方，让更多的人了解和喜欢上蓝衣壮文化。

三

应同事的热情相邀，桐花节结束后，我们一行横渡百龙河，向三堡乡最偏远的山村——纳岜屯飞奔。

纳岜屯地处黔桂两省交界处，是天峨县最偏远贫困的村屯，有民歌唱道："有女不嫁纳岜屯，挣钱养家苦无门，不通路来不通电，天干地旱愁死人。"

纳岜屯很"山"。它位于云贵高原南麓，平均海拔700多米，居住着20多户蓝衣壮。三年前的纳岜屯，贫瘠，干枯，还存在严重的地质隐患，像一棵即将倒下的老树，在寒风中颤抖。一到下雨的夜晚，村民们就无法入睡，望着漏雨的屋顶，担心衰败的房子随时会被泥水冲走。

贫瘠的纳岜人可能永远也不会想到，他们日日夜夜担惊受怕的生活，会在2011年阳春三月的一天，发生翻天覆地的变化，过上做梦也不会想到的日子。这一天，县里决定将纳岜屯整体外迁1公里，引导和动员社会力量，支持贫困地区发展和新农村建设。

三年后的纳岜新村，是一排排规划整齐统一的两层别墅，顶着红红的琉璃瓦，像一颗闪亮的明珠，镶嵌在苍茫的群山之巅。

纳邑屯脱胎换骨了，它褪去了过去一层层破旧的衣裳，像一个打扮一新的新娘，坚定而自豪地挺立在高山之上。高山四周，满眼的郁郁葱葱，那是农民利用荒山种植的1万多亩优质水果带。勤劳的人们，永远不会让山荒芜着。

到达纳邑时，已是傍晚。天空有绚丽的云彩，那些云彩像再也不回来似的，拼足了力气灿烂地谢幕。高山上的天空，低得似乎触手可及。我们行走在高山上，一大朵一大朵云霞像五彩缤纷的花朵轻轻飘过头顶，仿佛稍一伸手，便会抓到那些美丽的花儿。于是一行人欢呼雀跃。

一位老大娘见我们到处瞎逛，便指着村头说："你们去水井看看吧，井里的水是神水，喝了它，容易生双胞胎。"

同行你看看我，我看看你，哄然大笑起来。

我们都是一群已过三十而立之年的女人，拥有着小小的家庭，养育着小小的孩子，即便内心汹涌，想再生个双胞胎，恐怕在那个时代政策也是难以允许的。

不许归不许，向往可还是有的。

可井水而已，它真有那么神吗。问老大娘，她爽朗一笑："不信？自从搬到这里，我们屯有了十一对双胞胎呢。"

我一时间仿佛看见十一对一模一样的孩子，在我们面前蹦蹦跳跳，快乐如蝶。他们粉嫩的小脸，在晚霞的映衬下，光彩夺目。

这是一个美丽的神话，我相信了。生活是需要神话的。有了这些神话，一些苦便不那么苦了，一些痛也不再那么痛。未来充满生机勃勃的希望。

晚饭，是在同事家摆的三连桌，整个堂屋，坐满了热情好客的村民。村民们拿出窖藏了几年的杨梅酒，那是献给最尊贵的客人的。

拗不过村民们的热情，那酒，便喝了一杯又一杯。身体，开始像风中的蒲公英，轻飘飘的，似乎微风一吹，便会飞舞起来。

同行的乡村女教师，教的正是这些农民的儿女。在他们的眼里，"老师大过天"。他们可以不敬官员，不敬父母，不敬亲朋好友，但是却不能不敬老师。可敬的女老师，被老实善良的村民们围着，浑厚的敬酒歌，在静谧的山村里深情响起，温暖了冷寂的夜空。直到深夜，人们才尽兴散去。山村，回归了她的宁静。

尽管已是春夏，高山上的夜晚却是凉的，坐在宽敞的门口，一阵阵清风袭来，竟寒气逼人。

"山里的夜晚，清凉凉的，一年四季都要盖被子，白天也从来不需要电风扇。"村民说。

因为夜晚不能渡船，我们回不了县城，得在村里住下。在这样的小山村里夜宿，我是欢欣的。

留门给我的农户，不知道是哪一家。因为进家的时候，看不到一个人。也许他们还在别处喝酒，或者在某个我看不见的地方劳作。但留给我的房间，铺上了新的床单，换了新的棉被、新的枕头。一只黑褐色的木盆，在床边静静地待着，像在等候一双纤细的脚。木盆旁边有一双崭新的绣花鞋，鞋面上的花开得正艳，鲜红欲滴。桌上有暖水瓶，牙刷、牙膏、毛巾一应俱全，就像城里的宾馆。

带我进房间的大娘说："山里的夜晚凉，主人家怕你住不习惯，特地让你泡泡脚，好睡。"

整个夜晚，我却无法入睡。山村的夜晚，静悄悄的，好像所有的事物都陷入了沉睡。伫立在窗边，那十一对双胞胎仿佛又出现在我面前。我不可抑制地想起了我的女儿，那小小的身体，乖巧的模样。

"妈妈，奶奶怎么有那么多白头发？"女儿有一天问我。

"那是因为奶奶照顾你累的，如果宝贝乖，自己会照顾自己，奶奶就会变年轻，头发就会变黑。"

"那我以后不要奶奶照顾了，让奶奶变成黑发美女。"

我笑了。这个贴心的小棉袄。

婆婆在一个节日的傍晚语重心长地跟我说："你年纪也不小了，不要老是想工作，该生二孩了。"

我说："政策不允许，生了就要丢工作的。"

婆婆说："工作不要就算了，打工也是一样的。"

我知道，婆婆是想让我再生一个男孩。

想起父母含辛茹苦，砸锅卖铁也要送我读书，目的就是为了让我有一份稳定的工作，不再像他们一样艰苦、辛劳，我心里疼痛不已。

那一晚，我没有吃晚饭，尽管节日的饭菜很丰盛。我在门外的黑夜里，让自己流了一脸又一脸的泪。

此刻，在这个静谧的夜晚，我又想起了那些话，内心里却已经十分平静了，我甚至听到山村静静的呼吸，感受到她轻微的脉搏。我仿佛看到她蜕变的历程，感受到她所经历的阵痛，以及阵痛过后的欢呼。我的心也不由得跟着欢呼起来。

如果一个人的蜕变，可以像这个小山村一样变得彻底和美好，那么世上就不会有那么多的悲伤、疼痛和苦难了。而蜕变，是需要过程的。

四

"都到纳岜了，去看看纳彩河吧。"第二天清晨，同事说。

难得的星期天，如此美好的天气，像兄弟姐妹们一样的同伴，天时地利人和。得，那就去呗。

找来四辆摩托车，两个人一组，在崎岖陡峭的山路上爬行。

我敢说，这辈子，我还没有走过这么艰难而危险的山路。一边是高高的石山，一边是陡峭的悬崖，路中间，野芭茅草在茁壮成长。我扶着小伙子还显稚嫩的肩膀，脚伤在隐隐作痛。

此情此景，我们是要去探险，还是去欣赏美景？

惶恐中，一条碧玉般的河流仿佛仙女遗落人间的飘带，柔软而婉转地在眼底迂回、曲折，带着款款深情和梦想，袅娜而去。

这就是传说中的纳彩河！

纳彩河发源于贵州省黔南州的都匀市境内，在贵州境内称为曹渡河。

在过去封建王朝的岁月里，但凡称之为"曹渡"的河流一般都带有专司官粮物资运输水上通道的色彩。那时候的曹渡河水深河阔，流经平塘县时，曾是平塘县的重要水路通道。那一条条船，一片片流域，嘈杂的声音，扑鼻的暗香，人潮涌动。曾有多少人从这里踏上回家的路，多少孤独在这里得到安抚，灯火阑珊处，又有多少双热切的眼眸在这里得到深情的回顾？

只是世事变迁，陆路交通发达后，这条曾经喧闹一时的河流才像一声轻微的叹息，渐渐失去了人声，失去了气息，失去了生机勃勃的跃动，安静得让人忘却。

令人忘却的曹渡河从广西南丹县中堡苗族乡进入天峨县后改称纳彩河。此时的纳彩河干净、清纯，不含任何杂质，像一个生涩的小女孩，羞答答，卑怯怯，充满好奇，满怀希望。纳彩，海纳百川，五彩缤纷。那是一个村屯的名字。起名字的人一定是希望那里的人们像这个村名一样，拥有宽广的胸怀和斑斓的梦想。而一条河对于一个乡村来说，无异于一条血管对于一个人那样重要。于是他同样把这样的希望注入这条奋勇的河流。河流牵着村庄跑，村庄牵着人们的希望跑。

带着人们的希望和梦想奔跑的纳彩河，穿行于迂回曲折又不通航的深山峡谷里。少女般的情怀，让她超凡脱俗，却又有点扭捏作态，像一个怀揣一点小九九的女孩，想偷偷留住一段青葱的岁月、一个娇羞的梦想。于是便在大江东去的路上，悄悄地转了个弯，在一个安静的山谷，让自己的心事，隐匿在那片深潭里。这片深潭，就是纳彩河的大拐滩。

大拐滩地处盘所苗寨和纳彩壮寨之间的转弯处，就像风光旖旎的河流岔开出的一朵花，芳香四溢，润泽着岸边的苗寨和壮寨。

乘船逆流而上，处处洋溢着醉人的绿意和清幽的安详。河两岸，密林阴翳，古朴原始，清越的鸟鸣回响在深幽的山谷。流水悠绵，河面平静得像一面巨大而光滑的碧镜，把天上人间的流光霞影尽揽怀中。

"我来过这里很多次了，在梦中，跟这条河一模一样！"

船驶过一线天般的峡谷时，同行的小伙子惊呼。年轻的脸庞因为激动而流光溢彩。

大家哄笑起来，揶揄他："爱做梦的年纪。"

然而，我却信了。人生其实很奇妙，总会有很多事物和你神秘地联系在一起。比如一条陌生的河流，一个从未见过的人，它们款款来到你的梦中，牵动了你千丝万缕的柔情。百年修得同船渡，千年修得共枕眠，那个和你最亲密的人，不知道在你的梦中辗转多少个轮回，才姗姗来到你的面前，与你生死相依，荣辱与共。

或者，是我自己爱做梦。

行走在梦一样的河流里，谁不爱做梦呢。

那个忧伤而多情的男孩，已经抵不住内心的呼唤，唱起了绵绵山歌。

歌声低沉而浑厚。是否，唤醒了沉寂多年的姑娘的心，唤醒了埋藏在纳彩河底深处的灵魂？

听盘所当地的老人说，他们原是住在纳彩河上段岸边的九十九堡屯，四五十年前那里发生了一场特大泥石流。那是一个雷电交加风狂雨骤的夜晚，山寨发生了山体坍塌，整个寨子都被泥石流卷进了纳彩河，仅有三个男人侥幸逃脱出来。这场泥石流不仅吞噬了七十多户数百口人的生命，而且还截断了纳彩河，造成了严重的次生灾害。三个男人悲痛交加，伤心欲绝，几次想跳进纳彩河，跟随亲人而去。就在他们绝望至极的时刻，纳彩河中央，缓缓传来了天使般温柔的女歌声，歌唱着鼓励三个男人勇敢地生活下去。三个男人化悲痛为力量，他们擦干眼泪，手牵手，一步三回头跪拜着离开了消失的村庄，在纳彩河下游的盘所重建家园。

如今的盘所屯，人丁兴旺，生活幸福，那场悲惨的灾难，像梦一样，沉淀在纳彩河里。

船行至纳彩河峡谷深处，已经无法前行了。嶙峋的巨石，像一只只凶猛的怪兽，虎视眈眈地盯着我们，呼啸着拦住了去路。顾不得脚上的伤痛，下船，登岸。回望身后的纳彩河，眼底深处，尽是柔情。

美丽的乡村女教师，不慎将眼镜掉落在河底深处，不戴眼镜的她，说眼前一片朦胧，仿佛云中雾里，虚无缥缈，倒真像在梦中了。

我忽然想起了六年前在北京的欢乐谷坐过山车时跌落在山谷里的眼镜。那么多年过去了，我依然清晰地记得在北京的一点一滴，那些鲜活而生动的脸庞、欢畅的笑声、热切的心。那些在幽暗的山谷生长的草木，躲在花丛里深邃的目光，不止一次地在我梦里重现过，让我的心在面对沉寂和幽暗的深夜时，春暖花开。

也许是因为遗落的某种东西吧，你知道它在那个地方，却永远也要不回来了，便时常有一份念想。世界那么大，在一个角落里，有属于我的一样东西，永远地留在那里，那里的一草一木，一颦一笑，便也永远地珍藏在心里。

而梦一样的纳彩河，会因为留下一副眼镜，而永远珍藏在美丽的乡村女教师的心里吗？

你不知道她有多美

第一次去杭州，是十年前。行色匆匆，像一场突如其来的相亲，还没来得及感受她的温柔、她的气质、她无与伦比的韵味，便草草离开，只记得西湖很宽，丝绸柔滑，街上碰到的女人非常漂亮。

十年后，再次踏上杭州，是带队到浙江大学参加为期一个星期的天峨县乡村振兴专题培训班。浙江大学历史悠久、声誉卓著，是首批进入国家"211工程""985工程"建设的大学之一，是一所基础坚实、实力雄厚、特色鲜明、居国内一流水平、在国际上有较大影响的综合型和研究型大学。淋浴在华家池葱郁的校区里，我们聆听了该校著名教授关于《习近平生态文明思想解读》《大力推动乡村振兴，激发乡村经济发展内生动力》《中共中央国务院关于实施乡村振兴战略的意见》《乡村休闲农业和乡村旅游的振兴路径》《文化振兴——繁荣乡村文化，推进精神文明》《组织振兴——农民组织与乡村振兴》等生动精彩的讲课，教授们深厚精辟的理论功底，形象生动的案例分析，风趣幽默的讲课风格，高贵质朴的人格魅力深深地触动了我的思想、我的灵魂，让我接受了一次从里到外，从上到下的洗礼。课程还安排我们到棠棣村、环溪村、横溪坞村等全国闻名的美丽乡村建设点，"绿水青山就是金山银山"的诞生地现场参观考察。

整洁，干净，绿水青山，生活富裕，农民有干劲，生活有奔头，是我对这些村的深刻印象。幸福得像花儿一样的棠棣村村民，"无地不种花、无人不卖花"，当地95%以上的农民都"以花为媒"做起花木生意，人均年收入超过5.5万元。窗含双溪两清流的环溪村，是著名的《爱莲说》的作者——北宋大哲学家、理学鼻祖周敦颐的家乡，石径，竹篱，卵石墙，曲径通幽处，莲花缕缕香，一副副古朴的对联透出一丝丝名人后裔聚集地的文气来，成为浙江省文化示范村。变废为宝的横溪坞村，建起了自己的蛹工坊，将丢弃的垃圾加工、打磨，编织成工艺品、装饰品、玩具等，真正实现了零垃圾，荣获"浙江省美丽乡村特色精品村"称号。这些村享受着蓝天、绿水、清新空气，舒适的品质生活让我们无比羡慕、嫉妒、爱。

一样的山，一样的水，一样的天空，为何我们却活得如此忧伤？杭州寂静而美丽的夜，我不能寐，辗转反侧，故乡的一山一水、一草一木、一人一物，无比清晰地印在我的脑海，思她，念她，想象着她的美，却无人知道，我的内心竟疼痛不已。

天峨县有中国第二大水电站，有壮美的龙滩大峡谷，有世界最大的水上天然石拱桥仙人桥，有原始且具民族特色的节日蚂拐节，有神秘的犀牛泉，有著名的作家东西，有美丽的《天上恋人》，有忧郁的古代才女李世妍，有悲壮的革命九烈士跳崖遗址，有芳香的桐山花海，有风情

的蓝衣壮人，有醉人的浮在城市上空的森林，全县森林覆盖率达81.81%，素有"森林王国""绿色宝库"之称，是著名的中国山鸡之乡、油桐之乡、金花茶之乡、长寿之乡。这样的故乡，清纯，丰润，神奇，有爱有故事，却养在深闺，很少有人知道她有多美，不得不让人深思。

也许马上有人会说，天峨远呀，天峨穷呀，皇帝招我做女婿，我嫌路远我不去呀。巴马也远吧，贵州曾穷吧，可是如今的巴马，现在的贵州，却飞奔在我们前面，让我们的目光和脚步都越拉越长。

为什么别人的绿水青山能够变成金山银山，我们的绿水却依然是绿水，青山依然是青山？

寻找，改革，创新，转变。我们需要新鲜的血液，坚硬的骨气；需要坚持不懈的精神，全心为民的情怀；需要一批有温度、有硬度、有力度、有深度的领导、干部、群众；需要经历煎熬、挣扎、阵痛、等待，才有可能换来金山银山。

如果有一天，我想静静，我不想说，不想听，不想看，会不会有一个地方，让我体验一下《没有语言的生活》，而天峨，会有这么一个地方吗？如果有，会变成金山银山吗？

我期待着。

为爱长寿

2012年我去巴马了。

我内心微微地颤动了一下。想起六年前，我像一条年轻的河流，奔涌着，去参加巴马瑶族自治县成立50周年大庆活动。那时候，是第一次到巴马，第一次见到巴马的水，第一次让巴马清清静静的水，濯洗去心中的污垢和慌乱，在盘阳河上，看清水底的世界。

六年后，我再一次奔赴巴马，来参加中国多民族作家到巴马开展的"深入生活·扎根人民"主题实践活动。当再次见到这条生命之水，我内心涌起的，是一股股暖意。

六年，对我们来说，已经很长了，长到可以让一株小小的幼苗长成一棵参天大树，让一个粉嫩的婴儿变成天真的学童，让年轻人逐渐老去，让老了的人忽然离去。但对巴马来说，这十年，它只是某个老人的一次回眸，或者，一次咳嗽。是一次远行中的某次歇息。

参观巴马长寿博物馆时，一张张刻满岁月的脸，像一朵朵皱巴巴、软绵绵的花，亲切而温暖地开在墙上。127岁的老寿星罗美珍，114岁五代同堂、身体健康、精神矍铄，还能给来访者签字留念的黄卜新，109岁的酿酒高手黄娅烈，108岁还能穿针引线的黄妈伦，106岁喜欢读书看报的王云珠……每一张脸，我都忍不住用手轻轻抚摸。仿佛，我真触摸到了那温热的皮肤。那粗糙得像老树皮一样的皮肤在我的手心里抖了抖，我的心便也跟着抖了抖。那一条条深深的皱纹，像一条条柔软的蚯蚓，在我的手心里穿梭着，像翻耕一片片泥土，翻耕着一个个故事。我的手心于是一片温热和潮润。

常常听人说，巴马的长寿老人，长寿的原因是吃火麻，吃玉米粥，吃白薯，吃雷公根，吃苦脉菜，吃各类蔬菜、豆类，就是少吃肉，生活艰辛而贫穷。

然而，我却坚信，能够长寿的人，首先是内心充满爱的人。爱生活，爱大自然。爱人，也爱自己。

因为这份坚信，我查阅了关于巴马长寿老人的许多资料，看了百岁老人的闲闻轶事。127岁的老寿星罗美珍，白天还上山砍柴、采摘猪菜、锄草种地，每次需要配合采访，最奏效的办法就是请来她最疼爱的孙子。129岁的罗乜政，一生淡定，小事从不吵，大事从不闹，遇事不过度悲喜，即便她的子女、丈夫一个一个地从她身边离去，她相信逝去的家人在天上总会保佑在世的人好好活下去。114岁的黄卜新，还照顾着80多岁身患疾病的儿子，进山砍柴、下地种菜，父子俩你长一岁我老一年，同甘共苦，从不言弃，父爱如山。104岁的黄美根与102岁的妹妹黄美念每年还去种黄豆，常结伴去护理，去采野菜，去打猪草，去干任何她们能干的劳动。

合上这些资料，已是深夜，我久久不能入眠，轻轻踱到阳台上，向山上望去。我们居住的这个地方，在这个城市里最偏僻的一隅。房前有水，屋后有山，这个时候的山，一定也熟睡了、安静了吧。

一只虫，却在这时候叫了起来。

"唧。"

独独的一声，细细的，似乎有点犹豫，像一种悄悄的试探。停了片刻，又"唧唧"两声，声音比原来利索，也比原来大声。三四秒后，"唧唧唧……"一连串的叫声坚定地响起，声音尖厉而高亢，有很强的穿透力。不一会儿，到处便传来"唧唧""蝈蝈""呱呱"的叫声。在一个安静的夜晚，这些声音听起来如此美妙和透亮。

我一下子仿佛进入动物的世界，倾听到它们最动情的歌唱。

生活中很多美好的事，就这样发生在人们看不见的地方，抑或是听不到的时候吧。所以我们常常疼痛，常常绝望。

曾经有一段时间，我生活得特别痛苦和绝望，甚至常常想着要死去。路过高的地方、深的河水，我都有想跳下去的冲动。死亡就像一个影子，紧紧跟随着我。直到我重新拿起了笔，重新投入那些炽热的文字。当那份对文学的热爱被重新唤醒，我便有了战胜一切的勇气，成为那一段时间让我活下去的理由。现在虽然不那么冲动了，但仍然觉得死亡并不是一件可恶的事情。它甚至有那么一点美好和神秘。该来的，终将要来，该去的，终究会去。来去之间，有一种爱，在维系着，才能绵延不绝。

那一夜，住在安静的巴马活泉山庄里，我久久不能入睡。拿着六年前和六年后的两张照片不断翻来覆去地看。六年前的照片，我那么年轻，笑靥如花，站在我身边的女孩，更加年轻。两个年轻女孩的脸上，洒满阳光，充满友爱。另一张照片，是我刚刚在巴马的夜晚拍的。坐在我身边的女子，尽管很多年没见面了，她对我的笑，依然是那么灿烂和温暖，让我在看着的时候，内心一片柔软。

原来，能够长寿的，不仅仅是生命，还有爱。

流淌在红旗渠里的梦

在走进红旗渠之前，我听说过有名字的渠只有两条。一条是桂林的灵渠，那是因为我的老师何述强先生的散文《灵渠梦寻》。何老师的散文犹如一符魔咒，每一篇都让我深陷其中，久久回味。当读完那篇荡气回肠，充满历史韵味和现实疼痛的文章时，我对"渠"这种人造的河流产生了一种莫名的喜欢，像刚刚萌芽的初恋，单纯、快乐，令人无限向往。另一条是贵州遵义草王坝老党支书黄大发36年坚持修建的"大发渠"。那个倔强而坚毅的老头子用一辈子来坚持做一件事，修一条渠，让我无数次想象过他孤独而坚挺的背影，他悲悯的双眼，粗糙而有力的双手，他抡起的铁锤砸在悬崖峭壁上的叮叮当当声。这让我对"渠"又产生了更加深切的感情。一条在桂林，在我恩师的笔下暖暖流淌。一条在贵州，在我老家的高山上飞流直下。它们离我那么近，仿佛就在我的身边，像我的邻居一样亲，一样温暖。

而红旗渠，远在一千多公里外的河南省林州市。在此之前，它对我来说是遥远而陌生的。当"全国重点文物保护单位""全国爱国主义教育示范基地""全国廉政教育基地""党性锻炼基地"等这些严肃而坚硬的标签出现在我的面前时，我仿佛面对一个骄傲而冰冷的路人，我不知道如何才能走进他的内心。

走进一个人的内心，哪怕是走进一座城、一条河流，都是需要缘分，需要时间和勇气的。

在去红旗渠之前，我们在安阳市委党校宽敞而明亮的大会议室里观看了修红旗渠时的一些小视频，一段一段的，一节一节的，像历史中的尖利的玻璃碎片，一片一片地切割着我的内心。那个叫作任羊成的老人，用一根绳索绑在腰际，维系着自己的生命，像一只悬挂半空的蜘蛛，在悬崖绝壁上凌空飞荡。那一刻，我的心在不停地战栗，仿佛悬崖上抓住绳子另一端的人就是我，仿佛我稍不留神，那根绳子就会撑断，仿佛我闭一下眼，那个飘荡在半空的人就会像一颗石头一样跌落谷底，瞬间粉身碎骨。勾撬除去的是一块块险石，除不去的是担忧、疼痛，和无与伦比的煎熬。我紧握双手，煎熬地看完这个视频，发现手心里全是汗，手指痉挛着，无法像往常一样张开。

我知道，我与红旗渠，终将会有一次心灵的对话。

走进红旗渠，就是这么偶然和必然，仿佛天注定。

作为培训班的临时副班长，在登上太行山，参观红旗渠时，我负责殿后，保证班里每一位同学安全到达。我像"压寨"夫人一样"押着"全班同学轰轰烈烈地向太行山、向红旗渠"进军"。我走在队伍的最后，走得很慢。慢慢看，慢慢感受，慢慢悟出流淌在它内心里的梦。人世间最美好的爱情也就是这样吧，慢慢爱，慢慢走过一辈子。

尽管在培训课的视频里看过红旗渠，感受过它的宏伟与磨难，但当我真正站在红旗渠边上时，那份感动却是无法言喻的。坚硬的石头，陡峭的山峰，青幽幽的水，有多少汗水在上面淌过，有多少血泪流经它们，有多少年轻的生命在这里终止。"水缺贵如油，十年九不收；豪门逼租债，穷人日夜愁"，这是传唱在林州的旧民谣。一曲旧民谣，勾勒出林州历史上干旱缺水的悲惨情景。受气候、地理、地形和地质条件影响，林州素有"十年九旱"之称。从1436年到1949年的514年间，曾发生旱灾100多年次，绝收30年次。1942—1943年大旱，林州饿死1650人。解放初，全县550个行政村中，远道取水的村就有307个。旱虐造成的饥馑引发了对生命的摧残。千百年来，在缺水环境中苦苦挣扎的林州人民，祖祖辈辈想水、盼水，始终怀着一个水的梦想，在太行山这片干旱的土地上，在漫长的历史岁月中，打旱井、引山泉、修水塘，与缺水的命运进行着不屈不挠的抗争。据史载，元代修建了天平渠，明朝修建了谢公渠，清代更是修建了7条引水渠。抗日战争时期，共产党领导下的抗日民主政府修建了抗日渠、爱民渠和荷花渠。到新中国成立前，林州人民共修建了大小长短不等的18条引水渠。新中国成立后到1959年，先后修建了淇南渠、淇北渠、英雄渠、天桥渠等大型引水渠。但是，一遇连年大旱，水源枯竭，渠道无水可引，林州的人民依然摆脱不了水的制约。

　　生长在多水的南方，我无法想象没有水的生活，就像无法想象没有血液的身体。我从小就在家乡没有名字的河流里长大，这条河丰韵而绵长，河水清清，杨柳依依，它从我不知道的地方穿越群山，一路浅吟低唱，一路山清水秀，一路诗情画意，绕着我们的村庄，袅娜而来，让我童年、少年的整个记忆都是湿漉漉、水灵灵的。现在，我依然在有河水的地方生活着，每天看着红水河在眼前暖暖流淌，内心富足而静谧，又怎会体会到林州人缺水的忧伤和绝望呢。

斗争，失败。再斗争，再失败。一代又一代林州人不甘屈服地与干渴的太行山进行着持续的抗争。为了圆一个水的梦，林州人民一往直前地追寻着、奋斗着，就是要在绝望的太行山上开拓出希望的长渠。于是便有了红旗渠那绵长的堤岸、坚硬的石基和缓缓流淌的河水。

这是一条安静的河流。也许它曾经在某个山头上咆哮过，在荒野里迷失过方向，也曾有过大浪淘沙，也曾凝霜聚寒，但是现在，它安静了下来，承载着林州人坚定的信念和梦想，像一只温驯的绵羊，安安静静地行走在太行山之巅。为了这个梦想，为了去修建这条生命之渠，有的人去了，却永远不再回来，长眠在坚硬的太行山下。

我喜欢家乡的红水河，它是自由的，是上天的神来之笔，是大自然的鬼斧神工。它无拘无束，有时狂野，有时温顺。它想在柔软的沙滩上遛一个弯，或是在坚硬的石头上拍一下浪，那都不是事。

我也喜欢红旗渠这条人造的河流，尽管它处处碰壁，时时受阻，但它流的是千万人的梦想，是一条有温度的河流。它注入了千万林州人的深情和期盼，他们雄壮的呐喊、热切的目光在河水里翻腾，让流水所到之处都洋溢着浓浓的情义。

自然和人为，从来都是相辅相成的。人与自然的和谐，才是世间最美的风景，是人类永不停歇的追求和梦想。然而，有多少人让它们和谐了？又有多少人在乎它们是否和谐？一些人自私，冷漠，内心荒芜，只顾追名逐利，毫无情感，让生灵涂炭，让环境污浊，让明亮的天空充满阴霾，让清澈的河水变得浑浊，让呼吸变得困难，让步履更加维艰。那一场场滚滚而来的泥石流，一个个被埋葬的村庄，一条条瞬间消失的生命，难道仅仅是自然的灾难？

　　站在红旗渠的边上，我的内心是汹涌的。有一种精神叫红旗渠，它坚韧，绵长，永不过时，永不磨灭。有一种幸福叫心动，因为爱，因为梦想，它在每个人的心河里流淌着，勇往直前。

第四辑

PART 4
XINLING DIDANG

心灵涤荡

你是我的墓地

我所居住的地方，在这个城市里最偏僻的一隅。房子背后，是一片悠远绵长的山。山不高，但林木丰茂，花果灿烂，连接着这个城市最原始、最具魅力的森林。山底下，有一片竹林，几棵桃树，一块地。往上，便是郁郁丛林和数不清的墓地，这里一座，那里一座，一直从山底延伸到山顶。每次清明节一过，屋背后的山坡便摇身一变，白茫茫一片。站在阳台向山上望，那些白色的纸幡，像一只只白色的飞鸟，这里一只，那里一只，在红花绿叶的掩映中跳跃、飞舞，像一幅美丽的风景画，我便看得有些呆了。

每次清明节，我也总要回乡下老家去，给自己的爷爷奶奶扫墓，道一声问候，寄来年哀思，与爷爷奶奶做一次远古的对话。所以从未看见来屋背后扫墓的那些人，这些坟墓里埋葬的是哪家的什么亲人，我也从不知道，只是回家后，发现那些坟墓上多了几片白幡，就知道，有人来看望过他们的亲人了，就像我们去看望过我们的亲人，心里竟渐渐温暖起来。于是，免不了多看几眼，心里默念几分。

表妹每次来家里住，总是害怕屋背后的那些坟墓，天一黑，她就要拉上窗帘，甚至不敢到阳台上晾衣服。我对她说，只要自己心里坦荡荡，不做亏心事不怕鬼敲门。坟墓里那些沉睡的人们，也像我们的爷爷奶奶一样，忠诚、善良、宽厚、仁慈。千百年来，他们静静地躺在山上，像一个个坚定的守护神，在山上遥望我们，守护我们，庇护我们。恶人是不会埋葬在离人家近的地方的，他们得埋在深山老林里人迹罕至的地方，那样他们就找不到回家的路，找不到作恶的地方。那么，你还会害怕像爷爷奶奶一样善良的逝去的人们吗？

　　我常常在夜深人静的时候读书、写作。这样的夜晚是美丽的，一些美好的事物，正在黑夜深处悄然发生着。比如一只美丽夜虫的悄然舞蹈，一条寂静小溪的轻快欢唱；比如一个梦想的轻舞飞扬，一条生命的热烈呐喊；比如一颗流星的滑落，一条闪电的光芒……这些美丽，在喧闹透亮的白天里，你是无法体会到的。累了，倦了，饿了，我便煮上一锅热腾腾的面条，嘘嘘吹着从这个房间踱到那个房间。房间那么多，那么大，却那么空，没有人与我分享，我便踱到阳台上。山上，那点点白幡，那些白色的飞鸟，在沉寂的夜风中飞跃，它们穿透层层黑夜的屏障，隐隐地飞入我的眼底。像爷爷奶奶一样的人们啊，你们睡了吗，你们饿了吗，你们是否也想分享这热腾腾的面条？我把面条捞起来，高高举起，那些白鸟们仿佛扑棱棱飞来，叽叽喳喳地往我碗里啄。一时间，我觉得自己不再孤寂，心里温情无比。

　　我是个马大哈，常常在出门之后才发现忘记带这样或那样东西，急吼吼回家拿后，又常常忘记取下门上挂着的钥匙。那些钥匙就那样安静而坚定地守候在门上。有时候，楼上的大叔会把它取下来留给我，碰到先生亲自取下来的，免不了一顿教训。我便说，怕什么，没有人会偷我们家的，我们家有一大帮人帮看着家呢，恶人是不敢进来的。先生不解，我便笑。家里从来没有遭过贼，即便我的钥匙一整天挂在门上，有时候甚至晚上也挂。

因为有屋背后这些"白鸟"，有像爷爷奶奶一样的"人们"的一双双"眼睛"在注视，我从来不敢有半点恶念，我知道，他们在我看得见或看不见的地方关怀着我，同时也监督着我呢。他们尽管仁慈，但同样憎恨恶毒，我怕我一稍有恶念，这些"爷爷奶奶"们半夜就会来敲门，那时候，他们来敲门可不是为了我的一碗热腾腾的面条。

所以，我特别感谢，感谢"白鸟"，感谢那些"爷爷奶奶"们，因为他们的存在，我的善念便一直在。

我开始寻找我的墓地，让这些善念永远存在。

近段每次周末回老家，在路边一块松土填成的田地里，我都会发现一个老人佝偻着腰坐在一只小小的板凳上，用一把锄耙，慢慢地镐田里的土。镐一把泥土，就用手慢慢拨弄一下，镐一把，拨弄一下。有时候，又用双手捧着一抔泥土放到眼前仔细端详。这个老人已经老眼昏花，目光浑浊，他甚至看不清泥土的颜色。他把手中捧着的泥土小心翼翼地凑到鼻子跟前，用力闻了闻，然后用两只大拇指一点一点细细翻弄着，慢慢往外拨。细碎的泥土不断从他两只手的拇指和食指间的缝隙里滑落，像两条飞舞的蛇，直到整抔泥土完全拨落。他的身后是一堆堆小山般新翻出的泥土。

我常常在路边驻足观看，这个白发苍苍的老人，他在寻找什么呀，他的神色如此肃穆和虔诚，泥土里究竟埋藏着什么样的宝物，让他如此坚韧而沉迷？

见的次数多了，我便询问路过的人。

"他在找骨头，这个倔强的老头。"路人纷纷摇头叹息。

寻找骨头？！我惊异极了。

原来，老人是在寻找他家老坟里的尸骨。老坟原来埋葬在一座山腰里，千百年来，它一直以独特的方式和它的子子孙孙们保持着某种神秘的牵连。这座山被征用来建造一条公路后，主人还没来得及把老坟迁走，粗心的司机便开着高大的挖掘机，在无人知晓的时刻，轰隆隆地把这座山连同他家的老坟铲了个精光，又把铲下的泥土运到了五公里外的山沟里，填充成了一块田。等到坟主发现时，一座坟没有了，一块田形成了，一家人的心却像被掏空了一样。

可以想象主人家的那种惊悸、疼痛、悲伤、绝望，以及愤怒。也许他们正经过族人千辛万苦的寻找、研究、讨论，已经找到一个津通脉气的地方正准备建造一座大墓，搞一次隆重的迁坟仪式呢。要知道，在农村，迁坟可比下葬还要重要。一般说来，迁一次坟要花两样钱，选新墓和迁旧坟。但迁坟多半是为了生者，希望新的墓穴地脉能够给子孙后代带来齐天洪福，子孙后代也能够借着祖先的庇佑飞黄腾达，青云直上。这些祖坟因为先前的贫苦，葬得比较简单、草率。在农村，埋葬下层人民的，那叫坟。埋葬有点身价的知识分子，又不是当官的才叫墓。现在子孙发达了，有身份又有知识，正好可以另起新墓，显示一番呢。他们在四周的村庄里到处寻找、对比最有名气的风水大师，选择最适合的迁移路线，查天干地支，看阴阳八卦。起坟是见不得光的，一般选在日出之前，天气最冷，光线最暗的时刻，传说那时候鬼魂最为活跃。起坟还不能见天，就在坟上支上大蓬，先在坟头前烧纸上香，按照风水先生的教条诵经念佛，怕惊扰了祖宗，祈求得到他们的原谅。然后，一群人便在深沉的黑暗里掘坟。等待着的人一律打着黑伞，在冗长的黑夜里静悄悄地等待着，最年长的孙子捧着金坛靠在最前面，随时迎接祖先的遗骨。这是一只赫红色的坭兴陶坛子，这大海之滨的柔软的特有的泥土，在经历了红红火火的烧制和窑变后，变得坚硬而圆润。此刻，它正躺在一个温暖的怀抱里，安静地等待着承载生命中最不能承受之重，在它上面，盖着一块轻柔的红布。经过千百年来风霜雨雪的侵蚀，蝼蚁的啃啮，泥土的渗透，很多东西都不存在了，不知道祖先的遗骨是否依然还在，如果还在，那也一定是细碎，或者是断裂的吧，不知道后人是否还能辨认得出？即便辨认不出，也要按从脚到头的顺序一点一点地捡拾，先是脚骨、小腿骨、大腿骨，之后是盆骨，依次往上，按受人朝拜的坐姿安置于金坛内，并用自家子孙没有结婚的人的血在遗骨上滴上几滴，看看是否依然鲜红，如果是红色，则足可证明确实是真正的祖先。最后，黑伞开始像乌云一样飘移，飘出老坟茔，按照风水先生划定的迁移路线飘向新的墓地。如果埋葬的时间太久远，连骨头都找不到了，就只能用坟中的泥土捏成人的模样，有鼻子有眼睛，在眼睛里摁上黑豆子，代替眼珠，然后把它装进坛子背走。掘开的旧坟，就敞开放在那儿，任凭风吹雨淋，让自然的力量，为它慢慢合上……其实，祖先早就在每个后人的心里念着，在每家的神龛上供着，那些骨头，终究是要化去的，存不存在只是一个形式，已经不重要了。就像爱一个人，亲吻、拥抱，都是短暂的，只有在内心深处存念着，才是永恒。

在等待迁坟仪式的日子里，那些子孙后代们庄严肃穆地筹备着，千百年来的悲伤已经沉淀，竟幻化成一种有点激动又有点兴奋的心情，躁动不安地期待着与老祖先"相见"的时刻。在一个温润的早晨，他们带着无比敬重的心情最后一次去祭奠老坟时，却惊骇地发现老坟连同整座山已经像一只神奇的飞鸟，飞离这片土地，不知道飞到哪里去了。在他们面前，是一马平川，是一望无际，是一片寂静和空旷。

悲痛和愤怒，使他们像疯子一样，狂躁，激动。他们集结所有的亲人像潮水一样涌进司机的家、老板的家。争吵，怒吼，叫骂声像一辆辆轰鸣的挖掘机，在寂静的清晨猝然爆裂。

爆裂的结果是，老板出资发动群众在田地里寻找尸骨，找到尸骨的另外赏赐。一场浩浩荡荡的寻骨行动在田野里悲壮展开。一百多个人一字排开围着这块埋藏尸骨的田地，高高抡起手中的锄头，安静而仔细地搜寻着，害怕错过哪怕一丁点儿小小的白骨。整个田野里，没有一个人说话，只有锄头碰触地面的阵阵闷响，使这场浩浩荡荡的行动显得沉痛而庄重。这是一次别开生面的寻找，是盘古开天辟地以来一次最揪心的寻找，是一次最众志成城团结一致的寻找。是啊，谁又能承受自己家的祖坟被挖掉，自己祖先的尸骨丢失？没有了祖坟，去哪里祭奠祖先，去哪里倾诉哀思；没有了祖先，后人的寄托和希望在哪里？

一天，两天；十天，二十天；一个月，两个月……寻骨的队伍渐渐由大变小，由强变弱，由年轻人变成老人，那么大的一座山，那么多的泥土，却那么小的一堆白骨，如何寻觅？年轻的人们容易接受这样的失去，像失去一场恋爱，即便刻骨铭心，但当一个新鲜的可人儿重新出现在面前并不断地拨动他的心弦时，那种痛便渐渐消退。老年人却无法承受，那丢失在风中的祖先啊，让他们忧心忡忡，夜不能寐。

寻觅无果，只能经济赔偿。经历了层层悲伤、疼痛、绝望和无奈后，一家人，只能接受补偿，然后，在另一个远离城市的地方，重建一座坟墓。当然坟墓里面什么也没有。

挖掘机又开始在山坡上一路高歌，它们拙笨的声音浑厚而雄壮，好像这里从不曾发生过什么。而一家人，也渐渐恢复了平静，生活在原处，不变。

只有65岁的老爷爷，每天拿着一把锄耙，到田地里，慢慢地镐田里的土，镐一把，拨弄一下，拨弄一下，镐一把。在他身后，是一堆堆小山一样的泥土……

我不禁热泪盈眶，这个倔强的老人，像在大海里捞针一样在泥土里寻找他祖先的骨头，日出而作，日落而归，日复一日，年复一年，风雨兼程，那么坚韧而执着。也许，他的下一锄就会挖到，也许，他一辈子也不会挖到。

墓地对于一个人、一个家庭甚至一个民族来说，是那么重要，它埋葬的不仅是一个永远沉睡的人，还是这个人所有的一切，包括他的思想、他的精神、他斑斓的梦想和爱情，以及他留给家人的牵挂和希望。

壮族有"一坟二房三八字"的说法。所谓"坟"，又叫阴宅，古人认为人死之后，其精气仍在尸骨之内，即使火化成灰，亦不能灭之。若将其葬在山川自然之"龙穴"之"生地"，其精气可以化生为祥和之气，从而影响子孙；若将其葬于"死绝"之地，其精气可以化生为"邪气"，从而对子孙不利。所以在壮民的内心里，祖坟不仅是人死后物质肉体的归宿，而且还是子孙后代祭奠祖先的精神场所，最重要的是它们无声无息地影响着子孙后代的繁衍生息、达官厚禄，是维系家族血脉的根基。常常有人在谈论某个人的成功时，总会说"祖坟葬得好""祖坟冒青烟"。那么多人在清明时节，不远万里，长途跋涉也要回老家扫墓，是否也是因为这些说法？

《葬经》对祖坟的作用作了这样的论述："葬者，乘生气也……五气行乎地中，发而生乎万物……人受体于父母，本骸得气，遗体受荫……《经》曰：气感而应，鬼福及人……是以铜山西崩，灵钟东应。"这段话形象地道出了祖先如何"乘生气""行地中""生万物""气感而应，鬼福及人"的运作过程。祖先对后人的影响即如"铜山西崩"而"灵钟东应"一般。《葬经》又进一步说："盖生者，气之聚凝结者成，骨死而独留，故葬者反气纳骨以荫所生之法也。"意思即所谓"生者"，实质是气的聚凝，而结成骨肉，"死者"是以散发骨气来庇护和福荫他们的后生。所以择穴葬地的风水好坏，直接关系到子孙后代的吉凶福祸。

这让我想起家乡流传的一个传说。很久以前，村里有一黄姓人家，祖祖辈辈贫穷不堪，饥寒交迫，常常吃了上顿，没有下顿。一天，一名白发苍苍的老道士经过他家时，对这黄姓人家说："你家屋后有块风水宝地，该地头枕南山，足登北岭，左有青龙，右有白虎，中有明堂，水流曲折，四面环坡，均呈优柔舒展之气，津脉尽会于此地矣！若能在此安葬祖坟，可令后代人事兴旺，富贵显达。但此地脉气太重，哪个风水先生在此安葬作法，非聋即瞎，伤了元气啊。"黄姓人家听了此话，心中高兴异常，但又苦于寻找乐于奉献的先生，于是苦口婆心地求告道士，为他家迁坟安葬，并承诺如果道士真遭遇不测，他们将把他当成自家亲人一样供养着。道士起初拒绝，但黄姓人家的老主人苦苦哀求，拉住道士裤脚长跪不起，泪流满面。道士菩萨心肠，善念遂起，想想自己年事已高，孤身一人，如今有人愿意把自己当亲人一样供养，也算老有所养了，何必在乎聋与瞎，便答应了黄姓人家的要求。于是，做了新棺材，选了黄道吉日，将祖先骨骸捡入黑坛，迁坟安墓。入葬当天，当黑沉沉的棺木置入墓穴，与温厚的大地相触的那一刻，原本阴雨雾霾、低沉黝黑的天空骤然明亮起来。天空一片火红，云彩斑斓，忽然一声巨响，一道白光闪过天际，直刺墓穴，道士猛然双目疼痛，流出红红的热血。他忍痛做完法事，安好坟墓后，即刻双目失明。而黄姓人家也遵守当初的诺言，供养着老道士，为其送终。黄姓人家自从迁坟，得到祖先的庇佑后，厄

运逆转，从此以后飞黄腾达，人财兴旺，富贵双全。

这些传说很神秘，很缥缈，是否真实，我们无从考证，而祖坟到底作用如何，也是无法用现代"科技"来检测的。只是从古至今，多少帝王将相、达官贵人、平民百姓，无不对祖坟风水趋之若鹜，让人不由得思索万千。

在思索中，我寻找着我的墓地，既然人都是要死去的，而死去的人既然可以隐秘地影响着后人，那么为什么不在活着的时候，好好思考一下自己需要影响后人的是什么，需要什么来延续自己影响后人的东西呢。

也是一块墓地吗，抑或是别的什么。

风和日丽的一天傍晚，路过县城一个最荒凉最边远的乡村时，竟被车窗外的景象惊呆了：一片枯黄的山谷里，在一处圆形、低矮的灌木丛上，黑压压站满了一排排黑麻麻的乌鸦，像成千上万个列队的士兵，沉静而冷漠，庄严而肃穆。而在灌木丛下，一群黑山羊正在欢快地奔跑、觅食，让寂寥荒凉的山谷显出一派生机来。

我忽然激动起来，这个季节，这片荒凉的土地，这个夕阳如血的傍晚，竟然在一丛绿幽幽的灌木上，看到这么多的乌鸦。很久没有看到乌鸦了，很久没有听到乌鸦的叫声了。"老娃（乌鸦）叫，死人到。"小时候，只要听到乌鸦一阵阵凄凉的哀叫，就知道，村上某个老人也许就要离去了。而那些年近古稀的老人，也许会心惊吧，胆战吧，那一声声凄寒的叫声，是否就是来召唤自己、催促自己去一个神秘的地方？所以乌鸦一直被当作一种不吉利的动物，人们憎恨它，害怕听到它悲凉和绝望的声音。也许那些老人并不担心自己，而是担心他们的子女。他们坦然而沉静地面对着生离死别。入世、离世，只不过是生命中的一种规律和过程，我们既然无法改变它，不如坦然地接受它。

所以，何必去憎恨呢，乌鸦只是一种动物，使命不同，产生的效果不同罢了。不是所有的鸟叫都是动听的，就像不是所有的人和事都让我们感到舒心和愉快一样。生活中，不仅有鲜花和掌声，还有失败和绝望；不仅有阳光，还有雨雾；不仅有温暖，还有冷漠；不仅有欢乐，还有疼痛。这样的生活，才是真实、温润而厚重的。

其实，乌鸦是好样的，它在传达着某种神秘信息的同时，自己也悲痛着，无形中分担了我们的痛苦，减轻了我们的悲伤和慌乱，让我们有时间和力量去承受和适应一种即将来临的悲痛，这种悲痛，要比毫无预见地接受一个亲人的突然离去要缓得多，轻得多。很多时候，替人分担痛苦，要比给予他人快乐重要得多。

乌鸦！在我心里，你也是吉祥鸟。

忽然想起陈忠实的《白鹿原》，白嘉轩在一个白雪皑皑的清晨，在一个万木枯谢、百草冻死，漫山遍野也看不见一丝绿色的三九寒冬季节里，在一块被大雪覆盖着的麦田的垄畦上，看到白得耀眼的地皮上竟匍匐着一片刺蓟的绿叶，绿叶下面的土层里，埋藏着一个奇异的东西，一个动人的传说，一只神奇的白鹿。白嘉轩把他父亲的尸骨安置在这块风水宝地上，从此便结束了他黑沉沉的厄运，生活开始展现出生机勃勃的新姿来。

白与黑，本是生命中最初的颜色，白嘉轩在一个白色的早晨里改变了他的命运，而我，是否也在这片黑压压的乌鸦身上，体悟出什么。

　　脑海里竟闪出一个念头来，这是一块风水宝地，这就是我的墓地，我要在这里延续我的爱，让我的爱活下去，让我的子孙繁荣昌盛、出人头地。随即便又在心里笑了，这个荒凉、偏僻的山谷，也许是我这辈子唯一一次来这里，谁会想到，若干年后，要把我埋葬在这里呢，或者，若干年后，谁还会需要泥土来埋葬？

　　一天，和先生吵架，他气极了，就说："你去死吧，死了都没人埋葬你。"我笑了："没人埋葬，就没有墓地，没有墓地，你就是我的墓地，你到哪里我就到哪里，你看见谁，我就看见谁，而我的善念，也会从你的身上得到延续和传递。"

　　其实，我并不需要什么墓地，我只是需要传递我的爱，让我的爱永远活下去。

　　这样真好！不再需要泥土，不必担心有一天会被丢失，不会让人在风雨中忧伤地寻找，只要你在，爱在，我就在。

紫荆花开

一

二〇一六年三月，像一颗在季节深处猛然爆裂的花骨朵，在我的生命里，忽然爆出了五个家。五户贫困户，在纳合村的五个地方，像五片柔弱而苍白的花瓣，在温暖而潮润的春天里向我依次飘来。

第一个家，像一片柔弱的花瓣，让人心疼。这是我脱贫攻坚帮扶中最远的一家。村主任说，家在村尾，需拐一大弯，过一清池，上一小坡。

第一次寻家，是在一个春天的午后，阳光美好，清风醉人。我刚到村头，一只健壮的大黄狗便拦在路中央傲慢地和我打招呼：汪汪，喂！

我说：狗，让开！我是好人，不杀你！

狗好像听懂了我的话，非常感激我的不杀之恩，温柔地看了我一眼，点头哈腰地回家去了。

我笑了，心情像春天一样美丽。连狗都这么通情达理，我相信，这个村子里的人，一定不会穷到哪里去。

继续往前走，拐弯，下坡，就看见一池清泉。清泉由人工砌成，四四方方，像一块大号的豆腐，镶嵌在大地深处。池里的水满满的，清清的，可以清晰地看到池底大理石的花纹。这应该是一股地下水，从温暖的地底深处倾润而出，人们为了留住它，便在此处建一方水池，盖一顶棚，种几棵树，可以浣衣，洗菜，游泳，乘凉，让那些饱经风霜的身体和灵魂在此游荡一下，飞扬一下。

都说女人是水做的。我坚信这是一条真理。一旦看见水，不管冷天，热天，太阳天，下雨天，我都会情不自禁地去抚弄一番。走进清池，把手伸进水里，冰凉的水让我忍不住惊呼出声。

身后忽然传来一阵低低的笑声，零零碎碎的，有点卡壳，像被一把锈迹斑驳的大刀切割着，声音一截一截地跑出来。

回过头，一个六七岁左右面目特异的女孩不知什么时候站在我身后，憨憨地看着我笑。由此，我见到了这个家的第一个人：阿云。

"阿云，快回家。"下一秒，一个苍白而瘦弱的女人立刻出现在小坡上。于是，这个家的第二个人出现了。

"你叫阿云呀，怎么不去上学啊？"

我笑着伸手想去牵她，这么大的孩子这个时候应该在学校才对。

她惊恐地转身，向那个苍白的女人跑去。

我耸耸肩，慢慢爬上坡，以一个帮扶干部的身份，第一次向我这个家走去，向一片柔弱而苍白的花瓣走去。

从此，我要面对、帮扶、融入的是这一个与我毫无血缘关系，却在我生命中无比重要的一个家。

回到家的阿云很兴奋，甚至有些烦躁，这里摸摸，那里跳跳，这边扯扯，那边窜窜，像一颗停不下来的小陀螺，把家里能掀翻的板凳、背篓、扫帚、垃圾桶等一律翻倒在地。

我有些惊异，内心隐隐有一丝不安。

"你怎么不去上学呀？"我再一次笑着问她。

"她不会说话。"苍白的女人哑哑地说。

"她有癫痫病。"

"她经常晕倒，学校不敢收她。"

哑哑的声音一句一句地，像在陈述一个遥远而苍凉的故事，却像一根一根长长的针，一点一点地扎进我的心里。

我眼前便立刻出现了我们村黎小妹的身影。

黎小妹这个傻里傻气的丫头，因为从小患上羊痫风病而永远在读一年级，并且永远写不全自己的名字，算不好十以内的加减法，还常常毫无征兆地晕倒。小时候和她一起读的书，我们都读到三年级了她依然在读一年级。村上的调皮鬼阿宝一整天如影子一般跟在她身后喊："读书没有用，留钱回家买油盐。"这时候的黎小妹便红着脸捡起一根小鞭子，像追赶一条讨厌却忠心耿耿跟在身后的小狗。村子里便经常回荡着阿宝的喊叫，以及他们奔跑的身影。

黎小妹虽傻里傻气，却极活泼和勤快，什么事都想做。童年时期的孩子，不知道忧愁，只知道撒着脚丫子在空旷的田野里奔跑。上山打鸟，下河摸鱼，打架，做游戏，我们在时间的影子里疯跑，希望自己永远不会长大，让欢乐的身影时刻飘荡在空旷的村庄上空。黎小妹患着病，家人不让她跟着瞎跑，但孩子对快乐的向往是不可阻挡的。她时常偷偷瞒着家人，跑到我们中间，央求我们带她一起上山，下河。同龄的伙伴谁也不敢带她去，他们害怕她发羊痫风，害怕她像一只绵羊一样忽然晕倒，害怕她晕倒时扭曲的脸，翻白的眼睛，吐着泡沫的乌黑的小嘴，甚至害怕她在晕倒中死去。

说实在的，我也害怕，我曾经亲眼看见黎小妹忽然发病晕倒的样子。那时候她正帮我背着半背篓的苞谷籽往我家楼上的粮仓里爬。其实我一开始就不想让她帮忙，但她很固执，非要帮。她用幽怨的声音轻轻地说："我有病了，你们都看不起我，以为我什么都不会做。"

那声音像一根小小的针，悄悄地刺了我一下，似乎有一滴血珠正在慢慢地往外冒，我感觉到了一点点的疼痛。再看她时，那瘦小的脸蛋苍白而黯然，大大的眼睛似乎已蒙上一层雾水，眼眸低垂，小小的嘴唇被紧紧地抿着，仿佛稍不留意，便会滑出一丝关不住的哭泣。我的疼痛忽然像波浪一样漫延，我紧紧地闭了闭眼，小手一挥："背吧。"

黎小妹像是得到了天大的恩惠，小脸因为兴奋和激动一片潮红，双目熠熠生辉，整个人焕发出勃勃的生机和光彩。

她快速地跑去抓来一只小背篓，高高兴兴地往背篓里舀苞谷籽，甚至还欢快地哼起了在学校学到的几句儿歌，脸上的红润像花儿一样蔓延开来，大大的眼睛亮晶晶的，灿如星子，仿佛在做着一件最快乐、最幸福的事。

苞谷籽装到背篓一小半的时候，我急忙叫："够了够了。"

她不依："我全身有的是力气。"

她笑着握紧拳头挥了挥，继续装苞谷籽。装到一半的时候，我说什么也不让她加了，她这才背起了沉甸甸的背篓。

弯腰，挺身，抬头。可能是因为蹲得太久，她刚站起来，就趔趄了一下，喊道："我有点晕。"便连同背篓一起直挺挺地倒下，背篓里的苞谷籽像一粒粒珠子，黄灿灿的洒了一地。

黎小妹躺在金黄金黄的苞谷籽上抽搐了两下就一动不动了。她脸色苍白，双眼紧闭，嘴唇瞬间失去了血色，乌黑乌黑地歪曲着，嘴角不停地抽搐，冒出一串串白泡泡。我被吓得心似乎要跳出胸腔，脚软软地直发颤，老半天才记得叫来大人，掐她的人中，让她在静静的黑沉沉的世界里和病魔，和意识斗争、抗衡。仿佛一百年过去了，三百年过去了，五百年过去了，她才慢悠悠地醒来。醒来后，又像没事一样捡起地上的苞谷籽。

黎小妹发病是没有规律的，她有时几个月发一次，有时一个月发几次。不发病的黎小妹像正常人一样勤劳而憨实，看见别人在做什么，都抢着要帮忙。虽有点傻气，但两只大眼睛清澈而透明，傻得憨实、可爱。

所以当黎小妹苦苦地央求我带她下山打柴时，那种看到她忽然晕倒时我那种恐慌、无措的感觉，像一只影子紧紧地跟随着我，让我犹豫不决。

"我保证不发病。"她说着响响地拍了拍胸脯，坚定而执着的眼神让人不忍拒绝。我不禁心软起来："去吧。"

她欢呼雀跃，快乐得像一只小鸟。

我算是冒险了，她不知道，病魔，特别是像她那样的晕倒，是说来就来，说倒就倒的，它们在她身上隐匿着，神秘而飘忽，毫无前兆，不受人的意志控制，像一个看不见的炸弹，不知道什么时候忽然就会在她身上爆裂。

尽管如此，我还是带着黎小妹穿过空旷的田野，爬山，涉水，前去打柴火去了，也许是不忍心拒绝，也许是不想向命运屈服。

这就是我们村的黎小妹。此时此刻忽然想起她，除了她们是同一种病，同样会晕倒，我还担心，长大后阿云会不会变成像黎小妹一样。

黎小妹现在都四十岁了，还是算不好十以内的加减法，她甚至连人都差不多认不出了，每每我回娘家，见到我，她都要一遍一遍地确认："你是堂堂吧？"

去年我回家拜年，她特地来看我，我们在门前的晒场上吃甘蔗，甘蔗清甜，我们话语温存，欢快的笑声在晒场上空飘扬。

"妈，妈！抱我，抱我！"

黎小妹忽然急切地喊道，随即直挺挺地倒下，头一下一下敲击坚硬的水泥地板，像敲一面沉闷的鼓：咚。咚！

她又晕了！我惊呼。她不知道，她的母亲，早在几年前就已经去世了吗？慌忙丢掉手中的甘蔗，我扶着她的头，避免她后脑勺再遭受撞击。

快来救她呀！我颤声呼喊。

晒坪上的人却是一副见怪不怪的样子，吃瓜子、啃甘蔗，说笑的人依然在说笑，似乎没有什么事情发生。

"过一会她会自己醒的。"听到呼喊，母亲从屋里跑出来安慰我。

果然，一分钟不到，黎小妹就幽幽醒来。

"对不起，我又晕了。"黎小妹谦卑地说，好像自己犯了特大的错。

"我是不是要死了。"她又说。

我的心像被什么东西猛蜇了一下，忽然痉挛起来。

母亲说，她经常这样晕。有时候走着走着就晕了，有时候笑着笑着就晕了。她晕得那样毫无征兆，举手，弯腰，抬头，顿足，一切都有可能会晕。因为经常晕，黎小妹身体虚弱得像一道影子，四十岁，却像一个小老太，黑，瘦，佝偻着身子。

此刻见到阿云，我仿佛看见另一个黎小妹在一个又一个早晨或黄昏里忽然晕去。心不由得越揪越紧，手也不由自主地伸过去想抱抱她。阿云惊恐地闪开了，跑到远远的墙角，偷偷看我。

想尽一切办法，哪怕癫痫病治不好，也要让她快乐成长。

第二次到家，我带去了36支一盒的水彩笔和几本图画本，在她家矮矮的饭桌上散开所有的水彩笔，然后在图画本上涂上红的花，绿的草，金色的小鱼，灰灰的大象。一页，两页，三页……，每一页都被我涂得五彩缤纷。阿云开始睁大眼睛远远地偷看，那些色彩就像拖着美丽尾巴的子弹，一条一条地射向她明亮的眼睛。一步，两步，小小的脚步悄无声息地越挪越近。终于，在我涂那只美丽的大公鸡时，她趴在桌子边沿，目不转睛地盯着公鸡的尾巴，小脸蛋被一种热烈的期盼笼罩着，熠熠生辉。我微笑着把笔递给她，她立即夺过图画本，在公鸡的尾巴下画了一个又一个歪歪扭扭的"鸡蛋"。

公鸡下蛋喽。我扑哧大笑起来，她妈妈赶紧凑过来看，也跟着笑，阿云手舞足蹈，快乐得像一只鸟儿。

后来，我又教她照相、拍视频，用抖音里的道具一下把她变成另一个人。阿云惊异地看着各种各样的自己，摸摸自己的脸、头发、眼睛、嘴巴，又轻轻擦拭着手机里的自己，嘴里叽里呱啦不知道说什么。也许在她心里，这就是长大后的自己吧。每一个女孩子，都希望自己是美丽的。

市里的医生到县里来开展精神病鉴定时，我开车去接她娘俩来做鉴定，阿云似乎是第一次坐小汽车，不停地按我的车窗按钮，升、降，升、降。她的小食指快乐地在按钮上跳跃着，欢快的笑声不断地从小嘴里溢出。原来，她的快乐，竟那么简单。

慢慢地，阿云敢悄悄拉我的手，抱她也不反抗，甚至有时候恶作剧地用脏脏的小手拍打我的脸，有些痛，但我却很开心。

要过年了，我去送慰问品，阿云远远看见我，像一只欢喜的小雀，蹦蹦跳跳地跑过来抱我的大腿，灿灿的笑脸像花一样绽放在寒冷的冬天。但愿这样的笑脸永远陪伴着她。

二

如果不是帮扶严燚家，我可能永远也不知道"燚"字怎么读。四个火就像相亲相爱的四胞胎紧密连在一起，又像四个熊熊燃烧的火苗，一下就把我的心烧暖了。我想，拥有四个火的女子，内心一定是热烈的，奔放的吧。

事情却完全出我意料，第二个家的主人，严燚，她文静而内敛，才30岁，却守了八年的寡，带着一个8岁多的女儿，和年老多病的公公生活在一起。严燚的丈夫是在一次车祸中去世的。那时候，严燚才20多岁，女儿还那么小，她甚至都还记不清父亲的模样。严燚抱着仍在襁褓中的女儿，在丈夫的灵柩前跪着哭了三天三夜。她不相信，那个阳光自信、温暖如春、对她宠爱有加的男子，忽然间就离她而去了。他们刚刚还在商量如何建好第二层房子。他说要给她最好的生活，最美的未来。他说他一辈子只爱她一个，对她不离不弃。他说他们还要再生一个孩子，最好是男孩，这样儿女双全，他们幸福生活一辈子。她不相信，认为他说的是假话。

而让人再次揪心的是，丈夫去世不久，她家原来建了一层的房子因泥石流的冲撞，轰然倒塌。

我不敢问太多，这样的回忆，已经让我眼里满含泪水，更何况是严燚。对她来说，这样的回忆是疼痛的，残忍的。我怎么忍心让一个柔弱的女子，再承受一次生命中不能承受之痛？我一下子就认定，这个女子，将会是我一生中最牵挂的妹妹。

房子倒塌后，她暂住在隔壁家搭建的小木屋里，成了整个村唯一的无房户。

木屋很小，里面用木板隔成了三个小间，一间是严燚和女儿住，一间由公公住，还有一间小堂屋。公公年老体弱，患有高血压和糖尿病，房间里充满着浓浓的中药味。小小的堂屋墙上贴满了各种各样的奖状，都是她女儿芳玉的。这个家，虽然狭小，昏暗，贫穷，而且不健全，却因为一家人的不离不弃，互相坚守而充满爱和希望。

我说严燚，那么多年了，你还这么年轻，就不想再成一个家吗。

严燚有些羞涩，眼睛快速地向她家倒下的房子瞄去，脸红红的，仿佛她心爱的丈夫还在家门口，朝她笑，眼里写满爱意。她艰难地把目光拉回来，声音有些站立不稳："没有找到合适的人。"

我不知道，严燚是没有找到合适的人，还是根本没有去找。也许，她心爱的人儿，从来就没有离开过她，他在她梦里，在她心里。在每一个酸甜苦辣的白天和黑夜，在每一个悲欢离合的早晨和黄昏，他看得见她，她也看得见他。

我内心翻涌，在心里发誓，一定要想尽一切办法让她们住上一个稳固、明亮的房子。

房子还建在旧址上，担心还存在地质灾害，我们爬上房屋背后的山坡。坡上种了一片又一片望不到头的杉木，杉树已长得一层楼那么高。这些树，就是在泥石流冲毁严燚家房子后的那一年种的，为了稳住那些想要流失的泥土。

密林深处，有一条长长的裂缝，像大地微微一笑的嘴巴，不知道会不会在哪个时候，忽然张开，泥土纷纷滑落，又来一次泥石流。

严燚站在那条裂缝前，目光沉重。多年前的那场灾难，是不是也是从这样的微笑开始？她在裂口处跳来跳去，用力蹦、踩，想试试土地的坚韧和紧致。

"有危险吗？"我问同去的国土局的同志。

"想建房就要先排险。"回答简单而笃定。

排险比起建房来说，可能还要花费更多的精力和金钱，为此，我曾力劝严燚搬迁到另外的地方重建。可她不愿意，或许，那里有她太多或悲或喜的回忆吧。

"排，建！"严燚在裂缝深处大声地说："我也想有个家，我可不想拖全村的后腿。"她狠狠踢了一脚裂开的土地，像踢去一切犹豫、困难和阻碍。

目标已定，我便带着她跑政府，跑住建，跑国土等部门，不厌其烦地向各级领导汇报，收集各种材料，申请危房改造指标，办理各种建房证件，终于她家新房于2018年开始兴建。

严燚请的建筑队是她丈夫的亲堂弟带领的一支小队伍，三个人，都是砌墙的高手。

"亲戚好商量，钱可以慢慢付。"她贼笑，像捡了天大的便宜。

有事无事，我总爱往她家跑，就是想看看她家建房的进度。严燚没有请副工，她自己挑泥浆，做砌工的副手，整天和泥沙和在一起，每一次见她，她的脸上、手上、腿上，满身都是泥。

"连泥沙都是香的。"严燚端着一大海碗饭菜，就在一堆泥浆边上吃，自嘲地笑。自从建房以来，这个原先白白胖胖的女人，转眼间变黑了、瘦了。但我怎么看，都觉得她比以前更美。

年底，一栋60多平方米的小楼房建成了。搬进新房那天，我在她家喝醉了，严燚也醉了。严燚笑，我也笑。严燚后来哭了，我也跟着哭，仿佛那是我们两个的家。

去年，她女儿芳玉考取了县民族中学的重点班，严燚在我们的大力说服下也重建了家庭。

严燚嫁的是她丈夫的亲堂弟，就是帮她建房的包工头。她说，这样公公才放心，她也不用担心后爸会对女儿不好。因为他们本就是一家人。

我忽然明白了严燚这十多年的坚守、坚强。除了对爱情的忠贞，更有一种亲情，责任和孝道。

我一时对这个女子充满敬意。

今年，他们的儿子出生了。我到她家走访时，小家伙白白胖胖的，由爷爷抱着，却一直哭，父母不在家，爷爷手足无措。我翻开他屁股，看见拉得一片金黄，赶紧帮他洗了，换上衣裤，小家伙咧开嘴笑起来，萌萌的，我的心被融成了一块棉花糖。

后来，因各种原因，严燚一家被调给别人来帮扶，我内心有些不舍，但却非常放心。她们一家，已于去年脱贫，正在通往幸福小康的路上飞奔。

三

因所挂的贫困户离县城比较近，我经常在下午下班后一个人开车去贫困户家。累的时候，感觉有些孤单，但大多时候，心情是愉快的。扶贫的路上，有山，有水，有花，有草，有鸡，有狗，走着走着，就不觉得孤单了。

我的第三个家，丰盈，温暖如春。这个家其实已经不算贫困户，属2015年退出户，房子盖得宽敞，漂亮。户主阿生年轻力壮，常年在高速路等工地上开工程车，收入挺高，日子过得挺好。只有阿生的老母亲，左眼失明，还患有慢性病，常常一个人守家。

对于这个家，我是惭愧的，联系他们家以来，我不用操什么心，除帮老母亲办理一些慢性病卡，申请产业奖补以外，他们确实不需要我帮什么。他们家是退出户，按要求，每年入户两次即可，但我每个月都会去。去到家，我做得最多的就是和老母亲唠唠嗑，说说家常话，聊她养的那几只鸡，两头大肥猪和一群嘎嘎叫的土鸭。堂屋的角落里时常堆放着一些山上打来的猪草，我便跟她聊哪些草猪喜欢吃，哪些草喜欢生长在沟边，哪些草容易长在向阳的地方。

"这些你也懂？"老母亲惊异于我的精通。在她眼里，我们这个年纪的干部似乎都是四体不勤，五谷不分的吧。

我说我也是农村长大的，直到现在依然会回农村帮忙做农务，插秧、打米（收稻谷）我都会，鱼腥草、断肠草我也还认得。

老母亲便很高兴，拉着我的双手，不停地说这说那。也许，是她孤单得太久了，需要找人来倾诉，而我，恰恰愿意倾听。

每年杀年猪的时候，老母亲硬是叫儿子阿生把洗好、砍好的猪脚、排骨，煮好的粽子等送到我家楼下。我推辞，说按规定不能收。她佯装生气，说送点东西给我女儿还不行嘛。她的细心和爱护就像春天里芳香四溢的花朵，常常让我陶醉和感动。每次入户，我都是最后去她家，和她聊得最久，从她家出来，有时候，夜都深了。

就是在这样的一个夜晚，同样是我一个人开车从她家出来。夜已深沉，小路上很安静，车上播放的歌曲是那种八十年代的靡靡之音，我正沉醉在一种宁静的氛围里。忽然，手机铃声骤响，带来了一个震痛的消息：县公安局李主任在扶贫回来的路上永远地倒下了！而刚刚就在头一天，他还在电话里跟我说笑，说他在扶贫工作中遇到的趣事：跟他一同去扶贫的老王，因为扶贫工作做得好，贫困户非常感激，对老王说，你对我那么好，我没有什么送给你，就送我的女儿给你当儿媳妇吧。老王只当是玩笑，嗯嗯地答应着，谁知过了两天，贫困户真把刚大专毕业的女儿领到老王家，说我把儿媳妇给您带来了。老王惊得下巴都要掉下来了，后来老王的儿子和贫困户的女儿还真就结了婚，你说好笑不好笑。李主任说完趣事，自己在电话里哈哈大笑起来，说我也要好好扶贫，说不定哪天也帮我儿子赚回一个媳妇。那朗朗的笑声，似乎还在耳边回荡。

李主任儿子和我儿子一样大，才三岁多，他那么爱他，每天朋友圈里晒的都是胖嘟嘟的儿子，他还要帮儿子赚回一个媳妇呢，他怎么可能忍心离他而去呢。

我把车停在路边，熄火，关灯。在黑暗中静静坐了很久，直到一些温热的东西淌满我的脸庞。这样在扶贫路上倒下的消息，到目前为止，仅在本县，我已经收到了八次，每一次，都心痛不已。这是一场没有硝烟的战争，有人流血，有人流泪，有人牺牲，有人沉睡，但却没有哪一个后退。这样的战争，需要坚贞的信仰，虔诚的守护。需要人们对生命的尊重与敬畏，对平等的孜孜追求。需要大爱和无畏。

一只夜鸟忽然哀叫起来，我这才再次启动车子，飞奔在回家的路上，就像飞奔在去往贫困户家的路上一样。

四

第四个家是我所联系的贫困户中最有文化的一家，四口人，哥哥在泰国读研究生，妹妹在桂林理工大学读书。我心想，有这样一双优秀的儿女，他们的父母该是怎样的诚实善良和精明能干啊。

真正到家时，我却震惊了。他们的母亲，患有较重的精神病，完全丧失劳动能力，一旦受到惊吓，就往屋背后的山上跑。屋背后是一片郁郁葱葱的密林，不时有欢快、忧伤或恐怖的鸟叫从密林深处传来，让人跟着欢喜跟着忧。儿女不在家，他们的母亲，每一次往山上跑，都要一阵子好找才找得见，并且好说歹说才肯回家。在她的世界里，山上的花、草、树木，它们绿意盎然，生机勃勃却不言不语，也许才是最安全的吧。哪怕是密林中忽然蹿出来的飞鸟、虫兽，也是那么温和。她看见它们，像见到自己的孩子一样，她们互相对视，用隐秘的语言交流，也许还轻轻地碰触一下，内心充满爱和欢乐。由此，她才会在惊吓的时候往山上跑，像奔向自己的孩子。而他们的父亲德哥，肢残四级，干不了重活，却积极乐观，对生活充满信心，每次见到他，都是笑呵呵的，脸上时刻洋溢着一种软绵绵的微笑，需要他做什么，他都会说："可以，可以。"似乎在他眼里，天都是蓝的，水都是清的，没有什么事情是难得倒他的。

他们家住在红水河边，拥有一条自己的渔船，每天凌晨和深夜，他们的父亲，就驾着那条渔船，在宽宽的红水河上撒网、收网、织网，织出酸甜苦辣的人生。

刚到他们家时，主人德哥正在苦苦思索着如何发展新的产业。他看中了那个开着美丽花朵的中草药百芨。在此之前我还没有听过百芨这个名称，也不知道它有何用处。

德哥说："它主要能止血、消肿。"他又说："你嫂子犯病起来经常往山上跑，有时跌倒，容易出血、肿痛，我种它，用得着。"

我内心微颤，这是一个什么样的男子啊，心里想着的首先是残疾的妻子。也许他自己都还不清楚，那个能止血消肿长得像生姜一样的百芨，是直接生擦就能止血，还是要经过晒干、研磨、制粉、调剂等复杂工序制成药品涂抹后才能止血消肿。

不管如何使用，只要能够用得到，内心总是欢喜的吧。

于是，我便和他一起分析、研判。为了更好掌握百芨的种植技术，我们还到南丹县的一个基地里考察。我们一起到田边看那丘长长的地块，那是在小河边的一块好地。大雨刚过，小河里的水猛涨，我们挽起裤脚，架起一根木头趔趔趄趄地走过去。地是好地，租金也贵，我们便和农户讨价还价，说得口干舌燥，最后竟少收了五百块。我们还一起给远在云南的老板打电话联系幼苗，一起跑信用社争取小额扶贫贷款。终于，六亩多的百芨中草药种植出来了。

三个月过去了。一天，德哥火急火燎地找到我，问我要不要报警。我心一惊，急忙问发生了什么事。

"百芨苗被偷了一小半，损失惨重。"德哥吸吸鼻子，又说："前两天我去看还好好的。"他的语气里透出满满的不甘。

我立即跟他跑到公安局说明了情况。

一个月过去了，偷苗案一无所获。一场大雨过后，德哥又来找我，说偷苗的事就算了，亏就亏吧，就像做生意一样，哪有只赚不亏的，剩下的要看好了。他要给百芨苗搬家，搬到离家近的地方。

"我要天天晚上去守，像守狼一样，看谁还敢来？"

德哥说完自个儿笑起来。我不知道，他是否想起了一个月黑风高的夜晚，他像一个忠诚的卫士，扛着木叉躲在黑暗的角落，这时一个黑影猫着腰蹑手蹑脚地走来，他从黑暗中猛地扑过来，像扑向一头偷吃小鸡的狼。

"看你往哪里跑。"德哥洪亮的声音回响在沉甸甸的黑夜。

这样想着，我也笑起来。德哥的乐观让我相信，这世上没有什么事是难得倒有心人的。

剩下的百芨苗就这样被搬到了德哥家附近的荒土里，从此再没听说过偷苗的事。

今年春天，德哥的两个儿女，一个考取了乡镇事业编制，一个研究生已毕业，正在大城市里奋力创业，还有他辛辛苦苦护呵长大的百芨也开花了。德哥从地里发来视频，粉红的、鲜嫩的花儿在微风中摇曳，像一张张娇羞的少女的脸。德哥笑眯眯地在视频里大声喊："孟嬢嬢，你来看嘛，好漂亮的花海啵。"德哥一直跟着孩子叫我孟嬢嬢，此刻我心里像有一万朵百芨花在争相怒放，它们迷人的芳香，让我的脚步轻盈得就要飞起来。

五

俗语说"落尾结大瓜"。因所居住的地方被征用需要搬迁，而搬迁方案还未协商一致，我的最后一个家，要到二〇二〇年底才能脱贫，是我所联系的贫困户中最后脱贫的一户。户主阿杰今年刚满四十岁，人长得高大帅气，却异常固执，他的两个兄弟不同意搬迁，他也跟着不搬，仍住在老屋里。

"我要跟我的兄弟们在一起，他们搬，我就搬。他们不搬，我也不走。"阿杰在电话里斩钉截铁地说，声音里有一种不容置疑没得商量的决绝。

我很少见到阿杰，他常年出门在外打工，家里只有他和女儿两个人，他老婆听说是外省来的，好多年前就跑了，阿杰就没有再娶过。"一个人挺好，自由。"阿杰洒脱地说。女儿娇娇在高中读书，只有每个星期天的下午能回家一趟。娇娇很自觉，成绩优秀，根本用不着别人操心，阿杰于是就成了个快乐潇洒的单身汉，想往哪走就往哪走，像一匹脱缰的野马。

除了搬迁这件事，阿杰其实很配合我的工作，诚实善良，讲义气，哪怕一百块钱的收入，他也不瞒报。他甚至可以把家里的钥匙留给我，说需要填什么表，你自己开门进去，我的扶贫档案袋都在抽屉里。

老屋里缺少一些生气，冷清而寂寥，从窗口切割进来的一米阳光，都显得那样孤独和落寞。那天绕到屋背后照相的时候，我才发现，老屋背后，种了一排紫荆花。正值紫荆花开，一枝枝、一簇簇的花朵紧紧相拥，在春光里燃烧得如火如荼。我不由想起紫荆花那古老的故事：传说南朝时，京兆尹田真与兄弟田庆、田广三人分家，当别的财产都已分置妥当时，最后才发现院子里还有一株枝叶扶疏、花团锦簇的紫荆花树，这可不好处理。当晚，兄弟三人商量将这株紫荆花树截为三段，每人分一段。第二天清早，兄弟三人前去砍树时发现，这株紫荆花树枝叶已全部枯萎，花朵也全部凋落。田真见此状不禁对两个兄弟感叹道"人不如木也"。后来，兄弟三人又把家合起来，并和睦相处。那株紫荆花树好像颇通人性，也随之又恢复了生机，且生长得花繁叶茂。此后，紫荆花便被人们用来比拟亲情，象征兄弟和睦、骨肉难分，团结和睦、家业兴旺。

跟去的女儿兴奋地尖叫不停，拿着手机不停地各种摆拍，我轻抚那些柔嫩的花瓣，忽然发现每一朵紫荆花都有五片花瓣，它们紧紧相连在一起，开成一朵芳香四溢的花。

我不由激动起来，心里涌起一股暖流，这是上天注定的缘分吗？我的联系户，也刚好就是五户，他们就像这五片花瓣，而我就是中间的花蕾，我们互相依靠，紧密相连，在同一棵树上，灿烂开放。

跌跌撞撞奔向你

——献给我的母校河池师专

一

你是否还记得自己蹒跚学步跌跌撞撞奔向父母时紧张、兴奋、一往无前的心情，那种扑进父母怀里时无比骄傲和温暖的感觉。你当然记不得了，说实话，我也不记得。但作为两个孩子的母亲，我却无比清晰地记得孩子在刚刚学会走路时，跌跌撞撞奔向我的情景，像一涓细流涌入大海，柔绵、执着、义无反顾。

我就是以这样跌跌撞撞的姿势奔向河池学院的。

那个时候，河池学院还叫河池师专。

读高中时，除了语文成绩经常在前三名，我的其他科目，特别是数学，经常考得一塌糊涂。那些5以上大一点的数字像逃课的捣蛋鬼，经常挣脱出我的魔掌，不知飞到哪片天空下撒野去了。只剩下4以下的几个数字，两个两个一起，忧伤地挨着互相取暖，有时候甚至独自一个，孤独地行走在我洪荒旷野般的试卷上。

可想而知，这样的成绩，想要考上大学，那真是癞蛤蟆想吃天鹅肉，第一次高考，我以悲壮的姿势，躺倒在了名落孙山的"山下"。

也罢，行行出状元，条条道路通罗马，此处不留姐，自有留姐处。我打算整装行囊，去北上广。

可是我的父亲，一辈子老实巴交、含辛茹苦送我们几姐妹去读书的父亲，这位无师自通的"算命大师"硬是说，他算过了，我们家要出个女秀才。而且他自认为，这个秀才非我莫属。所以，他没有让我去北上广，而是咬紧牙关，逼我再复读一年。我怀疑，这个秀才的含义，父亲其实一直没弄明白。

无奈，高考的第二年，开学了一个多月，我才灰溜溜、蔫拉拉，悄无声息地出现在补习班的课堂上。看看昔日的师妹师弟变成了同学，听着某某同学去了某某大学，我的心像母亲刀下的猪菜，被剁了一地。痛，洒了一地。

由此，我开始奋发图强，父亲要求我最低的目标是河池师专。除了数学依然是4以下几个数字的轮番组合，其他科目的成绩都呈上升趋势。河池师专，这所被我表哥考上，又被我表姐征服的大学，似乎离我越来越近，"天鹅肉"不再遥不可及。

2000年第二次高考，我用尽了洪荒之力。谋事在人，成事在天。我告诉自己，今后走什么样的路，就看苍天了。

整个闷热、煎熬的假期，我都是在村里这块那块的田地里度过，我不停地和这家那家的妇女一起换活路——打米。那时的农村还没有收谷机，收稻谷全靠"纯手工"。女人们像一只只煮熟的虾子，弯着粗壮的腰身，挥动锋利的镰刀，把一茬茬熟透的谷子割下、放倒。男人们则围着梯形的木桶，高高扬起一把把沉甸甸的稻谷，狠狠地锤打在木桶的边缘。那年的米似乎永远也打不完，到处是金灿灿的稻田，到处是男人、女人，到处是夹杂着汗臭味的新鲜的稻香。阳光烈烈地烧着大地，一粒粒饱满的谷子仿佛随时都可以在这个季节深处猛然爆裂。

我把自己弯成一张弓，在没心没肺的阳光里燃烧着，黄灿灿的谷子在我眼前狂乱地舞蹈，似乎有无数只蚂蚁在我的脑子旁边疯狂地撕扯，争夺一只巨大无比的秋虫。我听到了秋虫被撕裂的声音，那些没有参加争斗的蚂蚁在尖叫着呐喊助威，它们嗡嗡的声音穿透阳光雨露，轰轰烈烈地向我的头脑开炮。头胀痛得像一粒饱满的谷子，似乎随时都会炸裂开来。小腿肚上的肌肉一刻也不闲地战栗着，疼痛着。汗水顺着额头，眼睛，脸颊，流进我的嘴巴，我的脖子，浸湿了我的胸口。身上的每一寸肌肤，都被汗水和疼痛浸透着，我觉得自己快要死了，像一头滚烫的猪就要轰然倒塌在金黄金黄的稻田里。

"累了吧，去读大学就不用这么累了。"身旁的大舅妈见我脸红通通的，温温地对我说。

"你的录取通知还没收到呀，不会又没考上吧。"大舅妈的声音依然温吞吞的，却像千万根针同时扎进我的耳朵。我终于像一头猪一样瘫倒在田里。那天的太阳像金子一样，一闪一闪的，以至于刺激得让我的泪水，像一条河流，汹涌地灌进我的耳朵。

收到河池师专的录取通知书时，村里的米已被我打完了，很多同学都已走进了大学校园。金秋的九月，我和父亲坐上了开往宜州的火车，这是我平生第一次走出天峨。

亲爱的大学，我终于后知后觉、跌跌撞撞地奔向了你。

二

经过了刚进大学时短暂的兴奋、自豪和新奇之后，我却忽然变得忧伤起来。也许是第一次离家那么远，我开始想念病中的母亲。也许是我的学费还没有凑够，总感觉有一点点自卑。第二天父亲回家时，我竟然差点跟着父亲一起返回。父亲说，先报名，让我先等几天，他回去再想办法。

我一个人返回校园，心里空荡荡的。

心里空荡荡的我，经常下课后还坐在空荡荡的教室里。那时候真想我妈，想我爸，想我的兄弟姐妹们。家里那两年刚经历一场劫难，家徒四壁，万物凋敝。我的母亲还天天靠药物维持生命。

我在空荡荡的教室里，一边流泪，一边写下了《我家的故事》。

那时候中文系正在举行第一届《南楼丹霞》征文擂台赛。不知道是因为家里的事太让人揪心，使我不得不找个地方倾诉，还是因为征文有奖金的广告吸引了我，在一个无人的夜晚，我偷偷把《我家的故事》投给了南楼丹霞文学社的投稿箱。

我们的教室在一楼，南楼丹霞文学社就在教室的不远处。出门，如果不用转弯，走过一片小草地，不用五十米，就到达文学社那间小屋。

我每天路过那间小屋很多次，每次小屋的门都敞开着。有时候有人在里面读书，有时候有人在里面争论，有时候有人在里面唱歌，有时候里面什么声音都没有，只有一些人在静静看书。屋子虽小，却仿佛自有一股神秘的力量吸引着我，每次路过，我都不敢进去，却忍不住要多看两眼。

　　漫长的一段时间过后，擂台赛在大家的期待中揭晓，《我家的故事》竟然荣获二等奖，我空荡的心忽然像被什么填满了，沉沉的，紧紧的。

　　获奖不久以后的一天中午，接到通知，叫我去南楼丹霞文学社那间小屋。我匆匆忙忙进到小屋，自我介绍以后，一位长得有点可爱、有点胖的像老师又像学生的人惊讶地问我："你是孟爱堂？"我说："是的。"他打量了我蛮久，又问："孟爱堂是你？"我还是说："是的。"他哈哈一笑，说："我还以为孟爱堂是个男的。"他的笑声干净而爽朗，像一道清泉，发自内心的开心，并没有半点嘲笑的意思。我端了半天的紧张一下变得轻松起来。

　　后来才知道他就是何述强老师，南楼丹霞文学社的发起人和指导老师。

　　再后来，才知道，我是在"淘汰稿"中逆袭成功的。话说当时参赛作品非常多，多到评委们看到我的作品前言不搭后语，一审就把它扔进"淘汰稿"中。在终审时，是何述强老师把"淘汰稿"中的作品重新捡拾起来，仔细阅读，才发现我文章的页码被订错了，导致了前后不顺。整理一番，再组织大家重新审核，最终评了二等奖。当时老师、评委们根据字迹、文笔和名字判断，还以为作者是一位男同学，所以当我以百分之百的女生形象出现在南楼丹霞文学社那间小屋时，大家的欢笑是真实而纯洁的。

经过这件事，我真切地感受到，我们的学校，我们的老师，态度是那么严谨，那么认真。他们不会放过一丝一毫的希望，不会漏过一点一滴的呐喊，哪怕那些呐喊已经被埋在地下。

有这样的学校和老师，我能够不被折服吗？

于是，我就成为南楼丹霞文学社的一员。

可以说，何述强老师是我的贵人，是他把我从一堆废稿中捡拾起来的。对于一名老师来说，也许这只是他一次常规的举动，但对我来说，这几乎是我命运的一次改变。如果没有这一次获奖，我可能不会走进《南楼丹霞》，走近一群怀着文学梦想的可亲可爱的师兄师姐师弟师妹们，就不会因热爱文学而改变了我人生的很多选择。尽管在高中时，语文老师经常拿我的作文当范文在班上读，尽管我经常在课堂上写下一些莫名其妙的伤感的文字，但我从来没有想过，将来要成为一名作家。我从小最大的梦想就是成为一名光荣的人民警察。记得高中时老师叫我们写一篇《二十年后的自己》，我把自己写成了一名雄赳赳气昂昂的国际刑警队长。我永远记得老师在念这篇作文时温暖而又诙谐的话语："这是我们班当得最牛鬼的官哦。"然而在高考时，我却因为视力的问题很遗憾没有填写"广西警官学校"，而是把"河池师专"当成了自己的首选目标。

苍天怜爱，走进河池师专不久，我却和文学来了个亲密接触，从此便和文学结下了不解之缘。

很多个寂静的夜晚，我和一帮爱好文学的老师同学们，在龙江河畔寻找寂寞的碑文，在古城墙上寻找历史的碎片，在荒芜铁城寻找金戈铁马的记忆，在三门寺寻找心灵的净土。不知不觉中，文学像一颗种子，悄悄地种在我的血液里，合着我的心一起跳动。

亲爱的文学，我竟这样误打误撞奔向了你。

三

我总是这样，没有明确的目标，什么都随缘，努力了就听天由命。我不是唯心主义者，但我却信奉一句唯心的话：该是你的就是你的，不是你的就别强求。哪怕是上一所大学，爱一样东西，选一个共度一生的人。

离开大学已经整整十八年了。十八年，可以让一粒种子变成一棵参天大树，让一小小萌娃长成精壮少年，让坚持的更坚持，让爱着的更爱，也可以抹去众多记忆，淡化很多情谊。而我，依然深深记得学校里的一草一木。学校里那片温热而深厚的土地，以及这片土地上那些熟悉的身影经常在我心里远远近近地飘动着。那凋零的寂寥的铁城，镶嵌着"行人你好"字样的小巷，隐匿着仙风道骨的南山，仿佛前天刚去过，或者就在昨天，我柔软的手指刚触摸过南山上那苍劲有力的"寿"字。

是什么样的力量，让那些记忆，这么深切地镌刻在我心里？我想，一定是那条像家乡的河流一样与它紧紧相依的龙江河，更是龙江河畔南楼小屋里那份执着、纯洁而浓烈的文学情怀。

因为那份情怀，我一直小心翼翼、磕磕绊绊地在文学这条道路上不紧不慢地走走停停。因天生愚钝，我做什么似乎都比别人慢半拍，包括工作、生活和写作。我以为慢才看透路上的风景。

直到2012年，毕业了差不多十年以后，我才开始在《广西文学》发表作品。幸运的是，我的第一篇作品《延续坚如磐石的爱》，在《广西文学》羞答答地亮相后，即被当年的《散文选刊》转载，后又被选入了《〈散文选刊〉2012年度佳作》选本，再后来又有作品上了《民族文学》，之后陆陆续续在《芳草潮》《南方文学》《红豆》等露面。2013年2月的一天，是我永远难忘的日子。那天，我收到了鲁迅文学院第一届少数民族文学创作培训班的录取通知书。在那个春天里，我犹如一朵洁白的棉花，开始了一个轻飘而真实的梦。

直到现在，我依然还在做着这个梦。仍然做得很慢，一年才写两篇作品，甚至两年才出一篇文章。但是我很享受，它们不带任何目的和功利，每一字，每一句都是我的孩子，它们身上的一撇一捺都浸蕴着我的心血，有我最深沉的爱。

而这些爱，都是母校所赐。

感谢河池师专，感谢母校！

在疼痛中奔跑

车子刚驶进村口，就看见一群人围在凶猛的河边，他们有的挽起裤脚，时不时地到河里看看，有的拿着竹竿，一路顺着河岸打捞，像在寻找某种失落的东西。一个男人在河岸上不停地奔跑，像一只旋转的陀螺。和江岸在同一高度的，还有夕阳中的点点余晖，以及余晖中一条条憨实的狗，它们浑身湿漉漉的，伸长了舌头不停地喘气。这情景让我内心猛然一紧，一种不祥的感觉猝然涌上心头，一问，才知道村里一个不到两岁的小女孩失踪了，人们怀疑是掉进了水里，正在寻找着，在河岸上不停奔跑的，是孩子的父亲，此刻，他内心一定疼痛无比。

这是一条神秘的季节河，从村头一个深渊的石洞里流出来，没有人知道它的源头在哪里，也没有人知道这口洞到底有多深。干枯的时候，它像一个袒胸露背的老人，干瘪而嶙峋，那些裸露的石头坚硬而冷漠地矗立着，任一双双或大或小的脚在它们身上踏踩；发水的季节，它则如一头饥饿凶猛的狼，愤怒而疯狂，一路喧嚣着把两岸的稻田冲毁。大胆的人们曾经点着蜡烛划着竹排进入洞里一探究竟，都因蜡烛熄灭而返回，洞的深度一直无人知晓，只是听老人们回忆说，以前每逢年过节，洞里都会传出像敲锣打鼓一样的声音，这声音遥远却清晰，浑厚而坚定，那是来自龙宫深处的神秘召唤么？它令人们敬畏着，他们认定这洞里一定住着神仙，于是在河的两岸建起了两座庙宇，用他们的信仰供奉着心中的神灵。几百年来，这条河虽然有时冲坏了两岸的部分稻田，但从未夺走过任何人的生命，也曾有人不慎落水过，却都被人及时发现并救起。人们相信，冥冥中一定有河里的神在帮助他们，在关照他们。直到这天的午后，当一个小女孩神秘消失，人们才发现心中的神灵不知去了哪里，它为何迟迟没有显灵。人们开始纷纷议论，他们在内心深处深深埋怨那些因为开发、因为投资建厂而破坏了两座庙宇的人，是他们激怒了河里的神仙，神仙怪罪才惩罚他们，因而用一个女童的生命来祭祀。这些带着迷信色彩的议论虽然愚昧，却让人们内心感到一丝敬畏。

夜晚，人们在河道里拦起了网坝，希望能拦住一条哪怕不再鲜活的生命。这是一条冬暖夏凉的河流，这个时候的夜晚，河水竟冰冷得有点刺骨，它无声地流过，带着人们的疼痛，一路奔跑，和疼痛一起奔跑的，还有我疼痛的心。深夜，人们带着沉重的心渐渐散去，我依然坐在河岸的凉亭上，深深怀念，脑海里尽是小女孩刚出生时那圆乎乎、粉嘟嘟的小脸和生病时她母亲打电话向我求助时那隐隐的哭声，那声音就像一条涓涓的小溪，每每流淌过我心头的时候，都让我感到被信任和被需要的温暖。那晚的天空没有月亮，但星星很凄美，像小女孩眨巴的眼睛，不知道遥远的星空里，是否也有一双忧伤的眼睛在凝望。女孩的母亲，在遥远的地方打工，是否知道她的女儿正消失在人们的视线中，此刻，她的眼睛，是像夜空中的星星一般晶亮，还是如同一颗流星的滑落，悄悄地闭上，让仰望星空的人泪流满面。

第二天早晨，人们在河岸的草丛里发现了女孩常穿的一双红拖鞋，才确定女孩是落水了，他们手牵着手排在河道里摸索，尽管河水依然冰冷，水势依然凶猛，尽管大家都明白找到的也只不过是一个不再跳动的生命，但他们都很虔诚，很小心，像是要找回心中的神。中午时分，当太阳热烈地照亮河里，人们终于在河岸的枝丫里，找到了女孩冰冷的身体。女孩的父亲一把抱起她，跌坐在河岸上，紧紧地搂住孩子，全身颤抖，久久，久久，才爆发出隐忍的撕心裂肺的哭喊。那时候，我分明看见了女孩的脸，像沉睡一般宁静和安详，完全没有传说中落水者的痛苦表情，只是那双脚惨白惨白的，那白就一直晃着我的眼，晃着我的心，晃着我的疼痛。

女孩的母亲从遥远的地方赶来的时候，我在县城的车站接了她，我们飞奔在回村里的路上，疼痛一路在紧紧蚀咬着每个人的心，我用双手紧紧握住她的肩，握得我生疼，此时此刻，我还能为她做些什么呢。

因为农村的习俗，孩子的母亲没有见到孩子最后一面。横亘在她面前的，是一堆新鲜的泥土，泥土里，孩子小小的身体能够承受如此的重量和冰冷么，当夜晚来临，没有父亲母亲的庇护，孩子，你是否会害怕，是否会想着回家，是否会在黑夜里寻找爸爸妈妈。你的父亲母亲，失去了你的声音，失去了你蜷缩在怀里的温度，他们每时每刻都在心里呼唤你千遍万遍，他们的疼痛和怀念，就像身上的一块伤疤，烙印在身体里的某个部位，无论生老病死，都跟他们形影不离。千百年后，如果你们再相遇，你会认出那熟悉的眼眸么。

短短一周时间，目睹了两个生命的忽然消逝，让我内心充满了伤感，时时不能平静。一个老人，在自己的床上悄然离去，像深夜里的一声叹息，轻微而不被人察觉，当儿女们发现的时候，他已经深睡在千年的沉寂里，孤独而冷漠；一个小孩，在人们疼痛的寻找中，像一朵花儿般凋零，不知何时轻轻地合上双眼，当父亲抱起她的时候，她已经奔向遥远的天堂，轻盈而飘忽。这些生命，在他们还鲜活还跳跃的时候，往往被人们忽略了，就像忽略了一场平淡却真实的爱情，是啊，他们都太平淡，一个老人和一个孩子，像森林里的一棵枯树和一株刚出土的小草，它们有多少风景带给人们，又能让多少双眼睛曾在那里停留啊。现在的人们，不知怎么了，当农民的，就知道琢磨地里的农活，做生意的，尽想方设法赚钱，是干部的，总想怎么得到提拔。他们还记得像森林里的枯树和小草一样平淡的东西吗，那些枯木，被岁月的痕迹打磨得锈迹斑驳，它们也曾枝繁叶茂过，也曾坚实雄壮过，也曾在明媚的春天里给人的视觉带来享受，在炎热的夏天里为人们撑起凉荫。现在它们即将倒塌了，也许倒塌后还会成为永恒的根雕，让时间永远铭记它们曾经的舞蹈，这样的舞者，我们能够忽视吗？而那些小草，虽然才刚刚开始冒尖，也许还进不了人们的视线，也许它们还要经历无数的磨难和坎坷，可它们不正在摸爬滚打，茁壮成长吗，有一天，它们也会长成一片绿茵。

很多时候，很多东西，我们失去了，才知道珍贵，我们被惩罚了，才知道关注，而那些失去的，是永远也找不回来的，那些被惩罚的，伤痛却永远存在着。当那些平淡却真实的东西真真切切地摆在我们面前时，珍惜吧，爱护吧，别等到无法触摸时，我们才急切地去寻找，那样的话，我们不知道，还要在疼痛中奔跑多久。

众里寻他千百度

庚子年三十，一道闪电，一声惊雷，村里的老人脸色变了。

他们顾不上年夜饭的诱惑，围坐在村头的老榕树下，仰天长叹："这是要变天了！"

那时候，这个寂静的小山村里，还不懂得什么叫新型冠状病毒，也不知道这个像皇冠一样的病毒会那么冷漠、无情，肆无忌惮、无孔不入地侵袭我们的大地，我们的身体。他们只惊异地发现，身边的老榕树变了，树干粗陋乖张，树丫曲折无度，树叶稀里糊涂，仿佛这棵树在一道闪电、一声惊雷中变得已不是那棵树。

天不是那个天，树不是那棵树！老人们凹陷的眼里，露出惊恐，不安和担忧。

果然，很多事情变得不一样了。不能像往年一样串门聚集，猜拳行令；不能像往年一样走亲访友，登高游乐。大街空荡，店门紧闭，封城禁足，拥堵的小城变得安静而落寞，偶尔遇到一两个人，也仅仅露出怯怯的眼神。

武汉生病了，大地生病了，很多很多人生病了，还有更多的人是否生病，我们却不知，我们的内心一片空白。

那个隐匿在人群中的B君啊，你是谁？你在哪里？

我不知道，自己是不是B君。

大年初二之前，我一直在上班、值班。那时候疫情还没这么严重，武汉离我们那么远，那个皇冠一样的病毒，怎么会翻山越岭，跋山涉水，像风一样来到我们身边呢。我们照样奔跑在车水马龙的大街上，穿梭在熙熙攘攘的人群中，跻身于水泄不通的超市里。我们手碰着手，肩并着肩，呼出的热气吹到对方的脸上。

那时候，还没有口罩、酒精、消毒液。电话里、微信里还没有一排排冰冷而肃穆的数字。那时候的天空还很明净，我们的身体也还明净。

可是现在，我们的身体还明净吗，谁知道那个魔鬼一样的病毒会不会在我们看得见或看不见的地方潜伏着，在我们看得见或看不见的时候，像鬼子一样，偷偷地截击我们，侵略我们。

所以，我假装自己是B君。

我按照所有预防新型冠状病毒的要求，戴口罩，勤洗手，常通风，量体温。尽管我无比讨厌戴口罩，那些呼出的热气一下子就将我眼镜弄花，弄朦。因此，我看到的便是花非花、雾非雾。我常常在下楼梯的时候，差点一脚踩空滚落下来。在开摩托车的时候，差点撞到前面的电线杆。在看见朋友的时候，以为是陌生人而熟视无睹。我吃了很多戴口罩的亏，但是我不能把它摘下，仿佛我就是B君。

因为如果我是B君，我不能害了别人。

逆行，决战。多少白衣天使眼含热泪却步履坚定地奔赴前线，他们用自己的生命，来保护我们的生命。而我们，做不了天使，那就当自己是B君吧，以沉默的方式，加入这场战斗。

初六，母亲在更远的山村，打来电话，问我还回不回家拜年。她知道，往年，我们都是初七上班。她却不知道，今年我们不能回家拜年。她还不知道，其实我已经偷偷路过家门口去帮扶联系点六次了。

每次要路过家门口，我既希望大门开启，看到父亲母亲坐在堂屋，父亲在一个眼一个眼地轻抚他心爱的唢呐，母亲在一旁纳她永远也纳不完的鞋垫，尽管她的身边已堆了很多双，尽管儿女们并不需要。我又害怕看到大门开启，看到父亲母亲坐在堂屋，他们面朝大路，苍老却温情，而我不能进去看看他们，陪他们说说话，摸摸他们粗糙的手。

我亲爱的父亲母亲，不是女儿不孝，不去看望你们，而是祖国需要，战争需要，少接触一个人，就少一分危险，少给国家添一点乱。不是不爱，而是大爱，在国家危难之际，儿女之情，我们暂且放一放，再放一放。

你们不知道，有多少人，为了寻找、预防这个B君，进村、入户、排查、设卡，不眠不休，没日没夜，"众里寻他千百度"。

你们不知道，那位叫钟南山的专家，84岁的老人，坚定逆转，奋战在最危险的前线，他多少次满含热泪，目光深情地回望大地，谆谆告诫众人："待在家，别出门！"

父亲说："我们知道。"

随后，在家庭微信群里，父亲悄悄发了一张母亲的半身照。照片里，母亲着花棉袄，戴红棉帽，她额头光洁，目光温润，脸上纵横的褶皱里，埋藏着一个又一个艰辛而温暖的故事。照片的下方，跳跃着一行欢快的字：70周岁留念。

70岁的母亲，默默地度过了她人生最关键的生日。隔着手机屏幕，我轻抚着她苍凉的眉眼、清瘦的脸颊、干瘪的嘴唇，泪流满面。

更多的村屯自行封村，封路。没有谁指令，村民们纷纷从家里搬来了火炉，锅头，碗筷，一把面条，两挂腊肉，几只鸡蛋，在村口搭起了帐篷，护卫他们的家园。年轻的小伙，自告奋勇值起了夜班，他们睁大明亮的双眼，目光像扫描仪，似乎要把夜空里潜伏的病毒扫出来。

祖国需要，全民抗毒。若有战，召必上！

没有了喧嚣，欢歌，只有默默坚守。每个人的呼吸都是疼痛的。痛这片生病的土地，痛这片大地上那些逝去生命。

我每天在上班、下乡的路上飞奔，我能感受到大地无奈而颤抖的呻吟，感受到人们悲痛而坚强的目光。我多希望我能够在人群中一眼识别出B君。

有时候，走着走着，我就会在心里对着大地呼喊：你是B君吗？

对着天空呼喊：你是B君吗？

对着寥寥的背影呼喊：你是B君吗？

对着飞奔的车辆呼喊：你是B君吗？

对着一掠而过的飞鸟呼喊：你是B君吗？

甚至对着自己呼喊：我是B君吗？

2月9日，本该是孩子们高高兴兴开学的日子，年前我都已为两岁半的小儿子买好了书包，尽管他只会说清楚两个字以内的话，然后来一串长长的英语、法语、希腊语或者是狗语、猫语、大象语，谁知道呢。但我觉得把他从乡下接回来，每天能够触摸一下他柔嫩的肌肤，就是最好的了。而老大这个死丫头，我猜她在2月9日之前，是断断不能完成作业的。她在乡下的老家里，每天除了吃、睡，和一群小鬼头打闹、争手机玩、抢电视看，我就没有发现她做过一件正经的事。

我没有呵斥她，只是告诫她，开学报名时，作业未完成的话，打，面壁，写检讨，不许上学。

女儿还是喜欢上学的。她从一年级到五年级，成绩一直是班上的前几名。

她说："你看，跟我一起从一年级上来的，好多同学都掉下去了，只有我还依然坚持在前三名。"

我问她："那你以后长大了想做什么。"

她说："当老师，像黄老师一样的小学老师。"

我说："好，做人类灵魂的工程师，给人智慧。"

三天后，就是2月9日了，因为疫情严峻，学校延迟开学。我以为丫头会高兴坏了，她那一大堆的作业可以慢慢写。

老家离县城近，我都是早上从乡下出来，晚上回去。她在乡下，舞出什么天地来，我却不知。

昨夜回家，她悄悄地把我拉到一边，告诉我，她长大后不当老师了，她要做像钟南山一样的医生，拯救人类，拯救世界。先有人，才有智慧。她还要研究，如何快速从人群中识别出B君。

我惊讶不已，这个毛毛糙糙、丢三落四、好吃懒做的死丫头什么时候大逆转，有了这样的觉悟，有了这样的词语。

我以为整个假期里，她只会玩"吃鸡"游戏，欺负比她小的孩子，在无我看管的天空下"横行霸道"。原来，她也在偷偷地关心疫情，关心世界，甚至关心人类。可能，她还在很多时候，偷偷地把作业做了，教会了她的弟弟说"医生""救人""钟南山"。

我眼眶有些湿润，紧紧地拥了拥她："好样的！"

然后我把那条在朋友圈传遍了的公众号文章《我们为什么要读书》打开给她看，我知道她能懂。

清晨看朋友圈，一个朋友说：这是一周来广西报告新增病例最少的一天。很多人回复：看到曙光了。

不仅广西看到了曙光，全国也看到了曙光，整个大地都看到了曙光。

从村里出来，路过村头那棵大榕树，树还是那棵树。立春过后，一些新芽悄悄地冒了出来，庄严地向大地宣告：春天来了，希望来了！

暖暖流淌的记忆

一

星期一的早晨，我像往常一样去上班，我路过长长的街道，路过清清的河面，路过一群群人的面前，还坐了一段不断上上下下却始终没有打开门的电梯。在此期间，我看到了无数张脸，看到了无数双眼睛，它们像一台台扫描仪一样在我的脸上不断地扫来扫去，它们看我的眼神意味深长，充满同情，甚至对我欲言又止，我觉得自己就像这些机器下的一个个文字，鲜活而毫无保留地暴露在它们的扫描之中。

我知道，是我额头上的伤痕让人们充满了惊异和猜疑。

确实，这些伤痕太过明显了，它们就像一条条红红的河流，在我的额头上深深地流淌着，鲜明，透彻，充满力量。

在很长的一段时间里，我害怕遇见人，害怕遇见那些充满疑问的眼神，那些眼神，像一把把锋利的刀，一点一点地肢解着我的心灵。害怕人们在我背后的指指点点。我仿佛看到，那些整天爱嚼舌根的女人们，扭动着粗壮的腰肢，这个门那个门地串来串去，她们像发现天大的秘密一样眉飞色舞，满面春光，兴奋而热烈，好像春天里一只只报春的喜鹊，站在高高的枝头，清越而悠长地鸣叫个不停。我仿佛看到，那些流言蜚语，像一只只燃烧的火鸟，在整个城市的上空热热烈烈地飞舞。而那些火红的伤疤，像一条条张牙舞爪的蜈蚣，在我的额头上蠕动，爬行，张狂得让我头痛欲裂。

我每天早出晚归，用单薄的头发遮住狰狞的面容，用大大的墨镜，挡住它们狂乱的舞步。我低眉顺眼，不敢抬头，不敢看人，小心翼翼得像一只做贼心虚的老鼠。我在害怕什么呢，害怕别人说我不是个好女人？害怕人家认为我生活不幸福？

终于有人忍不住问了："是跟爱人打架弄的吧。"

立即就有很多人像蜜蜂一样涌过来跟着附和："是呀，我们一直不敢问，是不是真的，他怎么打的？"

她们的脸充满期待，表情丰富而深厚，有的甚至摩拳擦掌跃跃欲试，好像这些伤疤的背后，隐秘的不是疼痛，而是一场精彩的战斗。

当一些一直最担心的事情被公然地摆在面前，我倒猛然松了一口气，仿佛一束刺亮的阳光，穿透层层迷雾，直插入心底，一下让我心里亮堂起来。我微笑着，没有承认，也没有否认，这个世界已经不那么纯净了，人的心灵和思想也不那么纯净，你说是的东西，人家未必会认为是，你说不是的东西，人家也未必认为不是。那么，何必去在乎那些形形色色的认为呢，就把这些伤痕，当作一种记忆吧。

二

我清晰地记得那个周末的下午，我和小妹、小妹夫穿越在深厚的大山，寻找记忆中的香菇的情景。大山，这个广西保护得最完好的原始森林，平均海拔1200米，面积1300公顷，古树参天，巨藤盘旋，那些虫鸣鸟啼，流水叮咚的声音遥远而清晰地在我的心里回响，伴随我走过整个童年和少年时期。

爷爷之前，就埋葬在这座大山深处的一个山顶上。坟墓四周，是一片片高大粗壮的树木，它们茂密的枝叶，从四面八方伸展过来，紧紧地盖住了爷爷的坟墓，让爷爷的坟墓没有空间，没有阳光，看起来那样矮小而阴冷。每次清明节，和父亲去扫墓，我总是在想，爷爷在另一个世界里，过得好吗？他离我们那么遥远，与我们的隔阂那么深重，他躺在这阴冷的、没有阳光的泥土里，是否孤独和寂寞？每次清理墓地四周的草丛，都会有人提出把那些伸展到爷爷坟墓上的树枝砍掉，让爷爷看得清些，看得远些。

父亲没有说话，他深邃的眼睛扫过坟墓上空的绿叶，扫过错落有致的枝丫，扫过爷爷低矮的墓地，停留在粗壮的树干上，他的眼睛抚摸着粗糙的树皮，裸露的树根，然后以穿透泥土的力量，透视着埋藏在地底下的树根。那些深藏在地底下的根根蔓蔓，似乎都在父亲的透视之中。

良久，父亲才抓起一把锄头，在坟墓的一边，挖一个小土坑，把鞭炮放进去，点燃。鞭炮在潮润的泥土里炸裂，声音沉闷而短促，像一个

老人急匆匆地咳嗽。后来我才知道，父亲挖小土坑放鞭炮，是因为墓地四周的林子太密，父亲怕引起火灾，烧了那些大树。

多年以后，当一个漆黑的夜晚，父亲和小妹夫挖开爷爷的坟墓，把爷爷的遗骨一根根捡进金坛的时候，他们才发现，那些大树的根根蔓蔓已经悄无声息地爬进爷爷的坟墓，甚至有的压在了爷爷的"身上"。

其实这些，父亲早就预料到了吧，多年以前，当他的目光穿越黑沉沉的泥土，寻找那些埋藏在地底下的根蔓时，他就知道，终究有一天，他会把爷爷接走的。

直到这时，我才明白父亲为什么一直没有砍掉挡在爷爷坟墓上空的树枝，而是任它们伸张、扩展，自由飞翔。那是对大自然最崇高的敬畏。正是因为有很多人，很多这样的敬畏，大山，才得以保存它最原始的状态，以最雄厚和迷人的姿态展现在人们的面前。

自从爷爷的坟被迁走，我已经很久没有去过大山了，那些清晰而遥远的记忆，与我渐行渐远。

我的姐姐妹妹们，小时候都有过去大山采野香菇的经历，那时候，野生香菇就像遍地开的小花一样，在大山幽深的山谷里密密麻麻地悄然开放着，它们清香的味道弥漫着整个山谷，引诱着一拨拨人前去采摘。我的小妹，背着一只硕大的背篓，跟在村里人的身后，她纤弱的身子在半背篓香菇的重压下摇摇晃晃，有好几次爬坡时，她不得不抓住前面的藤蔓或树枝，让它们把自己一步一步地拉扯上去。有的树枝长着尖细的刺儿，小妹没有注意到，她一把抓住它，那些刺儿便兴冲冲、硬生生地陷进她柔嫩的肌肤里，小妹疼痛得大声呼喊，眼泪像两条急匆匆的河流一样从她清澈的眼里喷涌而出。然而，她没有放手，因为一旦放手，那一背篓的香菇连同她自己，都会滚落回山底。晚上，母亲在昏黄的灯光下，捧着小妹红肿的双手挑刺儿，她不知道，该从哪里下手，因为小妹的每个手指肚儿都是红通通、鼓胀胀的，它们像一条条粗壮的鞭子，狠狠地抽打着母亲的心，使母亲的脸苍白如雪，泪如泉涌，手指颤抖而僵硬。我不知道，那些刺是否一根一根地被挑出来了，我也不知道，小妹在挑刺的时候是怎样的疼痛，我只知道，多年以后，当听到小妹嘻嘻哈哈地说起当年的情景时，我的心是刺痛的。

不管姐妹们当年去大山采香菇是因为好玩，还是因为生活所需，她们都去过了，都经历了种种艰难或欢喜，唯独我没有去过。我一直没有想明白，在那个村里人人"流行"往大山里采香菇的年代，我为什么一直没有去过，连小妹这样比我小很多的孩子都去过了，我还是没有去过。这让我在她们或疼痛或欢乐的回忆中显得那样苍白、无力，甚至卑微。我不知道深山里的野香菇是如何长出来的，不知道在深山里遇见它们一大丛一大丛时是怎样的欢喜，不知道采下它们得费多大的劲。我只知道，吃它们的时候，是香甜而美妙的。姐妹们笑着说，那是因为父亲特别疼爱你，不让你去受苦，还有，因为你从小一直在村外读书。

我宁愿相信，是因为我从小一直在村外读书，因为父亲的爱，是同样的！

时隔多年以后，当我向苍茫的深山里走去，我知道，我要去找的，不只是香菇，更是一种记忆，一种苦难般的经历。

我丢掉小妹深山里伐来的拐杖，像几百年前走失的英雄，穿越在深山老林里，我的目光飞越高山密林，穿过千山万水，穿过层层时间和空间，久远的天空顿时年轻和鲜活起来，焕发出前所未有的光彩。清泉在我耳边激荡，鸟儿在清越地歌唱，古木遍地，花果飘香。我健步如飞，心潮澎湃，那些树枝、藤刺划过我的脸庞、额头，留下深深浅浅的印记。就让这些印记变成一种记忆，在我心里暖暖地流淌着吧，我不疼痛，反而觉得自己悲壮得像一个一去不复返的壮士。

三

时间，真是一副上等良药，它不仅止住了人心灵上的伤痛，同样，也止住了身体上的疼痛。额头上的伤痕开始慢慢愈合，它们的颜色由深红渐渐变淡、变细、变弱。最后，像一声微弱的叹息，在我的额头上静静地流淌，注意的时候它就存在，不注意的时候，它就不在。就像有些人、有些记忆，随着时间的飞逝，也许有一天，他们也会像一声叹息一样，若有若无，若隐若现，很少有人知道，他们曾经那么深刻而隐秘地纠结着一个人的内心，但当有一天我们忽然想起这些人、这些记忆的时候，内心却是异常温暖而感动的。

飞在山谷的牛群

　　2011年的一个早晨，天刚蒙蒙亮，空气中还弥漫着浓浓的迷雾，父亲就早早地起来，把他的牛全部赶出牛圈，赶上等候在门口的大卡车，卖了。我不知道，父亲是绝望了，还是看开了。当他把他的二十多头牛赶上大卡车，让那些牛和大卡车轰隆隆地冒着尘烟消失在村口的时候，我不知道父亲的心是什么滋味，也许他的心早已越过村头的那座土山，蹚过浅浅的溪流，跟随他的牛去了，至于去了哪里，我不知道，父亲也不知道，他的牛更加不知道。

　　每次我一想起父亲，必定会想到他的牛，我一打电话，问的也先是他的牛，好像那些牛就是父亲身上的某个部分，你一想起他，就不得不想到这个部分，你一问起他，就不得不问到这个部分一样。父亲和他的牛已经是密不可分的了。父亲养牛，是在一场苍凉的谈话之后，那天村里的王大叔醉眼蒙眬地来到我家，嘴里不断叹息着"造孽呀，造孽！"并且非要和父亲再喝二两。在那间阴暗的小厨房里，他们就着微弱的火光，嚼着香脆的黄豆，喝着清冽的土酒，窸窸窣窣地说话。他们的谈话，也许酒醉的王大叔已经忘记，但父亲记得，袅袅的炊烟记得，黝黑的墙壁记得。那是一次关于家族的延续、姓氏的延续的谈话，那样的谈话就像一次沉重的呐喊，唤醒了父亲压抑心中已久的忧虑，他想到了唯一的儿子，想到了他唯一儿子的两个女儿，想到她们长大后远离家乡，他的姓氏可能就在某一处戛然而止，就像一条奔涌的河流忽然遭到拦截无处可去，父亲突然感到无比孤独与恐惧，内心像被千万只虫子噬咬一样疼痛得无法呼吸，于是他做了个惊人的决定：无论如何也要让他的儿子超生再生一个大胖孙子来。那是公元2009年农历的牛年，父亲深信牛年养牛会牛上加牛，于是就买来了十多头牛养着，他在心里悄悄盘算着等他的大胖孙子生出来了，他养的牛也已经发展壮大，把它们卖了，将会是一笔不小的收入，有了这笔收入，父亲什么都不怕。

父亲在心里偷偷打着这个算盘的时候，紧紧地呵护着他的牛，好像他的大胖孙子真的就骑在这头或者那头牛的牛背上，一路欢呼着向他跑来。有时候，向他一路跑来的还不只是一个孙子，每头牛上似乎都骑着他的孙子，他们一路喧闹，高声呼叫"爷爷"，争着扑向他张开的怀抱，这令父亲激动和兴奋不已。他每天细心地照看他的牛，像在细心地呵护他的孙子，他把它们赶到最茂密、最丰厚、最鲜嫩的草地里，让他的牛撒欢地在草地上咀嚼。"吃吧，吃吧，使劲地吃。"父亲一边帮牛仔捉虱子，一边慈祥地说，仿佛这时候，在草地上撒欢的不是他的牛，而是他一个个白白胖胖的孙子。

父亲怀揣着牛换孙子的梦想，日日夜夜细心地照看着他的牛。一个寒冷的下午，第一头母牛在山里产仔了，父亲像看到自己孙子出生那样兴奋和紧张，他担心母牛奶水不足，立即跑回家里，用黄豆、大米熬成两桶稀饭，往肩上一挑就向山里奔。山里的路崎岖陡峭，平时空着手走都要仔细小心，父亲这时挑着两桶稀饭行走在崎岖的山路上却健步如飞，冷风像无数只疯狂的手，使劲地摇晃着两只沉沉的桶，不时还把一颗颗米粒大小的冰雨往父亲身上砸。在这样一个寒冷的下午，父亲的汗水却一滴一滴地顺着额头滑过他的眼，滑过他的脸颊，像一道道温热的泪，他把身上的衣服一件一件解开，让清冷的风穿透他炙热的胸膛，散布在充满希望的山谷。当父亲把两桶稀饭挑到母牛跟前，蹲在一边看着它一口一口地喝下去，心像一朵花儿一样慢慢开放起来。他轻柔地抚摸着刚出生的小牛仔，对着它清纯的眼睛，悄悄说话。也许父亲的那些话不是说给牛听的，它们穿越时空，期期艾艾地说给他的孙子听，那时候，父亲的心，就像一只充了气的气球，满满地，柔软地，飘在天空。

父亲从来不呵斥他的牛，尽管有时候，它们非常调皮，东一个西一个地乱跑，害得父亲满山满坡地找。山上的草叶或者树枝不时划破父亲的手、脸，石头也在不停地绊倒他，父亲既累又饿，心却突突地恐慌着，像丢失了一帮顽皮的孩子。当他在这个山头那个山头把它们都找着的时候，父亲已累得全身疼痛，但他依然没有呵斥它们，他只是像对待做错了事的孩子一样，轻拍它们的头，说："回家喽！"夕阳西下，父亲赶着他的一群牛，沿着弯曲的羊肠小道回家，内心的满足写满了他的脸，一曲古老的牧歌从他嘴里飞出，荡漾在斜阳夕照的田野上。

对于父亲的如意算盘，我们四个姐妹，还有我的大哥大嫂，都哭笑不得，也劝不动，但我却内心隐隐作痛。父亲60多岁了，每天，他都要把他的牛赶到偏远的山上，保证它们吃到最鲜嫩的草，日复一日，风雨无阻，父亲能够经受得住这样的劳累吗？对于父亲的一意孤行，我们也曾无数次劝慰过，劝多了，父亲才说："我们家三代单传了，如果你大哥没有一个儿子的话，我们家这根血脉、这根香火就断了，好比一棵大树，如果没有根，你怎么能让它茁壮成长，枝繁叶茂呢，更不用说造一片森林了。"父亲说这话的时候，无比悲凉，声音沉重而颤抖，仿佛整个世界将要灭亡一样。

我一直不能理解父亲，或者说我们这一代不能理解父亲那一代。你说即便我们儿孙满堂，香火旺盛，当我们渐渐老去，变成一堆泥土，苍凉在世界的某个角落的时候，我们还能看见那熟悉的眼眸，听到那熟悉的声音吗？但是父亲却相信，即使阴阳两隔，亲人的心也是相通的。每年的清明节，父亲带着我们去给故去的亲人上坟时，他总是相信，那些埋在地底深处的亲人，看得见我们。他把坟墓修理得干干净净，祭拜仪式一丝不苟，生怕稍有疏漏，逝去的亲人们便会怪罪起来。父亲做这些的时候，总是念念叨叨，他满怀凄凉的声音在山谷里响起："多年以后，不知道还有没有人帮我上坟哦。"

父亲虽然很卖力地照看他的牛，那些牛也很争气，生了一个又一个的牛仔，父亲曾无数次梦见过他的大胖孙子骑着他的牛一路飞奔而来，但是我大嫂的肚子却没有任何动静，她不断地变化着方式生着各种各样的病，这让父亲抱孙子的梦想像肥皂泡一样一次次充满希望地吹起，又一次次悄无声息地破灭。他仿佛看到自家的责任地上一片荒芜。那些浓密的森林里，一棵棵大树铺天盖地，它们伸展枝丫，在风雨中热烈地舞蹈，但没有一棵树是属于父亲的。他开始喝酒，每晚孤独地、绝望地喝，好像大哥没有儿子，是他的错一样。醉眼蒙眬中，父亲仿佛看见了乡亲们的耻笑，他们在他背后指指点点，目光像一根坚硬而细长的钉子，无论他走到哪里，那根钉子就跟到哪里，它狠狠地、毫不留情地钉进他的心里，钉得他的心在一滴一滴地流血。有的人甚至当面嘲笑他，像揭开他疼痛无比的疤痕。父亲的泪这时便悄悄地流下，而我的心，也在狠狠地痛。

我一直在努力，做一个像儿子一样的女儿，让父亲感受到他不只有哥哥一个儿子，让他忘了所谓的血脉和香火，让他不要相信"嫁出去的女泼出去的水"这样的话。但扪心自问，我做到了吗，当我生活在喧闹的城市里，让所谓的忙碌堂而皇之地成为一个又一个的理由和借口而不回家时，我是否还记得留守在山里的老父亲，是否记得在每个节日的黄昏，他萧瑟地站在村子的路口，期盼的目光，穿越山山水水，寻找我们回家过节的身影？当夜幕来临，村里人家的灯火开始明亮和温暖起来，连在外觅食的猫儿狗儿都回归各自的家，父亲才失望地转回家去，苍老的身子一步三回头，黯淡在寂寞的夜空。

我开始惶恐起来，心里无比清楚，我回家的次数越来越少，甚至电话也懒得打。我忘记了父亲额头那淡淡的忧伤，忘记了山里浑厚的狗叫和清澈的鸡鸣，其实我不也在不折不扣地朝着"嫁出去的女泼出去的水"这句话的方向走吗？难怪父亲老想着他的孙子，让他的梦想一直飞翔在他的牛背上，即使违反政策也在所不惜，原来是我们先让他感到了孤独和失望，这样想着让我不寒而栗。

那样的日子忧伤而无奈，充满疼痛、挣扎和绝望。我脑子每天都像一个不停旋转的陀螺，想着怎样说服父亲，让他忘了那些忧虑、耻笑，忘了香火和血脉。我开始每天有事无事地往家里打电话、捎东西，谈他两个孙女的乖巧，问家里喂的猪，说我们小时候的趣事，就是不提他的牛，一个字都不提。父亲是敏感的，确切地说，我的心和父亲的心是息息相通的，他怎么会不明白我的想法呢。父亲甚至开始畏惧我，怕接我电话，他内心一直坚信我就是我奶奶，我是我奶奶变出来的，因为我出生的那一天，就是奶奶逝去的日子。奶奶甚至还托梦给他，说要送他一个女儿，这样我在父亲的心里尤为重要。很多时候，我说的话，父亲都会听，但父亲养牛的事，我从未干涉，因为我怕我说后，父亲承受不了。如果连我奶奶都在指责他，不让他想办法延续家里这根血脉的话，我想父亲不仅仅是悲凉或者绝望，他还能相信谁，恐怕连活着的愿望都没有。

但是父亲的身体再也不能承受那么多酒精的侵蚀，我每天绞尽脑汁想尽一切办法来说服父亲，我想如果奶奶在的话，她也不愿看到父亲这般折磨自己，她一定会同意我劝说父亲，而且会在冥冥中帮助我们。当一个浓雾茫茫的早晨，父亲打来电话，说他的牛已经坐上大卡车，飞奔在去县城的路上时，我的泪水，一下子就奔涌而出，像一个关不住的闸门，怎么止也止不住。我没有看到父亲的表情，但父亲颤抖的声音却像一根尖锐的钻子，时时刻刻在深深钻痛着我的心，无数个夜晚，我依然在梦里，看到父亲赶着他的牛，飞奔在山谷里。那些牛，黑压压一片，像一座座坚韧的山，越跑越多，越跑越快……

桃花笑

一

天蒙蒙亮，细碎的鸟鸣从屋后山林隐隐遁入耳内。她在黑暗里微笑着，让耳朵跟着鸟儿飞了一会，才慢慢睁开眼睛。清晨五点二十分，和往常一样，准时得像一只敬业报晓的公鸡。

公鸡公鸡真美丽

大红冠子花外衣

油亮脖子金黄脚

要比漂亮我第一

她的脑子里迅速闪过一首诗和一只鸡。最近，她总是无缘无故想起小学一年级课本里的那些课文，甚至课文上漂亮的插图。比如这只雄赳赳气昂昂的大公鸡，它从课本上大摇大摆地走下来，走到她眼前，仿佛只要一伸手，就能触摸到那如手掌般宽大而柔软的鸡冠。

她们说，当一个人总是想起往事的时候，就是这个人老去的时候。

我已经老了！她想。

她摸了摸额头，额头光滑温润，直直的刘海硬邦邦地贴在脑门，像一排发了黄的松树叶，有点麻有点痒地撩拨着她的掌心。没有想象中的发烫，甚至有点微凉。她重重地咽了一口口水，还特地大声咳了一下。喉咙像她家门前新开通的高速公路，畅通无比，没有一点拥堵的迹象。她又试着动了动身、动了动手、动了动脚、动了动头。如果汗毛可以动的话，她甚至想把所有的汗毛都动一番。一切都是那么舒畅，疼痛离她的身体遥遥无期。她知道自己又没阳了，尽管头天晚上，她故意不戴口罩，穿着单薄的风衣，在空荡的大街上游荡了近一个小时。

我怎么还没阳？她在心里闷哼一句。

她的家人、朋友、闺蜜、同事，一个接一个地阳，好像约好了共同奔赴一场神秘而又疼痛的救赎。他们在朋友圈里或幸福，或痛苦地宣告自己阳的过程，分享阳的经历，探讨抗阳方法，推送赶阳偏方。柠檬水，生姜片，炙甘草，甚至火塘里的火灰，农村锅底下黑黑的锅捞。各种她见过或没见过，听过或没听过的东西，在他们的朋友圈里翻炒，像翻炒一锅香喷喷的大杂烩。

她有些羡慕他们的互动，尽管他们的文字里夹杂着刀片、利箭、铁锤、麻醉、冰库、油锅等令人不寒而栗的词语，但她在这片刀光剑影、冰山火海的背后似乎嗅到了某种痛快。对，就是痛快。那种来就来吧、

"早死早超生"的痛快。痛并快乐着。

她插不上话，内心生出一种"众人皆醉而我独醒"的孤独。

女儿阳的时候，在床上躺了整整三天，她开始还假惺惺地戴着口罩，和她分餐，畏畏缩缩地进房间探望她。几天过去，没被传染，索性放飞自我了。她甚至祷告：神啊，把女儿的阳渡给我吧，无论是喉咙吞刀片，还是水泥封鼻孔，不管是闸刀斩腰子，还是无麻醉开颅，哪怕屁股坐榴莲，哪怕四肢抢铁锤，哪怕上刀山下火海，我都愿意。

可是，我为什么还不阳呢？她疑虑重重。

姐妹侄子侄女们都阳了。阳的前一晚，他们还在一起庆祝小侄女一岁的生日。她记得她和他们每一个人都亲密地说过话，他们呼出的气息热烈地扑到她的脸上，甚至有的口水还喷到她的鼻翼，她还亲吻过所有6岁以下的侄子侄女们红扑扑的脸蛋。

可是，我为什么还不阳呢？她忧心忡忡。

她怀疑自己身体里是不是藏有某种比新冠病毒更神秘的东西，这个东西和新冠病毒在她的身体深处纠缠、比拼、扭打，此刻，这个东西暂时打赢了新冠病毒，让她的身体暂时安然无恙。以后呢？一年，两年，甚至更长，这个神秘的东西会不会突然在她的身体深处，在人们忘却了新冠病毒的时候，突然发起总攻，攻击她的五脏六腑，也让她痛不欲生一回？甚至，"也许我一倒下，将不再起来"。这样想着，她全身打了一颤。

姐妹们笑她，你本属羊，已经是羊了，算是阳过了。

她忽然庆幸自己属羊，尽管羊不是一个好属性。周易八卦显示：己未年十二月生属羊人，正值小寒之时，属于生不逢时，经常奔波劳碌，一般都饱受磨难，通过自己的艰苦奋斗才能做出一番事业。冬羊人性格温和、内敛，老实木讷，不懂变通，与世无争，凡事都讲究礼让三分。聪明善良，但在关键时刻总是优柔寡断。

好一个优柔寡断。当新冠病毒遇上优柔寡断的人，它是不是也要优柔一回，寡断一回，在徘徊，在犹豫，该不该就此上了她的身。

她的身，她的心，已经做了最充足的准备，只等待一阵秋风，一场寒雨，或一个人，将阳渡给她。这世界那么多人，她相信，总会有那么一个人，身上带着她的毒。

可是，我为什么还不阳？她有些歇斯底里。

我怎么还不阳？她白天问。

我怎么还不阳？她晚上问。

我怎么还不阳？她深夜问。

我怎么还不死？

黑暗中，她忽然被冒出的这句话吓了一跳。电光石火间，脑里闪过一张忧郁的脸。那张脸越来越大，越来越近，越来越白，在要撞上她的脑门时，忽然裂开一条缝，乌黑的嘴唇一张一翕，幽幽吐出一句话：我怎么还不死！

她惊跳起来，心里一遍遍回荡着她不止一次向她说过的这句话。

二

说这句话的，是比我大不了几个月的表姐黎小妹。黎小妹不止一次地出现在我的文章和记忆中。只要生命不止，记忆不断，黎小妹就会像我逃脱不了的命运一样，与我如影随形。

如果不是因为从小患上癫痫病而永远在读一年级，永远写不全自己的名字，算不好十以内的加减法。如果不是因为常常毫无征兆地在这里晕倒，在那里晕倒。如果不是因为跌倒后头上脸上身上无法抹去的横七竖八的伤痕，黎小妹长大后一定是村里最漂亮的姑娘。村里的调皮鬼阿宝也不会整天如影子般跟在她身后喊："读书没有用，留钱回家买油盐。"

如果没有这些如果，黎小妹也不会在一次又一次晕倒后逢人便问："我怎么还不死？"

可是生活哪有那么多如果啊。如果有那么多如果，世上还会有那么多的后悔、忧伤和仇恨吗，还会有黎小妹那祥林嫂般的追问吗？

众生虽苦，多了，久了，万般皆可受。黎小妹的追问从最初的恐惧，变成了现在的感叹。仿佛死，是一件美好的事。

《佛子行三十七颂》第四颂说："长伴亲友各分离，勤积之财留后世，识客终离身客店，舍弃今世佛子行。"哪怕长相伴在一起的亲友，终究也是要分离的，辛辛苦苦积聚的财物也总是要消散的，死的时候带不走，只有留给后人，如果后人行善，还可以为他人超度，如果是一般人，就由其来消受。我们现在的身体和心智只是因为某种力量合为一体，心就好像是客人，身体就好像是客店，当某种力量消失以后，还是要舍弃而分离的，所以，不用太执着自己的身体，要懂得舍弃现世的这些圆满，寻求解脱。第八颂又说："佛说难忍恶趣苦，皆为恶业之果报，是故纵遇生命难，永不造罪佛子行。"一切难以忍受的痛苦，比如饥饿的痛苦、劳累的痛苦、绝望的痛苦等，都不是无缘无故产生的，也不是万能的上帝安排的，而是因为自己造孽自己受，这都是作恶的报应。所以，纵使生命遇到危难，也绝不会去作恶造罪。第十八颂再说："贫穷恒常受人欺，且为重疾恶魔逼，众生罪苦自代受，无有怯懦佛子行。"自己没有钱财，还常常受到他人欺侮，又遇到很多疾病和魔障的逼迫，遇到这些痛苦的时候怎么办，此时唯愿众生的一切苦都由自己代为忍受。当自己一个人受了痛苦以后，其他人就能够得到解脱，不用受苦，由此遇到痛苦的时候就不会再怯懦。

这样看来，分或离，生与死，病和痛，都是在修行而已，又有什么可怕的呢。

也许冥冥中自有定数，黎小妹早就把命运看透了，活着，或者死去，都是在替人修行。只不过在修行中，在生死间，找一个豁口，晕一下，放生命一个假，让修行的路不那么疼痛。

小时候的黎小妹虽然患着病，却极活泼而勤快，什么事都抢着做，上山打柴，下河摸鱼，像一个影子，跟着我们在空旷的田野上疯跑。她的母亲，常常在我们玩得最疯的时候，如同一只从天而降的老鹰，忽然拎住黎小妹的后领，像拎一只瘦弱的小鸡，以至于这只小鸡常常笑着笑着就哭了，跑着跑着就停了，玩着玩着就不见了。

母亲虽然看得严，终究有心软的时候，黎小妹机灵，捏住母亲的软肋，奔向我们，央求带她上山下河。同龄的伙伴谁也不愿意，他们怕她忽然发病，怕她像一截风干的木头忽然栽倒，怕她栽倒时扭曲的脸，翻白的眼睛，吐着泡沫的乌黑的嘴唇，甚至怕她在栽倒中死去。

我也怕，但我无法拒绝她眼里满满的哀求，以至于我多次看到她在生死的豁口里挣扎。

第一次亲历黎小妹晕倒那天，正是秋高气爽天，夕阳西下时，晚霞很美，许多牛羊马在云端上奔跑，花在笑。七岁的我一边在我家的晒谷场上收苞谷，一边摇头晃脑地背老师刚教的课文：

太阳大，地球小，地球绕着太阳跑
地球大，月亮小，月亮绕着地球跑

黎小妹不知从哪里忽然冒出来，跟着我咿呀呀地唱，还说要帮我背苞谷，往我家楼上的粮仓里爬。我刚说不。她的大眼里立即蒙上一片迷雾，她用小鸡一样可怜兮兮的声音叽叽地说："我有病了，你们都看不起我，以为我什么都不会做。"

那声音软软的，湿漉漉的，长满了刺，一根一根地刺着我的心。我先是感到了一点点的痛，再看黎小妹时，她面色怆然，眼眸低垂，嘴唇紧紧闭着，仿佛关闭一个小心翼翼而又热烈无比的梦，我那一点点痛便忽然排山倒海般赴来。我的小手一抖，说："背吧。"

黎小妹像是得到了天大的恩惠，小脸因兴奋和激动一片潮红，双眼迸出的光灿如星河。

她迅速跑回家抓来一只小背篓，高高兴兴地往背篓里舀苞谷，甚至还欢快地哼起了"太阳大，地球小"，脸上的红润像花儿一样蔓延开来，仿佛在做着一件最快乐、最幸福的事。

苞谷装到背篓一小半的时候，我急忙叫："够了够了。"

她不依，说："我有的是力气。"

她笑着握紧拳头挥了挥，继续装苞谷籽。到一半的时候，我说什么也不让她加了，她这才背起沉甸甸的背篓。

弯腰，抬头，起身。许是因为蹲得太久，她刚站起来，就趔趄了一下，喊道："我要晕了。"便连同背篓一起直挺挺地倒下，背篓里的苞谷籽像一粒粒珠子，黄灿灿的洒了一地。

黎小妹躺在金黄金黄的苞谷籽上抽搐了两下就一动不动了。她脸色苍白，双眼紧闭，嘴唇瞬间失去了血色，乌黑乌黑地歪曲着，嘴角不停抽搐，冒出一串串白泡泡。我吓得心怦怦响，似乎下一刻就要从嘴里吐出来，张开的嘴老半天才喊出声音。大人们闻声涌来，有的掐她人中，有的搓她手背，有的擦她脚板，有的喊她名字。仿佛一百年过去了，三百年过去了，五百年过去了，她才慢悠悠地醒来。醒来后，黎小妹的第一句话竟是："我怎么还没死？"

现在想来，我一时惊住，难道黎小妹从小就闻到了死亡的味道？

没有人知道死什么时候来，什么时候走，就像没有人知道黎小妹什么时候发病，什么时候晕倒。有时候她晕在砍柴的路上，在挑水的井边，在奔跑中，在静谧中，在梦里，在笑时。她的病像魔鬼，像一道闪电，隐匿在她身上，说来就来，说走就走。

尽管如此，我还是带着黎小妹穿过空旷的田野，爬上阴郁的密林，过河蹚水，去砍柴、抓鱼，或者看牛。我们的脚步越走越远，目光越拉越长。

三

后来，我走远了。黎小妹没有走远，母亲怕她远嫁受人欺负，就把她留在身边，招了一个远方的上门女婿。黎小妹成了村上嫁得最近的人。她和村上最远嫁过来的人成了邻居，一个在左，一个在右。

右边的女人，那样年轻，那样美。她一定是嫁给了爱情，才不顾一切从遥远的苏南水乡嫁到我们小山村，嫁给了我的表哥。

年轻的女人丽，一定没见过黎小妹那样的晕倒，突然而来，倏忽而去，像生与死之间一次神秘的对话。没有人知道在这场对话里，天有多高，地有多厚，人生几何。丽无端地被这种神秘诱惑着，它幽暗而又坚毅，窝在她的胸腔里。

"我多想这样晕一晕。"丽竟这样对我说。

"你不要命啦？"我抑制不住，吼了一句。

"也许晕了我就能看见我妈。黎小妹每次晕的时候都喊妈妈，她一定是在晕去的时候看见她了。"丽眼里有一种狂热的痴迷。

丽很小的时候，母亲就走了，她说她想不起母亲的模样，这让她心里愧疚万分，仿佛她是天底下最不孝的女儿。母亲从来没有出现在她的梦里，她对她太想念太想念，千方百计，她只想见她一面。

"是不是像黎小妹一样晕去，才能看见妈妈呢。"丽问道，她神色黯然，像一只被遗弃的羊。

我还能说些什么呢。

多年后，听说丽每年都要"晕倒"两次，每次三天，准确得像医生开的一个疗程。

那几天，丽会在床头放一瓶酒，一个大碗，自己把自己灌醉，然后倒头便睡，仿佛晕去。第二天只要稍稍清醒，她又把酒倒满，继续灌醉自己，一刻也不让自己醒来。第三天，又来一碗。如此反复，醉生梦死。

没有人知道，丽为什么以这样孤独、悲伤的方式买醉，甚至忘了接送儿女上学，忘记村里人的指指点点，忘记爱人的千叮万嘱。

也许，黎小妹懂。

四

临近春节，被"阳"折磨了近一个月形容枯槁的母亲，在某天早晨，却忽然变得气色明亮起来。她早早便起床，带着轻飘飘的身体，飞一样去猪圈看一下过年准备杀的猪，又给围栏里的鸡撒几把苞谷，把昨夜吃剩的饭菜热给狗吃，然后才挎着菜篮去菜园子里摘我最爱吃的青菜苗。她要把它们煮熟，晒干，装进坛子里，腌制成酸溜溜我喜欢的样子。她还想去磨炒米，做米花糖，酿制甜酒。凡是我喜欢吃的东西，她都想马上把它们做好。然而她的身体却不听她的指挥，飞了一阵，便累得气喘吁吁。她只好搬来一只小板凳，坐在门口的阳光里，把目光拉到村头的高山上。她的目光翻山越岭，在县城来来往往的人群里一把揪住我，一遍遍地问：春节你回家过年吧？

我能不回吗？

于是春节前一天，我一个人怀揣全国"抗阳"总冠军的自豪感奔向母亲。

黎小妹这个时候也刚刚从市里一个康复医院回到村上。尽管她的晕来得快，去得也快，但那也是常常差点要了人命的。谁知道命运会不会哪天不高兴，就此放她一个大长假，永不醒来。

她的兄弟姐妹于是一遍遍把她送到各种各样的医院，看形形色色的医生。

很久没有见到黎小妹了。大年初一，我在村子里游荡，专程去看黎小妹。

黎小妹刚刚阳康，脸上有一种虚脱的白，竟然很美。黎小妹看见我，苍白的脸上开出两朵桃花，桃花笑了笑，说："我还没有死。"

春天来了，桃花只会朵朵开，怎么会死呢？你说是吧？

空房子

一

车子驶入高速路收费站，结束了五六个小时的狂奔，向城市滑进。收费站前，挤满了不同颜色、款式各异的车子，它们的喉咙无一例外地发出低沉的喘息，像等待跃入大海的鲤鱼，等待龙门的打开。这样的等待在周末和节假日尤为漫长，每一分钟都是煎熬。明明城市就在眼前，你却无法逾越前面的阻碍，走进它。车子这时候完全失去了它奔放的魅力，垂头丧气地跟在一条条"鱼"后面，等待放行，奔向城市各处。

先生这个时候急躁不安。他在路上冲锋陷阵了五六个小时，眼看就要拿下阵地，可一声令下，他不得不停下所有的奔突，像一匹被忽然勒住的野马，愤怒而茫然，不知道这茫茫车海什么时候才能各自散开。

我却是轻松而愉快的。因为城市就在眼前，无论等得久或不久，终将到达。早一点，或晚一点，又有什么关系呢。那一路的风驰电掣，窗外一闪而过的人、车、树、房子、蓝天、白云、远处的山和田野，甚至诗和远方，这时候都慢下来，像一股温热的粥，慢慢地抚顺、填满一路上痉挛而虚空的胃。只要胃得到放松，我的眼里就会有光。那光像两把刷子，在扑面而来成千上万个火柴盒般堆砌起来的房子上来回摩擦。那些房子有一样的眉眼，一样的妆容。它们骄傲而冷漠，像训练有素的犬，忠诚而坚韧地等候着它们的主人。

"看中哪一套？买！"

一定是我眼里的光太过明亮和锋利，它过关斩将，穿透一层层坚硬的墙后，又一路杀回我的眼里，以至于先生明显地感受到了那道光。他对着那道光，像一个粗鲁的暴发户，右手用力往我肩上一拍，拍出了五百万的豪迈。

我把两把刷子收回来，拍在他脸上，笑了笑说："梦想是要有的，万一实现了呢。"

谁还不是个爱做梦的人。

此时此刻，我的梦翻山越岭，千回百转，回到了十八年前年轻的春天里。

"春天里那个百花鲜，我和那妹妹啊把手牵……"

年轻真好。年轻可以随意地唱《大花轿》，可以抱一抱月亮，抱花轿，抱妹。

在这样美好的春天里，我们一遍遍地寻找着我们的梦。一套房子，便是我们最幸福的梦。

是哪位先人最先提出了门当户对？如果有名有姓，我一定要对着他的姓氏跪拜三分。那个活得像水晶一样通透的女子，或者汉子，曾在阳光温软的春天里细数过哪家门前的"门当"和"户对"吧，精雕细刻的石鼓和门簪，精致而神秘。花虫鸟兽人，山川江河湖。金光闪闪的"寿"字，运日月之精华，滋养万物于坚韧的石头之中。女子或者汉子也曾抚石探月，深究这主人的家道吧。或经商世家，或官宦府第，它们在他（她）们柔软的目光中，一半是柴米油盐，绫罗绸缎，一半是痴男怨女，花前月下。

我和先生竟也逃不掉门当户对这宿命。我们两手空空。我们背后家庭的两手亦是空空。我们最幸福的梦那样艰难而空洞。

如果幸福有颜色，在我心里它一定是青的，灰的，白的。青砖伴瓦漆，白马踏新泥，屋檐洒雨滴，炊烟袅袅起。这一直是我梦中生活的样子。门前有水，屋后有林，霁潭发发，春草呦呦。我可以在檐下煮酒，也可以抱着竹篾，铺设在幽静的树林间，用瓜果呼唤林中的鸟雀。河面上的莲花像摇动的白色羽毛，篱笆上延伸着青翠的藤蔓。最好还养有一只猫，一只眼里碧波荡漾的鹿。

然而生活却给了我黑色的幸福，那些日子里，为了能拥有一套属于自己的房子，我们白天拼命工作，晚上拼命找房。我们像两条黑色的飞鱼，游荡在县城的每一个角落。

这个县城年轻而苍白。此刻，一个全国闻名的大型水电站正在县城上游波涛汹涌的红水河上修建。猛然间，县城像一个张开大嘴的口袋，不断地往自己狭小却深幽的肚子里塞满各种东西。挖掘机、压路机、水泥罐车、大型拖车；粗大而坚硬的钢管，白色粉末和石头；大腹便便的男人，美丽而神秘的女人。县城忽然像个风情万种的产妇，生出各种我们见过或没见过，想到或想不到的事物。

街上一天比一天躁动，肩膀擦着肩膀，脚挨着脚。昏暗而暧昧的灯光在这个角落那个角落妖娆地吐露暗香。我看见那个美丽的女子，永远记得她。那时候，街上忽然多出来的女人，大都浓妆艳抹，唇红齿白。只有她白皙而清纯，不施粉黛却倾国倾城。我每天都期待着她来到我的窗口，递过一沓厚厚的钞票，轻启朱唇，说一句轻飘飘的"喏，存钱"。

她的钱比别的女人都多，一百、五十、二十、十块的都有。我每数一张钱，似乎都有一个男人从我眼前飘过。他们都有一双贪婪而绝望的眼。女人很年轻，听说刚大学毕业，从遥远的江南涉水而来。大家都知道她租住在这个县城最好的酒店里，做一些隐秘的事。

我也是刚大学毕业，刚到这个银行做营业员。在一个大雨滂沱的夜晚，在我像风一样撞击到她的哭泣之后，我忽然对她有了种异样的感情。那时候，她正蹲在银行自动取款机的窗口前，双手掩面。哭泣从她指缝间溜出，被风切割成一片一片：娘，你，千万，要挺住，我只，有你，一个亲人了，等我，攒够，了钱，带你，看最，好的医生，住，村里，最，好的，房子。

后来，我再也没有看到过她，只知道她离开了这个县城，窗口前再也没有那句温软的话"喏，存钱"。有时候，看到漂亮的女人来存钱，我竟有些恍惚，忽然怀念起她来，我一直在想，不知道她后来攒够钱没有，她的娘是否看上医生，住上村里最好的房子。我真后悔，在那个大雨滂沱的夜晚，没有过去轻轻地拥抱她一次。

县城不会忧伤一个人的离去或到来，它不断在膨胀，空气黏稠而热烈。新开发的七区、八区、九区，新鲜的泥土被翻垦出来，如同埋藏在地底深处的酒坛被打开，让人垂涎欲滴。那些最先嗅到香味的开发商、土豪、大款，目光热切地盯着那一块块土地，把它们盯成一栋栋整齐划一的楼房。

我穿梭在这些房子里，像穿梭在一个冰冷而坚硬的梦。这些土地和房子都太贵了，我不吃不喝攒个十年二十年都望房兴叹。罢了，租别人的房子，过自己的生活。

房子小而旧，楼下做米粉店。每天早早，米粉的香辣酸甜，各种味道像一条河流，不断奔向我的鼻子，拽着我的胳膊喊：起来，起来！

很长一段时间，我每天早早起来，到楼下唆完一碗粉，再心满意足地上楼睡回笼觉。那些迷蒙的早晨，我走在回家的路上，脑海里总是回荡着这个县城最诙谐的歌谣：小小天峨县，三家米粉店，XX吼老婆，全城听得见。

米粉让我油腻而肥胖，我的身体里、血管里、毛孔里每天都游荡着一种叫粉的分子，赶也赶不走。

买房子再次成为强烈的梦。

二十年前，城镇化建设正在迈开大步伐，县城周边新开挖的土地被分成一块块，一个个小区。土地开发商将取得的土地使用权或转让，或搞房地产开发。有钱人纷纷买地建房，或囤地转让。我们在七、八、九几个区东奔西突，终于在九区路边的一桩地上达成共识：几个人合伙共买一块地。一家建一层，费用少，划算。我们约好第二天早上一手交钱，一手交地。因为钱未凑够，我们必须利用一个晚上的时间，来呼朋唤友，呼唤那些花花绿绿的钱。那个晚上我失眠了。

当我们心潮澎湃提着一袋现金，踏上那块妙曼的土地时，那个头天满口答应转让土地给我们的老妇，却翻着白眼说："不好意思，地亲戚抢着要了，他们多付了两万块钱。"

我们澎湃的心一瞬间仿佛从天堂坠入地狱。关于房子的梦想，这般难。

两年后，我终于贷款在这个县城最偏僻却最幽静的学校里转手购了一套集资房。尽管比别人多付了一倍的钱，但终究是圆了那个幸福的梦。

房子背后，是一片悠远绵长的山。山不高，但林木丰茂，花果灿烂，连接着这个县城最原始、最具魅力的森林。房前远处有水，红水河像一条绿色的绸缎穿越县城。尽管离梦中的样子相差甚远，但总算是门前有水，屋后有林，我很满意。

我们不断地往自己的房子里装东西。先是锅碗瓢盆、木水火土。后来是我们的女儿。再后来，多了一个小子。在此期间，我从未停止过往里面装一个梦。在这个梦里，我如痴如醉地书写父亲挂在堂屋的唢呐、藏在地底下的酒、飞在山谷的牛群。写他梦中飞来的子孙，他在深夜里火塘边孤独地歌唱，他与自己亲生儿子悲伤而漫长的"战争"。

我们的房子因此变得丰满而沉甸。

二

"我借十五万给你，买！"

她说得那样轻而易举而又斩钉截铁，仿佛那十五万不是钱，而是一坨屎，随便拿。嘿，金钱如粪土。

我在心里爆了一句粗口。当然我骂的不是她，而是为什么一样的年纪，她有十五万，而我连十五千、十五百都难拿得出手的悲哀。

当悲哀还在蔓延，另一闺蜜马上应和："我也可以借给你七八万，凑凑就够首付了。"

"疫情期间，房价低迷，赶紧下手。"她们的脸红扑扑的，眼睛闪亮，十二字方针快狠准。仿佛要买房的不是我，而是她们自己。

此时，新冠肺炎病毒正在世界的每个角落肆虐袭击，省城的房价一再跌落。身边的朋友、同事纷纷前往买房。

忍不住内心的惊异，我颤颤地问："你们去哪里搞到那么多钱？"

"我妈的。"她们笑脸吟吟。

不孝女，老娘的钱你们也敢动。我在心里又骂了一句。我知道她们的娘已并不年轻，身体也不再硬朗，她们还指望着那些钱养老呢。

催促再三，几番思量。最终我坦然接受了她们的建议。困难会有，希望也会有。

"你们不怕我还不起？"我黑着脸问。

"等高速路过你家杉木地，领得补偿款了再还。"她们笑嘻嘻，仿佛高速路过不过我家杉木地，由她们说了算。

我满心感动，却莫名想起6岁那年，在村头那间一、二、三年级混杂在一起的教室里，十几个野孩子在用粗粝的声音一本正经地读，或者唱：

种鱼

农民把玉米种到地里

到了秋天，收了很多玉米

农民把花生种到地里

到了秋天，收了很多花生

小猫看见了

把小鱼种到地里

它想收很多的小鱼呢

我忽然想起这些，主要是想起那只猫。它顶着一身黄灿灿、油亮亮的毛发，迈着欢快的猫步，跳跃在温暖而湿润的土地上。此刻它多兴奋、多快乐啊。想想就是多么幸福的事儿。一条条大鱼从地里被翻出来，滑溜溜、肥嘟嘟的。口水都被它们勾去了魂，哗啦啦地从嘴里流出来，像一条甜蜜的河流。去他妈的小白鼠小黑鼠，从今往后老子再也不用费尽心思地去抓住你们。

我就是那只猫吧。我们在老家高高的山脚种下一排排幼小的杉树，用潮湿的泥土覆盖它们柔嫩的根须，在它们四周撒下饱满圆润的肥料。

于是我就像那只猫，天天想着那小树苗变成一棵棵高大挺拔的杉树。它们的身影飘荡在清翠欲滴的春天里，在微风无声的呼吸间，在蝼蚁疯狂的啃啮中，甚至在一片火红的钞票里。杉树无所不在。

后来，我确实变成了那只猫。我们的杉树像一条条埋在地里的鱼，长着长着就不见了。它们去了哪里，猫不知道，我也不知道。

不管杉树是否变成钞票，反正它已经与省城的某个房子发生了千丝万缕的联系。

尽管比第一次买房还要艰难，我们最终还是贷款在省城买了一套房子。房子小而精，书房漂亮，像一首诗，是我喜欢的样子，也是我忧伤的样子。往后余生，我要用三十年的肩膀来扛着一块"百万负翁"的牌子。牌子很重，但因为有了诗和远方，我心依然欢喜。

三

去年十一月的一天，我坐车近七个小时，前往离本县偏远的一个大城市。住在这个城市最温馨的酒店，我却倍感孤独。也许是对这个城市太陌生了。那一夜，我像一只孤独的羊，在酒店后面的湖畔默默游荡。酒店后面，是一片沙滩，绵长的沙滩上，却只有一家人在白白的月光下游玩。一个三四岁的小男孩在一架秋千上荡啊荡，月光也就亮亮地在他身上荡啊荡。他的笑声太过明亮和清朗，以至于我不得不把目光从手机屏幕上拉回来，再深深地投到他脸上。一时间，我的心不由地痉挛起来。这多么像阿语啊!我不得不用手紧紧捂住怦怦跳的心。我真害怕它会忍不住跳出来，跑过去紧紧地抱着他，一遍遍呼唤：阿语，阿语。

我知道这不是阿语。阿语怎么会在地上呢。他应该飞在高高的月亮之上。他的眼角膜此刻也许正紧贴在一双温润如玉的大眼中，这双眼睛原本迷蒙而绝望。而他的心脏正跳跃在另一个温暖的身体里。

我真想拍一拍他的面容，他朗朗的笑声，把他传给远在县里的阿语母亲。她一定在无数个绵长的夜晚，深深地思念着那个乖巧得令人心疼的儿子。她的悲伤像一条幽深的河流。河水逆流而上，忧伤而绝望地冲向天堂。

我后来没有拍成照，只是把目光艰难地搬到了湖的对岸。彼岸，灯火微澜。黏稠的空气被一声声男高音撕裂成一片片。是谁在不停地重复着腾格尔的歌：我爱你，我的家。我的家，我的天堂……

天堂一定很美。那里没有车来车往。阿语可以自由地飞到街道对面，不用担心忽然飞驰而来的车辆。他的娘也不用心痛得无法呼吸。这样想着，刚抬头向天上望去，我的目光便被一排排高大漂亮的房子拦腰砍断。

多么美好的江景房啊！我不由一阵惊叹。但仅仅是三秒钟的美好，内心却莫名空落起来。那么多的房子，那么多的窗户。一排排，一层层。密密麻麻，像一堆叠在一起的蚂蚁。然而，有灯光亮起的窗户却那么少。稀稀拉拉，这里一个，那里一个。仿佛浩瀚天空里的几颗星子，孤独而冷漠地发出颤巍巍的光。

大城市里为什么有那么多的空房子啊！

我刚在省城买的房子。还有很多我的闺蜜、朋友、同事在省城的房子。它们此刻也是黑灯瞎火的吧。它们在自己空旷的肚子里装满了城市的声音、气味，装满各种喧嚣和繁杂。然而，它们却那样孤独和寂寞。像一个留守的老人，眼巴巴地盼。

愧疚一下子就占满我整个身心，就像一个男人，娶了一个好看的新娘，却把她晾在一边，在偶然想起的时候，才去温存一番。大多时候，这个美丽的新娘要独守空房，独自面对漫漫长夜。而我们却需要花费大半辈子的辛劳，来守住一个一年才见几次的"新娘"。常常会有人问我："值得吗？"

我没有想过值不值得。很多事情，值或不值，不是可以用辛不辛苦、累或不累就能衡量得出来的。

房子装修的时候，先生和我争论，他总是要想尽一切办法让房间里能够铺上更多的床。他说在农村的困难亲戚多，要让他们到省城来的时候有地方睡。我脑海里忽然闪过一幅画。画里，一个骨瘦嶙峋的老人，坐在浣花溪边，对着滚滚而去的江水，沉痛地吟唱："安得广厦千万间，大庇天下寒士俱欢颜！"他悲痛的声音穿越历史的河流，汹涌地向我奔来。我心一痛，便和先生一起在房间里安上高低床。

住进房子那天，隔壁大爷大妈也扛着大包小包进门。都说远亲不如近邻。寒暄过后，才知道他们是东北来的候鸟人。家乡太冷了，羸弱的身体已抵不过寒风，他们要在温暖如春的绿城住到过年再回去。我便知道，他们的房子，很长的时间里，也是空的。

城里的房子和阿语家的房子靠近，有时候我会和阿语的母亲香一起去看我们的房子。

香说，她永远无法忘记阿语出事前几天，在新房子住的样子。阿语太快乐了，他的笑声贴满房里的每个角落。我永远都记得，那时香的声音在缓缓地抖动，像黑暗里的一条波浪。

香现在心很空很空，很想很想阿语的时候，就去看看那个房子，哪怕只看几眼。每一眼，阿语都会在亮晶晶的目光深处对着她笑，甜甜地喊她妈妈。香的心里这时才觉得是满的、实的，才找到了停靠的地方。

阿语，你长高些了吗。香轻轻地在空荡的房间里抱了抱。

每次回县城的时候，香都要对着空房子轻轻说："阿语再见，妈妈下次再来看你。"她把手围成一圈，在空气里掂了掂。阿语，你还是那么轻，那么轻。香叹息一声，恋恋不舍地关上房门。楼梯里，久久回荡着一串缓慢而杂乱的脚步声。

很久以后，我才知道，为了救回阿语，香花了很多钱，欠了很大一笔债。阿语离开后，家人想把房子卖掉还债。香痛哭，坚决不让。

"哪怕生活再苦再难，我也要拼尽最后一丝力气守住这个房子。因为这个房子并不是空的。"香有一天对我说。

我一时震住，心却一点一点温暖起来。